Amor, Histórias e Cupcakes

CB123802

Amor, Histórias e Cupcakes

Sue Watson

Traduzido por
Tássia Carvalho

PandorgA
2016

Copyright © Sue Watson, 2014

Todos os direitos reservados
Copyright © 2016 Editora Pandorga
Título original: *Love, lies and lemon cake*

Direção Editorial
Silvia Vasconcelos
Assistente Editorial
Thaluana Meira
Tradução
Tássia Carvalho
Preparação
Thais Nacif
Revisão
Letícia Teófilo
Diagramação e projeto gráfico
Fernanda S. Ohosaku
Composição de capa
Renato Klisman

Texto de acordo com as normas do Novo Acordo Ortográfico da Língua Portuguesa
(Decreto Legislativo nº 54, de 1995)

Dados Internacionais de Catalogação na Publicação (CIP)
Ficha elaborada por: Tereza Cristina Barros - CRB-8/7410

Watson, Sue
Amor, histórias e cupcakes / Sue Watson ;
tradução Tássia Carvalho. -- 1. ed. --
São Paulo : PandorgA, 2016.
304 p. ; 16 x 23 cm.

ISBN 978-85-8442-068-1

1. Romance norte-americano I. Titulo

11.06/014-2015 CDD-813

2016
IMPRESSO NO BRASIL
PRINTED IN BRAZIL
DIREITOS CEDIDOS PARA ESTA EDIÇÃO À
EDITORA PANDORGA
AVENIDA SÃO CAMILO, 899
CEP 06709-150 – GRANJA VIANA – COTIA – SP
TEL. (11) 4612-6404

WWW.EDITORAPANDORGA.COM.BR

Agradecimentos

Esta história é sobre a jornada de uma mulher, e, como sempre acontece quando construo as minhas heroínas, deixei minha imaginação correr solta. Ao longo do caminho, algumas pessoas muito especiais se juntaram a nós, trazendo-nos sua ajuda, humor, amor e cupcakes de limão...

Um imenso agradecimento a Oliver Rhodes, da Bookouture, por seu conhecimento, sua orientação e por acreditar neste livro desde o começo, quando tudo que eu tinha se resumia a um punhado de ideias e migalhas de bolo.

Obrigada a Emily Ruston, minha fantástica editora, que colocou sabor no cupcake de limão e sabor ao glacê, assim transformando meus ingredientes em uma leitura deliciosa.

Um agradecimento muito grande à minha amiga Louise Bagley, por suas ideias divertidas e fascinantes sobre a vida em um salão de beleza; a Emma Richardson, pelos dramas amorosos; e a Lesley Mc Loughlin, Sarah Robinson e Liz Cox, pelos conselhos, pela inspiração e tudo o mais.

Muito amor e enormes taças de vinho a Jan Holman, Jackie Swift, Sheila Webb, Diane Tilley e Sarah Douglas, que contribuíram com sugestões, anedotas fantásticas e malapropismos[1]. Amor e abraços à amiga

---

1 Uso de palavras parônimas, geralmente de modo intencional, com finalidade cômica. (N.T.)

e *Book Whisperer*[2] Kim Nash e também às minhas meninas e animadoras de torcida Alison Birch, Sharon Beswick, Sue Johnson, e ao lendário "Literary Ladies Wot Lunch[3]".

Como de costume, agradeço também a minha mãe Patricia Engert, que me iniciou em minha própria jornada, sempre me dizendo que tudo é possível. E finalmente, mas não menos importante, ao meu amor a Nick Watson — o que eu faria sem você?

[2] A autora faz aqui referência ao livro *Book Whisperer*, de Donalyn Miller, o qual retrata a jornada da própria escritora como professora e incentivadora de leitura. (N.T.)

[3] Referência a um grupo de mulheres que se reúnem para almoços sociais, geralmente em restaurantes finos ou mesmo em lojas de departamentos. (N.T.)

Para Eve Watson: aonde quer que você vá e o que quer que faça, saiba que estarei sempre lá... com cupcakes.

1

Dedos de astro de cinema e *Fake Bake*[4]

— Eu quero você — sussurrou ele, deslizando a mão quente embaixo do meu vestido e, em seguida, lenta e sensualmente ao longo da minha coxa. Deitei-me na espreguiçadeira branca, a piscina de borda infinita lambendo os dedos dos meus pés, e ele lambendo meu pescoço, todo hálito quente e fricção sensual. Vestida apenas com diamantes e *Fake Bake*, sorri de forma provocante, fazendo-me de difícil e remexendo-me na espreguiçadeira para que ele pudesse me enxergar sob a melhor iluminação possível. Com a mão livre, ele levou um *dirty martini*[5] até meus lábios, e eu bebi agradecida, perfeitamente enquadrada pelo cartaz de Hollywood aninhado naquelas colinas cheias de astros e estrelas.

— Ryan... eu não devia estar aqui — falei, admirando como ele, ao mesmo tempo, segurava a taça e movia a mão pelo meu corpo. Isso não devia ser fácil, assim como esfregar a cabeça e bater na barriga de forma

---

[4] Feito à base de substâncias orgânicas, o *Fake Bake*, produto criado nos EUA, promete um bronzeado falso, mas saudável, sem exposição a raios ultravioletas, sem *spray* e sem pintar a pele. (N.T.)

[5] Coquetel forte feito com vodka, vermute seco e salmoura de azeitona. (N.T.)

sincronizada. — Eu tenho que lavar roupa — disse, ofegante. — E tenho que... ah... limpar as janelas, e então eu vou... oh... preparar o chá.

Ele não se importou, completamente tomado de desejo, os olhos cintilantes e os dedos de astro de cinema acariciando todo o meu corpo, desejando o momento em que eu seria dele. Eu não seria a primeira e nem a última com quem ele faria amor apaixonadamente em uma piscina de borda infinita em Los Angeles. Com total desprezo por minha pilha de roupas e ignorando completamente minhas janelas sujas e meu chá por fazer, ele empurrou seu joelho entre os meus, sussurrando no meu ouvido exatamente o que faria em seguida. As estrelas sumiram, e eu me aconcheguei em seus braços, esperando a paixão explodir, quando o som da voz de Craig atravessou o ar como uma bala mortal:

— Você vai ficar o dia inteiro nesse banho?

Olhei para cima. Os olhos cintilantes de Ryan Gosling desapareceram na névoa de vapor e nas bolhas de espuma, juntamente com os *dirty martinis*, as espreguiçadeiras de couro branco... e a esperança.

Ao contrário de Ryan, a última vez que Craig havia tocado em minha coxa tinha sido há uns dois anos, quando sua mão escorregou ao se virar na cama... dormindo. Estávamos casados havia uns cem anos, de forma que romance era uma lembrança distante e sexo eu só via de forma fugaz na TV. Após a paixão e o desejo comuns do início, acabamos acomodados na vida de casados. O casto beijo de "boa noite", o "Você teve um bom-dia?" por um tempo, que, em seguida, definhou a nada e, como irmãos dividindo uma casa, realizávamos nossos rituais e papéis de modo independente, enquanto fingíamos para nós mesmos que estava tudo bem.

À medida que minha filha crescia e eu fazia malabarismos entre trabalhar e cuidar de criança, sentia-me vivendo assim, sem distrações, mas recentemente comecei a questionar para onde minha vida estava indo. É isso mesmo? Uma vida permeada por fantasias com astros de cinema e vagas lembranças de um casamento que existiu? Craig vivia para seu trabalho e já há muito tempo desistira de noites românticas abastecidas com vinho e palavras doces; ele estava sempre muito ocupado. De minha parte, eu desistira de competir com seu ofício de encanador e com o total entusiasmo que válvulas vazando e torneiras com defeito lhe traziam. Comparada à espetacular perspectiva de uma crise em um flange às 7 horas da manhã seguinte, Craig achava difícil conter a emoção e sobrava pouco para uma noite de sexo conjugal com sua mulher de meia-idade. No entanto, Ryan Gosling, Brad Pitt e os outros rapazes tinham muito tempo para mim, mesmo que apenas na Hollywood da minha cabeça.

Saí do banho e me sequei, tentando me lembrar de como era a sensação de ter as mãos de outra pessoa em minhas costas, em torno da minha cintura despida. Eu ansiava pelo calor, pelo corpo de outro ser humano — um homem real, em vez dos astros de cinema com quem eu só podia sonhar.

Não era apenas a falta de sexo; eu sentia falta do carinho e da intimidade que já tínhamos compartilhado e, com cada dia se fundindo a outro, antes que eu percebesse, mais um ano sem amor se passara. Não era como se eu não tivesse tentado; alguns meses antes, eu havia segurado o touro pelos chifres e sugerido que fôssemos "deitar mais cedo". E ele apenas me olhara como se eu fosse louca.

— Mas... estou assistindo ao *Top Gear*[6]... — Ele engasgou, incrédulo, e como sempre entendendo errado a ideia.

— Poderíamos ir para a cama, e você põe para gravar o *Top Gear*

---

[6] Série da televisão britânica sobre carros. (N.T.)

— respondi, tentando manter a voz sedutora enquanto queria socar a cara dele.

— Isso seria estúpido — respondeu ele, ainda incrédulo. Sem me fitar, apenas continuou olhando para a tela da TV, enquanto lentamente virava as páginas da revista *Plumbing Monthly*. Craig tinha tudo de que precisava bem na frente dele. Quem necessitaria de sexo com um ser humano, quando tinha uma reluzente válvula redutora de pressão implorando para ser instalada? Firmemente.

— Sim, ir para a cama juntos seria muito estúpido — retruquei, tentando afastar da minha mente todos os pensamentos sobre veneno e contratação de um assassino. Já fazia um tempo e, sendo generosa, eu me perguntava se Craig podia estar um pouco tímido e precisando de mais incentivo. Então, coloquei desajeitadamente os dois braços ao redor dele e, fechando os olhos e fingindo que ele era o Brad Pitt, beijei-lhe o rosto. Eu havia lido em uma revista no trabalho que, se você se comportasse de uma maneira afetuosa com o seu parceiro, mesmo que você não sentisse o amor, ele viria... Portanto, imagine que você está sentindo um profundo ressentimento e decepção em relação ao seu parceiro durante as brasas agonizantes do que foi algo parecido com amor (apenas um exemplo, você entende). Se, em seguida, você se forçar a abraçá-lo e beijá-lo como se o amasse novamente, todos aqueles sentimentos desagradáveis de profundo ódio sombrio e pura repugnância serão substituídos por amor e carinho. Eu me sentia pronta para deixar qualquer coisa acontecer. Afinal, meus sentimentos negativos em relação a Craig estavam fazendo minha pele descamar. Tinha de valer a pena tentar. Minha preocupação era que o próprio ato de abraçá-lo de repente se transformasse em um ato de violência de minha parte. Não por acaso Craig estava planejando um novo deck no verão, justamente quando eu pensava menos em decks e mais sobre onde esconder o corpo.

Beijar Craig era como chupar limões. Quando me afastei, ele me olhou surpreso. Contrariando meus instintos, pensei na hipoteca compartilhada, dei um outro olhar ardente para ele e saí da sala. Subi as escadas e peguei cuidadosamente a camisola desbotada que guardara para datas comemorativas, aplicando uma borrifada de "Angel"[7] nela toda. Sacudindo-a pelo quarto, tentei criar um clima de forma que, quando Craig subisse, ele acabaria se rendendo à "inebriante e sedutora" fragrância, ficando incapaz de resistir. Eu tinha lido sobre essa "dica de amor" no site ConsigaUmHomemSexyAgora.com e, também adotando a sugestão dele, havia salpicado algumas luminárias com velas acesas pelo quarto, exatamente simulando uma cena de amor de um filme em que os amantes caem em um quarto atordoados pela luxúria e iluminados apenas pela luz de velas. Mas Craig via as luminárias como um risco de incêndio, então, em vez de aborrecê-lo, soprei todas elas, apagando-as. Eu as guardaria para Johnny Depp, que nunca reclamaria de um foguinho na cama.

Depois de uns dez minutos, como Craig ainda não tinha aparecido, e antes que eu perdesse totalmente o interesse e fosse para a cama com *Good Housekeeping*[8] e uma fatia de bolo, desci as escadas novamente. Parei à porta da sala de estar, esperando que Craig levantasse os olhos de sua revista. Ele não levantou.

— Craig, você gostaria de ir para a cama... comigo? — perguntei,

7 Perfume apontado como o preferido das celebridades, Angel é apresentado como uma fragrância caracterizada pelo contraste de notas suaves e gentis, elegância, sedução e um toque provocativo do humor e sensualidade. (N.T.)

8 Nome de uma revista feminina com artigos que versam sobre dietas, saúde, receitas culinárias, além de artigos literários. (N.T.)

em uma tentativa desesperada para ver se restava alguma coisa do nosso casamento. Seu silêncio me atingiu como um tapa enquanto ele virou a cabeça da TV e olhou para mim de alto a baixo.

— Hoje não, amor. O Clarkson está testando o novo Audi.

Mesmo que realmente preferisse assistir a Jeremy Clarkson dirigindo a porra de um carro em vez de fazer sexo comigo, no mínimo ele poderia fingir. Afinal, se eu estava disposta a me deitar e pensar no Johnny Depp... certamente ele não poderia fazer o mesmo com Jeremy Clarkson? Quando seu próprio marido a rejeita na cama (na porta da sala de estar, para ser mais precisa), trocando-a por um espalhafatoso e teimoso homem de meia-idade dirigindo um rápido carro, isso é sinal de que:

a) você precisa depilar as pernas,

b) seu casamento já era.

Olhei com tristeza para minha imagem no espelho embaçado, relembrando a última rejeição apenas alguns meses atrás. Quando deixamos de nos amar? Isso aconteceu em um minuto, em uma hora? Ou nossos sentimentos foram diminuindo lentamente ao longo dos vinte anos que estamos casados? Como um barco salva-vidas no mar, desilusão e arrependimento tinham lentamente se infiltrado, e nós éramos tudo menos náufragos. Sentia-me dividida entre aceitar o meu destino ou lutar por algo melhor, e, ultimamente, sonhava com a última opção. Eu não queria viver o resto da minha vida sem nunca mais sentir outra mão na minha coxa, o *frisson* da paixão, o primeiro beijo com os lábios de um estranho... O beijo com alguém que eu amasse.

Quando ficamos juntos pela primeira vez, Craig havia olhado nos meus olhos e dito que me amaria a cada dia. Eu sempre fui a louca que marcava passeios de fins de semana no último minuto, corria para o mar totalmente vestida, cantava mais alto no karaokê e sempre tinha uma história engraçada para contar. Uma vez, quando ele chegou em casa vindo do trabalho, eu tinha montado uma barraca no quintal, com uma garrafa de cava e um lanche porque não podíamos nos dar ao luxo de sair em férias. Ele tinha dito que uma das coisas que mais amava em mim era o meu otimismo e o jeito como eu nunca deixava nada me abater. "Você é uma sonhadora", ele dizia, os olhos brilhantes de amor. Engraçado como mais tarde, em nosso relacionamento, Craig usou as mesmas palavras para me criticar por eu me esquecer de pagar uma conta ou ainda por tentar ver as coisas sob uma perspectiva positiva:

— Oh, você é tão sonhadora, Faye. Por que você não enxerga o que está à sua frente e para de ficar sempre procurando o final feliz? — gritou ele, bem diante do meu rosto. — Porque isso não existe!

De uma coisa eu tinha certeza: Craig não era o meu final feliz. Meu coração se apertaria ao ruído da chave dele na porta todas as noites, e era impossível imaginar como uma vez eu me animara ao vê-lo depois do trabalho. Recentemente, durante meu intervalo para o café no trabalho, li em uma revista brilhante um artigo intitulado "Como ressuscitar seu casamento", o qual sugeria ser normal um esfriamento na relação dos casais, mas, como uma ferida infectada, desde que cuidada a tempo, isso não mataria o relacionamento. No entanto, o tempo para salvar a vida de nosso casamento já havia passado. Aos 42 anos, eu não podia suportar a ideia de continuar com Craig por mais vinte e tantos anos, até que fosse tarde demais. Mas o que eu poderia fazer? E aonde poderia ir? Eu dispunha de muito tempo para planejar a minha fuga, sentada na minha cadeira junto à janela, esperando em silêncio a hora de me deitar, enquanto a TV zumbia.

Ainda envolta na toalha, andei pelo quarto de Emma para sentir os vestígios de seu perfume e fingir que ela ainda vivia em casa. O quarto de Emma era o único com um espelho de corpo inteiro; eu não queria um no nosso; depois dos 30 anos de idade, não mais se quer confrontar no dia a dia com um espelho de corpo inteiro. Prendi a respiração, preparando-me para enfrentá-lo, e deixei cair a toalha. Tentei então não fazer um barulho agoniado, mas, olhando para a terrível realidade, não pude evitar. O corpo que uma vez tinha saltado em biquínis pelas praias, mexido com os rapazes em jeans apertados e carregado minha linda filha definitivamente havia ido embora. O que o substituiu tinha protuberâncias e linhas, e, embora com otimismo tenha avistado um frasco de hidratante perfumado para o corpo, esquecido por Emma, e começado a esparramá-lo em mim, sabia que o trabalho necessário era muito maior do que uma mera loção conseguiria fazer. *Cabos de sustentação seriam mais adequados para essa tarefa*, eu pensei, de repente descobrindo rugas em meus joelhos. E eu nem sabia que era fisicamente possível ter joelhos enrugados.

Tentando não pensar na nova crise desencadeada pelo joelho, percebi, aproximando-me bem do espelho e sabendo que me arrependeria disso, que o creme facial da Debenhams que comprara também não havia funcionado. Aparentemente, aquele potinho cor-de-rosa tão caro abrigava uma fórmula científica que imitava as células da pele dos bebês. Mandy, a terapeuta de beleza com quem que eu trabalhava, insistiu que eu passaria por uma transformação, deixando de ser "uma velha enrugada de 42 anos de idade" (palavras dela) para, em apenas duas semanas, parecer novamente uma alegre jovem de 18 anos de idade! No entanto, exatamente duas semanas desde que eu tinha começado esse novo tratamento, ainda parecia ter "40 e poucos anos", e não a magnífica e bem conservada supermodelo retratada no rótulo.

— Não é hidratante; é como algo de um filme de ficção científica —

Emma fez questão de assinalar, quando a chamei para contar sobre o meu novo creme facial. — Mãe, pense bem, se isso funcionasse como eles dizem e sua pele absorvesse essas células e revertesse o processo de envelhecimento, você literalmente seria uma viajante do tempo... ou um bebê!

Nós rimos disso. Emma tinha razão, sempre mais sensata e pé no chão do que eu, e também mais parecida com o pai nesse ponto.

Olhei para mim mesma no espelho. Faye Dobson, 40 e poucos anos, confrontada com a manifestação física da gravidade, ninho vazio e vida de casada com um encanador indiferente, encarava-me de volta. Minha cabeça, meu coração e meu corpo estavam no limbo, sem lugar algum no mundo; meu barco salva-vidas estava furado e à deriva, e eu não era agora necessária à viagem de ninguém.

Abri meu guarda-roupa e vi algumas saias e vestidos velhos. Nos últimos anos, eu não havia estado em lugar nenhum que justificasse um belo vestido ou um par de sapatos de salto. Ocorreu-me, então, que eu não usava sapatos de salto alto e vestido de festa desde antes de Emma nascer, e ela estava com 21 anos agora!

Nesse momento, notei a mochila rosa brilhante em cima do guarda-roupa. Puxei-a, soprei-lhe a poeira e sorri para mim mesma, lembrando como eu a tinha comprado. Uma jovem de 18 anos cheia de viagens globais em mente. Abri os fechos de plástico. Ela provavelmente estava antiquada agora, em seu rosa berrante com azul-tubulação, mas eu amara essa mochila, tendo gastado todo o dinheiro de meu aniversário nela e me convencido de que era "um investimento", pois iria usá-la viajando para todos os lugares com os quais eu sonhava. Veria o mundo com aquela mochila pequena, mas eu seria capaz de espremer nela tudo de que precisasse.

Não a usei uma vez sequer.

Eu a abracei, imaginando os aeroportos, os terminais de barca e as trilhas em montanhas que ela nunca tinha visto. Continuando, lembrei-me de todas as outras coisas com as quais ansiava, porém nunca realizei. Esvaziei a mochila sobre a cama, espalhando fotos, pulseiras de amizade, prendedores de cabelo, cartões-postais e mapas, e, como um *magpie*[9], meus olhos foram para um vestido de seda escarlate. De maneira suave o retirei do antigo papel de seda em que tinha vivido durante todos esses anos. Ainda era celestialmente macio e impressionantemente vermelho. Eu estava com 19 anos de novo, e na praia com Alex, o único rapaz, além de Craig, que já tinha beijado. Sentia-me muito feliz e delirante enquanto passeávamos de braços dados, as gaivotas gritando acima de nós, um fim de semana roubado à beira-mar. O vestido estava em um manequim em uma vitrine e, quando o experimentei, Alex disse que eu deveria comprá-lo porque estava linda como Julia Roberts. Custou uma fortuna, mas decidi gastá-la com o vestido em vez de gastar com comida naquele mês. A exemplo da mochila, considerei isso como mais um investimento em meu futuro, um fabuloso futuro de viagens pelo mundo, vestidos escarlates e rapazes universitários de boa aparência como Alex.

Lentamente coloquei o vestido de volta no agora amassado papel de seda. Ele nunca fora usado. Tarde demais agora. Talvez Emma gostasse dele...? Peguei uma agenda de capa roxa, toda a raiva na década de 1980, antes da Internet e diários on-line. Toda a minha vida estava nessa agenda de couro artificial roxo. Eu a abri, aterrissando em uma página com cinco palavras rabiscadas: *Minha lista para a vida.*

---

[9] Os *magpies* são parentes dos corvos e existem em diversas regiões da Austrália, entrosando-se bem com humanos e com outros animais de estimação. (N.T.)

— Oh, Deus! Eu tinha quase me esquecido disso... — Suspirei. Ali estava o meu plano para a minha vida, uma lista de todas as esperanças e todos os sonhos que uma vez acreditei que poderia alcançar. Como eu era ingênua!

Minha lista para a vida

Aprender a patinar no gelo
Perder 4,5 kg
Fazer um desejo na Fontana di Trevi em Roma (depois, dirigir uma Vespa verde pistache pelas ruas)
Nadar nua no oceano
Tomar champanhe em um terraço em Nova York
Assistir a um pôr do sol em Santorini
Comer macaroons *em um salão de chá parisiense*
Ficar noiva
Ser mãe

Fechei a agenda, meu coração esmagado em algum lugar dentro das capas roxas. Esses desejos aleatórios haviam sido anotados anos atrás, entre fazer maquiagem, gravar fitas de música e beber cerveja e coquetéis de limão no *pub* com meus amigos, todos já há muito vivendo outras vidas. Relendo a lista, percebi que não era tão aleatória como pareceu na primeira vez; as coisas tinham uma ordem... que terminava em casamento e filhos. Eu gostava das coisas cada qual em seu lugar e, inconscientemente, até mesmo como uma adolescente ligeiramente caótica, na puberdade, tinha planejado minha vida de uma determinada maneira. Percorrendo os itens da lista, esperava assinalar alguns, mas quando cheguei ao final dela percebi que eu só poderia marcar os dois últimos itens. Tinha conseguido realizar apenas uma fração da vida que havia planejado quando era jovem. Era como se eu estivesse no ponto, esperando o ônibus que transformaria minha vida, mas ele tivesse sido cancelado. E ninguém me avisou.

Analisei os cartões-postais. Viagens de outras pessoas por lugares onde eu nunca estive, de amigos meio esquecidos. Melanie, uma garota com problemas de dicção que conheci brevemente na universidade, me enviara um cartão de Nova York. Após quase vinte anos, as cores estavam esmaecidas, a imagem rachada das muitas vezes que o tinha segurado e examinado. Virei-o e li as poucas palavras nele rabiscadas: "Querida Faye, eu finalmente fui para Nova York! Mel X".

Bom para você, Mel, pensei, sentada na cama e olhando o cartão de novo. Apesar de anos mais velha e mais sábia, a imagem ainda tinha o mesmo efeito sobre mim. Um terraço em Nova York em uma enevoada noite dourada, as estrelas surgindo no céu, as luzes da cidade brilhantes e distorcidas abaixo. Duas taças e uma garrafa de champanhe em uma mesa para dois, e, se você continuasse a olhar, a distância, um casal dançando nas sombras.

Logo que recebi o cartão, tinha me sentido um tanto assustada e empolgada com ele. Grávida de Emma e ainda em estado de confusão por minha vida ter mudado radicalmente em poucas semanas, eu não estava certa sobre as decisões que havia tomado, preocupada com a gravidez, o parto, o meu futuro, o futuro do meu bebê. No entanto, achei que era confortante olhar para o cartão. Passei muitas horas desejando fugir para um terraço em Nova York no crepúsculo.

Assim que Emma nasceu, empacotei meus sonhos tolos de volta na mochila, coloquei-a em cima do guarda-roupa e em seu lugar comprei uma sacola para fraldas descartáveis. Uma vez que minha bebê perfeita tinha chegado, eu não poderia imaginar uma vida sem ela, sem a segurança do meu casamento e sem minha casa pequena e agradável. *Eu era a sortuda*, pensei, e não sentia nenhuma inveja da existência de Melanie com sua glamorosa língua presa, sem filhos em Nova York.

Enfiei tudo de volta na mochila, um símbolo de minha incapacidade de conseguir qualquer coisa. Entretanto, não coloquei o cartão de volta com todo o resto; fiquei olhando-o, fascinada pela cena, imaginando-me lá, um saxofone tocando ao longe, os sons distantes do tráfego subindo como fumaça das ruas lá embaixo. A imagem me inundou com o mesmo medo e alegria que tinha sentido quando o recebera tantos anos atrás, mas agora com um toque de esperança. Sentada em minha cama, enrolada em uma toalha em uma manhã de inverno na região de Midlands, eu podia ouvir aquele saxofone, lembrando-me da vida que uma vez eu desejara e quão longe dela eu tinha chegado.

— Cristo, você já saiu do banheiro? — A voz de Craig atravessou as brumas do tempo, como uma marreta sanguinária. — Tenho que trocar o sistema de tubulação que está desgastado e você me fez ficar esperando para usar o banheiro... Preciso cuidar de alguns canos de rua congelados ainda esta manhã.

— Desculpe, já tinha saído do banheiro há séculos; deveria ter lhe avisado — disse, entrando na cozinha com uma ponta de prazer distorcido pela fúria de Craig com a notícia de que tinha ficado esperando à toa.

Seu rosto estava vermelho de raiva, e eu queria jogar nele sua caneca de chá, resistindo não por não querer machucá-lo, mas porque eu não queria passar a manhã em uma emergência de hospital com o rosto de Craig escaldado. Ignorei-o e peguei algumas torradas. Era início de fevereiro e a época do ano favorita de Craig, quando os problemas com aquecedores que combinavam eletricidade e gás floresciam por toda parte, exigindo sua atenção como se fosse um cirurgião. Ao longo da temporada, as mãos hábeis de Craig foram muito bem pagas para aquecer canos congelados e cuidadosamente trazê-los de volta à vida. Pena que ele não podia fazer o mesmo por mim.

— Não ficarei em casa hoje à noite; vou para o apartamento de cobertura do meu amante — eu disse, espalhando manteiga *light* em minha torrada.

— Ah, então terei que fazer o meu próprio chá? — Craig retrucou, claramente pensando em outras coisas.

— Sim.

— A que horas você vai chegar?

— Não faço a menor ideia. Vamos tomar champanhe e comer caviar no iate dele. Em seguida, logo após *Coronation Street*, ele vai querer fazer sexo no convés, sob as estrelas... — Dei uma grande mordida na torrada.

— Então leve as chaves da casa — ele resmungou, levantando-se da mesa da cozinha e abandonando os órgãos internos de uma moribunda máquina de lavar louça para ir até o banheiro.

Sempre tentei atrair a atenção de Craig de manhã, antes de eu sair, como se precisasse de uma prova de que, após vinte e dois anos de casamento, ele não me escutava mais. Meus "planos" para depois do trabalho tinham se tornado ainda mais escandalosos, caros, sexualmente ousados e, geralmente, mais improváveis ao longo do tempo, mas ele ainda não me ouvia. Ou talvez ele simplesmente tivesse escolhido não ouvir. Há pouco tempo disse a ele que, depois do trabalho, estava fazendo uma tatuagem de David Beckham na minha nádega esquerda, o que podia ser um pouco demorado... e um pouco dolorido.

— Não faça barulho quando você entrar porque estarei dormindo; tenho trabalho de manhã bem cedo — ele disse.

Ele sempre fora assim? Talvez eu só não tivesse notado, mas certamente eu estava na camada de baixo da cadeia alimentar quando se tratava de encanamentos sofisticados. Pelo modo como ele lidou com uma válvula de duas saídas, eu quase invejei o objeto, e não havia dúvidas de onde Craig colocava suas paixões. Uma vez me disse que nunca se lembrava do rosto de um cliente; só os conhecia por suas máquinas. Ele explicou que, ao abrir a parte de trás de uma caixa de controle, sabia quando havia posto os olhos naquela placa de circuito antes. Imaginei então se haveria lá um encanador autista.

Ainda mastigando a torrada, tomei um último gole de café, vesti a velha jaqueta de Emma, enfiei seu chapéu todo de lã de panda e parti para o trabalho, como de costume. Eu tinha decidido, por motivos de saúde, ir a pé para a cidade pelo menos três dias por semana, e, apesar de as roupas velhas de Emma não simbolizarem a sofisticação e glamour mundanos, elas me mantinham aquecida.

Houve um tempo em que eu me preocupava com o que vestia, nunca com alta costura, mas sempre gostei de roupas das grandes avenidas, e usava um pouco de maquiagem leve. Nos últimos anos, porém, tudo parecia um pouco inútil e era como se ninguém olhasse para mim. Eu atingira uma idade em que era invisível a olho nu, e o conforto significa mais do que a aparência, por isso a combinação de sapatos baixos e meias grossas com a qual eu estava trabalhando naquela manhã. Não me fazia receber elogios, mas pelo menos eu me sentia aquecida, além de a calça até os joelhos cobrir as recém-descobertas rugas neles. Ainda bem que, realmente, eu não tinha um amante e nem iria fazer sexo em seu iate depois do trabalho, porque o figurino daquele dia estava bastante inadequado. Puxei meu capuz, pensando em como estaria frio demais nessa época do ano para sexo no convés de um iate com quem quer que fosse, mesmo que um milionário.

Nós estaríamos muito ocupados naquela manhã no salão de beleza onde eu trabalhava. Dois casamentos e uma festa de aniversário de 21 anos nos manteriam em alerta, e, com três reflexos, sete cortes, escova e uma permanente naquela tarde, as coisas não iriam acalmar. Então, eu sabia que, se a caminho para o trabalho não pegasse algo para comer, acabaria desmaiando de fome (bem, tanto quanto qualquer um com cerca de 70 quilos e 1,58 metro de altura podem sentir "fome"). Portanto, seria válida a troca de meu crocante pastel habitual da Confeitaria Greggs por um sanduíche na nova *delicatessen*. Sue, minha chefe, estava de regime; Mandy, a terapeuta de beleza, vivia à base de sacos de salgadinhos *Monster Munch* para suportar sua ressaca permanente; e Camilla, nossa cadavérica aprendiz, vivia de folhas orgânicas, por isso só eu estava querendo almoçar. Saí de cabeça baixa, empurrando-me contra o sopro gelado do vento que descia a rua, e corri para a *delicatessen*, quase empurrada para dentro dela e ainda tendo de fazer força para fechar a porta, quando, suspirando alto, aterrissei em seu interior.

A *delicatessen* tinha sido aberta apenas duas semanas antes; era a minha primeira visita, e, uma vez lá dentro, eu me senti hipnotizada. A loja estava empanturrada de tanta comida, todos os cantos utilizados, cada prateleira recheada, e até mesmo o teto estava cheio de carnes e embutidos pendurados. Vaguei pela loja olhando tudo. Um delicioso cheiro atravessou o ar, fazendo minhas narinas se contraírem, e com tanta coisa para olhar quase caí em um balcão de vidro bem na minha frente.

Ficar cara a cara com uma bancada de rechonchudas azeitonas verdes em tigelas de barro com várias porções de amostra e pedaços de nozes, além de pão com grãos, estava me deixando com fome. Eu tinha acabado de tomar o café da manhã, mas salivava com a visão das valiosas pastas com alho e tomates secos escarlates e brilhantes mergulhados em azeite. Tive que me controlar para não chegar mais perto e pegar um da tigela enquanto ninguém estivesse olhando. Eu ainda imaginava a ilícita doçura ácida de um pegajoso tomate roubado, quando o cara atrás do balcão perguntou se poderia me ajudar. Olhei para cima, por debaixo do capuz da jaqueta forrada de pele, procurando a origem daquela bela voz, com um sotaque australiano feliz, cheio de descontração, vivo como a luz do sol, e... oh, sim, ele combinava com o dono.

Era um australiano loiro, bronzeado, com um sorriso matador.

— Posso ajudar? — ele perguntou novamente.

Sim, é claro, pensei, *certamente* você *pode me ajudar.* Sorri timidamente, gesticulando às cegas na direção do balcão, frente ao deus bronzeado que, para mim, era tão exótico como qualquer outro saboroso pedaço no novo empório de delícias continentais. Parecia que ele havia acabado de sair do mar, com uma prancha de surfe embaixo do braço, pensei, arrastando meus olhos para longe daquele rosto bronzeado de garoto e de volta aos tomates e azeitonas. Eu pedi uma fatia de quiche e, enquanto ele a embrulhava com cuidado, meu olhar pousou em seu braço bronzeado, coberto de pelos loiros encaracolados, ligeiramente musculoso, como se tivessem ficado expostos ao sol... em uma praia muito, muito quente. Nossos olhos se encontraram e sorrimos, e a mulher em mim queria esfregar azeite naqueles braços, enquanto a mãe em mim queria envolver um cardigã em torno dele. Afinal de contas, era fevereiro.

Deixei a *delicatessen* planejando telefonar para Emma naquela noite e contar-lhe tudo sobre o rapaz. Ela estivera na Itália com a escola; então, provavelmente, estaria muito interessada. Não estaria? Ou eu estava apenas usando isso como desculpa para falar com ela? Sempre sonhei em ir à Itália, viagem que estava na minha lista. Mas havia muitas outras coisas que eu não tinha feito. Marchando para o trabalho na ventania da rua principal, com seus brechós e janelas desbotadas pelo sol de lençóis de bebê, além de empórios populares, não poderia estar mais longe de uma Vespa verde-pistache zunindo pelas ruas de Roma. Porém, o empório foi um começo, e abriu um novo mundo de oportunidades culinárias continentais para o meu dia a dia. Foi uma pena o cara atrás do balcão não ser um italiano moreno, com olhos castanhos, para ter o produto italiano completo. Como colírio para os olhos, o australiano loiro era muito bonito, mas só Deus sabe o que ele causou aos moradores locais, especialmente a mim, vestida com um chapéu de panda. Sorri. O único lado bom de Emma estar em Manchester e, portanto, a quilômetros de distância, era ela não poder me ver usando sua velha jaqueta e o chapéu de panda. Então, quando abri a porta do salão de beleza, eu me dei conta do quão terrível era a saudade que sentia dela; na sua ausência, eu estava livre para usar as roupas de que gostava e desfrutar o sabor de liberdade pessoal, tanto quanto ela na universidade em Manchester.

— Está frio lá fora — anunciei, entrando no abrigo quente com aroma de *spray* de cabelo, e tirando minha jaqueta. Esse local de conversas e de arrumar cabelos era a minha vida, meu santuário. Ali, no "Cachos e Tintura", todos sabiam meu nome e minha história, e, apesar de isso não ser particularmente emocionante, aceitavam-me por ser apenas eu mesma.

Naquela manhã, Sue, a proprietária e minha amiga mais próxima, segurava uma cartela cheia de tonalidades de cores, gritando para a sra. Harvey, em função do barulho dos secadores, como a tintura escarlate iria combinar com seu tom de pele.

— Ela vai lhe dar vida, amor. — Olhando para a sra. Harvey reclinada na frente do espelho parecendo um cadáver, eu não estava convencida disso.

Mas a sra. Harvey, que já tinha estado lá antes com Sue e seu trabalho com tinturas Tecnicolor, queria garantias de que não ficaria com o cabelo verde, como da última vez.

— Não. É o oposto do verde na tabela de cores, amor — Sue explicou, confiante, tentando cegar a cliente com ciência enquanto, na verdade, nem ela mesma entendia aquilo. — É uma cor muito quente; ela vai deixá-la anos mais jovem. É... o que eu chamaria de... um *escarlate sarcástico* — acrescentou, virando os olhos para cima como se isso fosse uma coisa misteriosa, mas boa. Ela sorriu para mim enquanto pressionava uma amostra de cabelo contra a pele envelhecida da sra. Harvey, e, fazendo caretas, disse: — Olhe, Faye... a sra. Harvey não vai ficar a cara da Cheryl Cole?

Fui olhar no espelho a combinação do *escarlate sarcástico* com o rosto de 50 e tantos anos daquela mulher. Cheryl Cole a teria processado.

— É impressionante — declarei (o que não era uma mentira), balançando a cabeça lentamente com o que eu esperava que fosse um olhar de espanto e admiração. — É isso aí, sra. Harvey! Se você estiver com essa cor quando seu marido entrar em casa depois do trabalho hoje à noite, ele vai pensar que Cheryl Cole faliu e está lá preparando seu chá.

A sra. Harvey apertou os lábios, e Sue me olhou pelo espelho com um olhar agradecido. Parecia que eu tinha feito a coisa certa. Foi o empurrão necessário para a sra. Harvey, mas quem poderia culpá-la por ser relutante, depois de ter sofrido com o cabelo verde durante várias semanas? Então fui buscar o meu próximo cliente na recepção, imaginando o quão *sarcástico* aquele escarlate ficaria naqueles cachos grisalhos.

Os tempos estavam difíceis e, como o negócio de cabeleireiro havia sido atingido durante um longo tempo pela recessão, Sue fora forçada a mudar a nossa marca habitual de tintura de cabelo para uma muito mais barata. Manter o negócio funcionando era fundamental; assim, apesar de seu contador dizer-lhe para reduzir os custos com pessoal, Sue se recusou a fazer isso, afirmando que éramos a sua família. Portanto, a fim de poupar dinheiro, ela teve que economizar em outros lugares, o que resultou na compra do lote da tintura mais barata na Terra. O corante era da Lituânia, não o melhor país para profissionais famosos o comprarem, mas Sue Lloyd era uma autointitulada cabeleireira pioneira. Também excelente em relações públicas, ela disse aos clientes que a tintura era "uma abordagem radicalmente nova da cor de cabelo das celebridades".

Apesar da venda acentuada e da propaganda vergonhosa, Sue não tinha considerado o fato de que nenhuma de nós falava lituano. Como a descrição e as instruções da tinta eram nessa língua, muitas vezes ficávamos tão surpresas quanto os clientes com os "notáveis" resultados, quando os temíveis produtos eram retirados, no momento de lavar os cabelos.

Assim, na ausência de uma tradução correta do lituano para cada cor, Sue foi forçada a "inventar" tonalidades descritivas, muitas vezes na hora. Ela não podia usar o nome das cores de cabelo de empresas conceituadas porque "Eles podem me pegar nos regulamentos comerciais". Quem eram "eles" e por que isso era normativo eu não perguntei, pois só iria aumentar a confusão geral e o caos. Apesar de sua incapacidade de entender lituano, a confiança de Sue nunca foi um problema, e ela se sentia qualificada para traduzir *Perlas šviesūs* como "Canela Perversa", *Imbieras* como "Loiro Malévolo" e *Pilka* como "Pêssego estridente". A compreensão de Sue para as palavras em inglês era bastante ruim, mas isso já era dislexia de tintura de cabelo.

— Oh... Achei que malévolo significava glamoroso — ela disse suspirando, quando alguém salientou que isso, na verdade, não funcionava como uma cor de cabelo.

Mas confesso que o "Ameixa Cruel", batizado instintivamente, nascido do desespero quando Jayne da farmácia (dois filhos, ambos de cesariana, marido no negócio de carpetes sob medida) apareceu após sua tintura e ameaçou nos levar ao tribunal, foi um termo acertado.

Sue amava o brilho de holofotes das celebridades e, independentemente do fato de sermos um pequeno salão de beleza em uma pequena rua na periferia de Birmingham, ela ansiava por ter uma celebridade real como cliente. Na improvável possibilidade de uma visita de Cheryl Cole ou Nicole Kidman, duas das favoritas de Sue, ela fez o melhor com o que tínhamos, que era Gayle Jones. A reivindicação de Gayle à fama assentava-se no fato de que ela já estivera em um *ménage à trois* com dois jogadores de futebol de primeira, e então conquistou ainda mais crédito como celebridade quando o fato foi relatado em uma edição dominical de um jornal de circulação nacional. Na primeira vez em que Gayle veio para fazer alongamento dos cabelos, Sue estava muito animada. Ela limpou as cadeiras e também varreu para longe Mandy (nossa terapeuta de beleza), dizendo-lhe para não falar com Gayle e nem sequer chegar perto dela. Mandy era barulhenta, às vezes bêbada, e, quando ela não estava xingando e gritando, estava atualizando o salão quanto à sua mais recente viagem a Kavos, que soava menos como um feriado e mais como o Inferno de Dante.

Naquela manhã, Mandy tinha chegado aparentemente atrasada e de mau humor. Em geral ela era uma garota muito alegre e, com apenas 21 anos, tinha uma vida social ativa (alcoólatra e promíscua), cabelo longo e reluzente e um corpo de se morrer de inveja. No entanto, sua aparência e seu estilo de vida estavam em desacordo um com o outro. Ela parecia alguém da realeza europeia, embora se comportasse como um marinheiro em dia de folga. Percebi que tínhamos um problema quando lhe comuniquei que sua primeira depilação de virilha estava esperando, e Mandy correu para o depósito em prantos.

— Tudo que eu disse foi depilação de virilha!

Sue balançou a cabeça.

— Não é por sua causa, Faye. Mandy está um pouco chateada hoje — disse, puxando firme uma mecha de cabelo da sra. Havey. Olhei para ela de forma inquiridora. — Ela não lhe contou? Notícias terríveis... Lady Ga Ga morreu esta manhã... — A imagem de Sue no espelho estava balançando a cabeça para a cliente, fazendo uma cara triste. A cliente deixou escapar um suspiro e levou a mão à boca.

À menção de Lady Ga Ga, Mandy emergiu lentamente por trás da recepção, o rosto banhado em lágrimas, parecendo uma menininha.

— Sinto muito, Mandy — falei, enxugando as raízes cinza da sra. Jackson com o malcheiroso "Ameixa Cruel".

— Eu fui a pessoa que a encontrou, Faye. Eles estão falando em... suicídio... Estou literalmente acabada.

Não literalmente, pensei, mas deixei pra lá, pois Mandy estava propensa a argumentar e, quando chateada, brigava mesmo. Para ser justa, suas habilidades de chutes voadores só se revelavam após várias vodkas, e eu nunca os tinha recebido; em seu estado atual, no entanto, não queria correr nenhum risco.

Ainda que sem certeza das regras de etiqueta envolvendo perguntas sobre o suicídio de um hamster, eu queria ajudar Mandy. Sua mãe tinha morrido de câncer quando Mandy tinha apenas 16 anos, e, como a relação entre elas tinha sido difícil, parecia se sentir culpada, achando que deveria ter passado mais tempo com a mãe. Consequentemente, Mandy era frágil por baixo de todas as suas bravatas, e eu sabia que até mesmo a morte de um hamster seria traumática para ela e devia ser levada a sério.

— Então, por que ela ... O que a levou a fazer isso?

— Quem sabe o que estava acontecendo dentro de seu coraçãozinho peludo, Faye? Eu até fiz para ela uma peruca rosa de cabelo de Barbie... Ela parecia muito bem. Meu pai disse que provavelmente estava deprimida, virando na rodinha o dia todo... Mas era uma roda cor-de-rosa e brilhante, então por quê?

Perguntei-me, por um momento, se vestir uma peruca rosa tinha afetado os sentimentos de identidade do hamster... Então lembrei que o bichinho era um hamster.

— Lady Ga Ga estará sempre com você, enfiando-se em sua axila — Sue gritou, por sobre o barulho dos secadores de cabelo. Sem saber que esse era o nome do hamster de Mandy, alguns de nossos clientes mais recentes ficaram surpresos por essa observação, espantados por não ter lido sobre a morte da estrela (e sua aparente predileção por axilas) em seu jornal diário naquela manhã.

Sue e eu só seguimos em frente, como as personagens que éramos, utilizadas para lançar clichês que servissem a todas as ocasiões no "Cachos e Tintura". Estávamos prontas para qualquer situação, fosse ela comemorativa ou consoladora; tínhamos um guarda-roupa de rostos, tons de voz e *scripts*. A vida em um salão era como um pequeno planeta onde tudo acontece dentro de quatro paredes, e as coisas mais insignificantes assumem grandes proporções. Nós vivemos e aconselhamos desde primeiros encontros a medo de gravidez, mortes, divórcios, traições e amores selvagens. Tudo da vida humana passava aqui, entre os lavatórios de cabelo e as bordas douradas dos espelhos. Nós realmente vivenciamos um nascimento quando a bolsa d'água de Marie Cooper rompeu pelos carrinhos de bobes sob a tensão dos sons da música *Club Tropicana*, do Wham, e os gritos guturais de Mandy. Felizmente, calhou de uma das nossas clientes lá, à espera de um corte e escova, ser parteira, e trouxe o bebê Michael em segurança para o mundo, com água quente, toalhas e pouco barulho. Teria dado tempo de levar Marie ao hospital antes de a cabeça do bebê aparecer, mas Sue nunca iria perder uma oportunidade de publicidade para o salão e chamou o jornal local antes de chamar a ambulância.

Saímos em todos os jornais naquela semana: "Bebê saudável nasce em salão de beleza local", com uma grande foto minha e de Sue segurando o bebê entre nós, radiantes, e Mandy e Camilla envolvendo-nos com seus braços como duas filhas orgulhosas... Sue estava certa: nós éramos mesmo como uma família.

Mais tarde me encontrei com Mandy na copa.

— Está se sentindo um pouco melhor, amor? — perguntei, passando meu braço em torno dela.

— Sim... só fiquei chateada... pela situação, você entende.

— Eu sei, querida, mas você pode sempre conversar comigo ou com a Sue se estiver se sentindo para baixo. Você sabe disso, não é?

— Continuo achando que foi por minha culpa... que ela morreu.

Fiquei em dúvida se ainda estávamos falando sobre um hamster.

— Não. Não, Mandy, você nunca deve pensar assim. Gente... hamsters... têm suas próprias razões para dizer adeus a este mundo. Talvez ela tenha finalmente percebido que, a despeito de sua aparência brilhante, a roda em que ela estava correndo não a levava a lugar algum, e, se ela não escapasse, ficaria correndo para local nenhum pelo resto de sua vida — eu me ouvi dizendo, sabendo exatamente como ela tinha se sentido.

2

Músculos salientes e presuntos históricos

A placa dizia "Sanduíches e pães feitos por encomenda", mas eu não conseguia imaginar como alguém poderia decidir que recheio escolher, entre tantos ali. No dia seguinte eu estava de volta na *delicatessen*, olhando para um presunto rosa enorme balançando no teto e pensando no almoço. Eu não sabia nem se queria alguma coisa para comer, mas simplesmente amava o cheiro e a sensação daquele lugar salgado e com estilo antigo. Estava salivando com a visão de um chouriço temperado na laranja, picante e oleoso, implorando para ser provado, acima de enormes rodas de queijos amarelos intensos e azuis. Meus olhos pousaram sobre eles, perfeitos para ser cortados e apreciados, azedos, cremosos, de nozes ou picantes na língua. Não havia cheddar e queijo branco com picles ali... a não ser que o queijo fosse de búfalo, e o picles, feito a partir de antigas nozes italianas cultivadas sob o sol quente da Toscana.

— Você está procurando alguma coisa... em particular? — A voz australiana perguntou, provavelmente imaginando por que essa mulher curiosa estava lambendo os lábios, o olhar perdido e silencioso fixado nas várias carnes curtidas.

— Presunto — respondi, confirmando minha decisão com a cabeça, em um movimento que sugeria segurança, e apontando como uma criança. — Sim, vou querer... um sanduíche... de presunto — confirmei.

— É presunto Serrano, o.k.? — ele perguntou.

— Oi... ahn, sim... — murmurei, decidindo que ele tinha olhos lindos, e eu poderia ser honesta... olhos do tipo que não me julgariam, portanto continuei: — Normalmente prefiro presunto cozido... Não entendo muito sobre o assunto. — Fiz uma cara um pouco estranha.

— Ah, desculpe. Não quis parecer uma esnobe com presuntos, mas eles não são iguais. — O rapaz sorriu. — O Serrano é delicioso, feito com porcos brancos alimentados com bolotas[10], e por isso a carne dele é macia e um pouco adocicada.

— Ah... Muito bom.

— Ele é posto para secar ao ar nas montanhas de Serrano...

Acenei com a cabeça em concordância. O que poderia dizer? Não estava certa nem de onde ficava Serrano.

— Você quer um pouco de tomate seco com ele? — perguntou, movendo aqueles braços dourados pela bandeja de tomates escarlates. — Só é necessária uma pitada, pois eles são muito intensos. — Vi seus lábios se moverem de uma forma australiana sobre a tigela de tomates... com as letras *T* macias e com a letra *O* voluptuosamente redonda: — ...traços de chilli... é um sabor chamado de umami, que significa *yummy* em japonês... É um sabor novo, o quinto depois de doce, azedo, amargo e salgado... — Ele continuou acrescentando ingredientes.

---

[10] Referência ao fruto produzido pela azinheira, pelo carvalho e pelo sobreiro. A alimentação dá à carne do porco um sabor especial, ideal para fazer um presunto bastante apreciado. (N.T.)

O rapaz deu uma olhada para mim. Eu estava salivando. E não pelos tomates.

— Desculpe-me; você não precisa saber de tudo isso. É só um tomate. Esqueça isso, Dan[11]. — Ele sorriu, batendo sua mão na testa.

Sorri.

— Não, isso é fascinante. — Então ele se chamava Dan? Combinava com ele, um monossílabo, descontraído, simples. Dan.

— Sou uma daquelas pessoas irritantes obcecadas por comida. Tenho que experimentar tudo e saber sua história, sabe?

— Sim, sei. Também amo comida, mas não sou entendida como você... e duvido que meu presunto cozido tenha uma história que valha a pena ser ouvida — retruquei.

Ele deu uma risadinha.

— Sim, aposto que você tem razão. De toda maneira, onde estávamos mesmo...? — Ele olhou diretamente para mim, em meus olhos, e eu desviei o olhar, convencida de que ele tinha a habilidade de me hipnotizar.

— Acho que você estava sugerindo que eu colocasse tomates no meu sanduíche. Depois dessa lição sobre presuntos, imagino que você esteja pronto para me contar a origem dos tomates secos... nas coxas de jovens virgens, talvez? — sugeri, animada por seu sorriso.

Ele riu.

— Ah, então você está familiarizada com esse método?

Sorrindo, ele tirou o enorme presunto do gancho no teto, enquanto

---

[11] A autora brinca com o nome do personagem. Dan, em inglês, refere-se a um homem de humor incomum, dado a comentários tão divertidos que provocam explosões incontroláveis de riso. (N.T.)

eu tentava não olhar para os músculos salientes de seu braço. Então fatiou o presunto e eu assisti, quase em câmera lenta, imaginando aqueles grandes e fortes braços ao meu redor, o rosto arrepiado acariciando meu pescoço.

— Então, este é o seu almoço? — perguntou, colocando os pedaços de tomate com carinho sobre o presunto. Ele deu uma olhada e me surpreendeu observando-o. Tive que virar fazendo de conta que estava fascinada por pimentões recheados.

— Sim, eu amo os sanduíches daqui. Costumava ir ao Greggs, mas gosto de observar você preparando-os... Quando digo "observar você", não quero dizer que gosto de observá-lo como uma assediadora ou tipo... — falei, soando como uma assediadora.

Ele pegou meu dinheiro e abriu o caixa. Era mais novo do que eu, e minha cordialidade talvez pudesse ter se tornado totalmente errada.

— Ih, isso soou muito estranho, não é? — eu disse, querendo que ele não pensasse que eu era do tipo de mulher mais velha que sai à procura de homens mais jovens.

Ele sorriu e entregou meu troco.

— Pode fazer o que quiser. Você é bem-vinda aqui a qualquer hora para me ver preparar sanduíches.. se é o que quer.

— Por Deus, não... Eu gosto de vir aqui para ver a comida. Não é como se eu... Não estou olhando você desse jeito... Não quero que pense...

Ele estava sorrindo, os olhos cintilando.

— Estou provocando você.

— Ah... Então, há mulheres que pagariam bem para ver você em ação... não que eu seja uma delas... você sabe... mulher? — Tentei brincar, de modo a acompanhá-lo.

— É... agora que você mencionou isso, tenho notado um monte de mulheres vindo aqui para comprar coisas. E eu pensei que era o queijo de cabra francês que elas cobiçavam.

Eu ri. Ele era engraçado. Eu realmente tinha que parar de ir ali — não podia deixar de flertar com ele; era bonito, mas muito mais jovem. Uma situação mesmo indecente.

* * *

No fim de semana seguinte, Emma veio da universidade para casa. Era uma viagem não programada, porque ela queria fazer o cabelo, e fiquei deliciada. Eu havia trocado o edredom do quarto dela, comprado seus agradáveis sais de banho e feito seu prato de robalo favorito para o jantar, acompanhado de gengibre e cebolinha. Amava cozinhar, e era sempre um prazer fazê-lo para Emma; afinal, sendo honesta, como nunca senti que meus pratos eram apreciados por Craig, recusava-me a gastar horas consultando livros de receita para ele. Naquele fim de semana, entretanto, até Craig ajudou. Ele não reclamou de espinhas no peixe, ou do gengibre em excesso, e estava um pouco mais animado e envolvido que o usual. Mas, apesar de tentarmos sinceramente ser amáveis um com o outro na frente de Emma, havia uma tensão, e nós discutimos. Craig talvez tenha falado algo desagradável, ou simplesmente não respondeu quando falei com ele, o que me irritou até que estourei, e brigamos novamente. Embora nunca tivéssemos abordado a questão, ambos desistimos de tentar, mas ainda assim eu não queria que a estada de Emma fosse arruinada pelos nossos problemas. Preocupava-me que ela nunca mais voltasse para casa se isso significasse ficar escutando seus pais discutindo. Toda essa situação me fez sentir pressionada e, consequentemente, ainda mais estressada e pronta para gritar com Craig.

— Papai é tão zangado o tempo todo — reclamou Emma, durante uma "ida de meninas" ao shopping na cidade para comprar sapatos novos.

— Desculpe-me, Emma. Ele não está diferente do usual. Você é que, provavelmente, nunca notou quando morava em casa. Eu nem percebo isso mais — falei, irritada por estar estragando a breve estada de minha filha em casa. Paramos no Costa, aonde Emma sempre insistia em ir para um saboroso café com creme e coberturas.

Ela pediu café com leite sabor baunilha enquanto conversamos sobre a irritabilidade de Craig.

— Ele sempre foi mal-humorado — ela disse suspirando, encostando-se ao balcão. — Não sei como você o atura... Ele nem sequer fala com você.

Eu me senti incomodada. Para Emma era muito ruim ser tão crítica sobre o pai, mas eu não queria sobrecarregá-la com minha infelicidade.

— Ele já foi um amor, Em; era gentil, atencioso, e, embora nunca tenha sido muito falante, é um bom pai. Penso que ele achava mais fácil quando você era pequena, mas a vida muda as pessoas. O trabalho e as preocupações aparecem, e todos nos transformamos naquilo que dizíamos que nunca seríamos. O pai dele sempre foi ruim para a esposa... e seu pai odiava isso.

— Não o deixe ser ruim para você, mãe. Não consigo imaginá-lo sendo outra coisa que não um pai "rabugento". Ele também nunca falou realmente comigo... só *para* mim.

— Ele não acha fácil se comunicar e, como agora você está adulta, imagino que ele possivelmente ache difícil saber a coisa certa para dizer.

— Ele não é econômico nas palavras quando está falando para mim quanto está o meu aluguel e como ele teve que repor na aposentadoria por cinco anos porque estou na universidade...

— Ora, não se sinta culpada por causa do dinheiro, meu amor. Ele nunca vai se aposentar mesmo. Imagine seu pai sem encanamentos?

— Ia ser como o Ant sem o Dec[12] — ela falou, rindo.

Eu dei uma aliviada na situação por Emma, mas estava chateada com Craig porque havia sugerido ser culpa dela o fato de ele não poder se aposentar mais cedo. Nós pagávamos o aluguel de nossa filha, mas o resto era um crédito educativo que ela um dia teria que pagar, e eu me sentia mal por fazermos tão pouco por Emma.

Ela vivia sem nada do que estava acostumada, e notei que tinha perdido peso, talvez intencionalmente, ou talvez devido ao fato de ter pouco dinheiro.

— Está tudo bem com você? Dá para viver com o dinheiro que lhe damos? — perguntei-lhe. — Está comendo bem, não está, meu amor?

– Claro, está ótimo. Como demais... Está tudo bem, sinceramente, mãe.

Emma tinha dito que de forma alguma queria me preocupar, mas eu me preocupava com ela o tempo todo. Por que sempre sinto culpa por todo mundo? Sinto-me culpada por mim e por Craig, pelo fato de não podermos comprar um laptop novo, ou então um carro, ou simplesmente dar um pouco mais de dinheiro para nossa filha viver. Eu tinha algum dinheiro guardado e de vez em quando mandava um cheque a Emma, que o devolvia dizendo que estava bem, que esse era o meu dinheiro para os dias de aperto e que eu poderia precisar dele para mim mesma um dia. Será que ela estava certa? Isso não era propriamente um

---

[12] Comediantes e apresentadores de TV que atuam sempre juntos. (N.T.)

segredo, mas eu nunca havia mencionado a existência desse dinheiro para Craig. Sentia uma sensação de segurança por saber que tinha algo só para mim.

— Seu pai é bom no que faz, mas acho que ele perdeu muitos clientes ao longo dos anos devido a sua...

— Personalidade? — ela completou.

Sorri.

— Não é bem isso, mas ele simplesmente não dá uma conversadinha e nunca ri. Os outros estão sempre brincando, e piscando, e paquerando, e elogiando, e seu pai pode parecer às vezes... um pouco rude.

— É, ele não tem noção alguma de atendimento ao cliente... — Emma suspirou, batendo com os dedos sobre o balcão. Nós duas olhávamos o café fumegante e espumoso em canecas brancas com o agradável ruído, ao fundo, de espumar da máquina de café. — Considero você uma santa por aguentá-lo.

Ela se sentou enquanto colocava nossas bebidas na mesa.

— Minha amiga Vicki diz que sua mãe e seu pai estão adorando ter o lugar só para eles agora que ela está na universidade. "Estão dando uma" o tempo todo, ela me disse.

— Obrigada por esse pequeno vislumbre do quarto de outras pessoas, Emma; posso assegurar a você que eu e seu pai não estamos "dando nenhuma".

— Mamãe, que grosseria! Por favor, não use essa expressão para descrever você e o papai... sem detalhes.

— As pessoas com mais de 40 *fazem* sexo, você sabe; eu não quis dizer que não era uma delas.

— Não me lembre. Isso me faz ter vontade de vomitar.

— E não é sempre com as pessoas com quem se é casado... — Dei uma risada, imaginando por um breve momento uma noite de paixão com Johnny Depp.

— Mãe, isso já é o suficiente — brincou, simulando uma expressão de horror no rosto.

— Se você pensa que sou má falando sobre sexo, devia ouvir as façanhas diárias de Mandy, ou, melhor dizendo, todas as noites.

— Oh, Deus, Mandy Johnson. Esqueci que você trabalha com Mandy. Como ela está? Ela estava sempre por perto do bicicletário da escola, fumando e beijando os rapazes.

— Bem, atualmente ela está fora de estacionamentos de bicicletas e dentro de clubes noturnos, só que agora "deitando e rolando" com os rapazes — brinquei. — Seja lá o que isso queira dizer.

— Parece significar que ela botou o show "Mandy" em turnê e ele está mais escandaloso do que nunca. — Ela sorriu, tomando sua bebida. — Você devia ver as coisas que ela coloca no Facebook.

— Ora, ela está bem, só um pouco jovem e confusa.

— Ela tem a mesma idade que eu...

— Sim, mas vocês estão em mundos diferentes. Lembre-se de que ela não tem mãe, e, não importa o que você possa pensar, acredito que contribuí pelo menos um pouquinho para o seu sucesso como ser humano — eu disse, sorrindo.

— É, acredito que você tenha feito alguma coisa certa em algum lugar ao longo do caminho. Se não tivesse feito, eu estaria deitando e rolando com Mandy nas principais casas noturnas de West Midland.

— Em vez de deitar e rolar em Manchester, talvez? — perguntei, minhas sobrancelhas erguidas de curiosidade.

— Não... Você está de brincadeira. Não sou como Mandy Johnson.

— Com a graça de Deus, Emma — exclamei, sentindo-me um pouco desleal com Mandy, que, por vezes, eu sentia como uma segunda filha para mim, principalmente após a partida de Emma. Eu conhecia Mandy desde que ela tinha 15 anos e começara a trabalhar no salão apenas aos sábados. Doze meses depois, sua mãe havia perdido a luta contra o câncer, e Mandy ficara devastada. Sue e eu sentimos muito por ela, e Sue se ofereceu para pagar seu treinamento como esteticista. Eu tinha conversado com Mandy durante os dias ruins, tentando convencê-la de que a dor iria diminuir. Durante os quatro anos seguintes, ela progrediu, embora em alguns dias não estivesse bem, e ainda gostava de beber, mas tinha mudado de algo a que recorria para matar a dor para algo que fazia nas saídas à noite.

Olhei ao redor na cafeteria e de novo para minha linda e sorridente filha que tinha vindo lá de Manchester para ficar um fim de semana conosco. Que sorte a minha! Isso me fez pensar na mãe de Mandy. Ela devia ter consciência de que seu tempo com a filha estava limitado e, portanto, nunca a veria se tornar uma jovem mulher, nunca veria o casamento dela, os filhos dela. Então, lá estava Mandy, largada em um mundo louco, confuso e sem a mãe, e tentando dar uma razão a tudo isso.

Naquela noite, na cozinha, fiz luzes no cabelo de Emma enquanto Craig trabalhava no motor de uma lavadora de pratos na mesa. Emma estava sentada em uma cadeira, os cabelos cobertos com papel alumínio, enquanto conversávamos e Craig grunhia de vez em quando. O rádio estava ligado e, quando *Wannabe*, a antiga música das Spice Girls, começou a tocar, Emma e eu iniciamos nossa cantoria, e em segundos Craig estava batendo os parafusos do tambor no equipamento em que estava trabalhando. Essa era uma música que Emma adorava quando era criança, especialmente a parte “Zig-a-zig-ah”, frase de efeito nos anos 1990, que ambos costumávamos cantar com ela em tempos mais felizes. Ela devia ter por volta de 5 anos quando a gravação surgiu e a compramos em CD, e até mesmo Craig dançava com a filha pela casa. Cuidadosamente apliquei mais clareador, embrulhando cada pedacinho de papel com cautela em torno do cabelo dela, e, enquanto continuávamos a cantar, pensei no que tínhamos perdido, e tentei não chorar.

3

Ryan Gosling e um *Dirty Martíni*

A semana seguinte foi difícil sem Emma. Sempre demorava um pouco mais para as coisas voltarem ao normal, pois eu sentia muita falta dela, e, com apenas Craig como companhia, era forçada a novamente passar minhas noites tendo (fantasias) encontros românticos com maravilhosos astros de cinema em fabulosas locações... Pensamentos constantes com Ryan Gosling e um *dirty martíni* ao lado de uma piscina em Los Angeles eram as únicas coisas que mantinham minha sanidade. Na verdade, passava minhas noites com Craig e *Ice Road Truckers*. A trilha sonora da minha vida não era Vivaldi (como sempre acontecia com Ryan ou Johnny Depp), mas os caminhoneiros barulhentos que passavam na TV. Ainda havia o permanente futebol... Sempre alguém jogando uma partida em algum lugar da porra do mundo, e quem precisava de uma trilha sonora de Vivaldi, quando tinha o zumbido monótono dos comentaristas esportivos? Levantava a cabeça do meu livro para ver algum lance e dez homens de calção disputando uma bola, e pensava em como a preciosa lembrança de minha vida estava sendo lentamente engolida em parcelas de noventa minutos, se não tivesse prorrogação.

Na terça-feira seguinte, apareci na *delicatessen* para comprar o almoço. A quem estou enganando? Fui para cobiçar o homem deslumbrante por detrás do balcão *e* comprar o almoço.

— Tem certeza de que aqueles tomates *yummy* foram colhidos nas encostas da Toscana, próximos a uma figueira nos arredores de Florença? — perguntei, com a expressão séria.

— Ah... exatamente eles: terceira figueira da esquerda para a direita. Você é uma especialista — ele falou, sorrindo. — Agora o pão... De que tipo você gostaria?

— *Focaccia*? — Tentei dizer com sotaque italiano, como alguém que as comesse todos os dias, mas pronunciar *focaccia* não era fácil para minha língua inglesa e soou de forma quase indecente.

Os claros olhos azuis dele brilharam divertidos com essa quarentona em sua jaqueta e chapéu de pele de panda balbuciando obscenidades. Corei um pouco imaginando minha figura, mas felizmente me distraí com uma parede celestial cheia de delícias. Ali tinha biscoitos... mas não como eu os conhecia. Enquanto ele colocava carinhosamente o chouriço e geleia de pimenta no pão, eu me afastei para que ele não achasse que estava tendo pensamentos levianos observando-o — o que, obviamente, eu estava. Fui até o outro lado da loja passando pela parte dos doces, chegando a correr meus olhos e dedos pelos pacotes enfeitados com fitas coloridas rugosas ao toque. *Biscotti, Panettone, Florentines e Cantuccini* eram biscoitos diferentes e maravilhosos feitos com nozes, amêndoas e chocolate. Nunca tinha comprado algo do tipo; Craig preferiria *Rich Tea* e, como eu sempre estava de dieta, raramente me aventurava além do *Jaffa Cake* no trabalho, mas aquilo ali, em termos de biscoitos, era uma experiência nova, linda e inesperada. E o puro ambiente italiano dali estava fazendo com que me sentisse como uma cosmopolita, então peguei um pacote de *Florentines*.

— Algo doce — eu disse sorrindo, colocando o pacote sobre o balcão enquanto ele ajeitava gentilmente os tomates na minha *focaccia*. Como estava ocupado criando, eu me mantive falando... Sou boa nisso. Costumava encher o silêncio o tempo todo quando estava em casa com Craig.

— Esses *Florentines* parecem deliciosos; tenho certeza de que gostaria deles... mas, como estou de dieta, então, na verdade, não vou comê-los. São para uma amiga minha.

— Aham... — E ele continuou a trabalhar em sua obra de arte.

Teria sido bom se ele tivesse olhado surpreso por eu estar fazendo dieta, ou mesmo sugerido que não precisava perder peso, mas provavelmente *não estava* escutando. Recentemente tinha engordado alguns quilos pela falta de exercício. Emma e eu costumávamos correr algumas noites quando ela ainda vivia em casa, mas eu não queria correr sozinha; não seria a mesma coisa. Imaginei se algum dia me acostumaria com o fato de ela não estar mais lá. Sua ausência tivera mais efeito do que eu esperara, e minha vida, de repente, parecia vazia. Emma não precisava mais de que eu cozinhasse ou lavasse para ela, e meu serviço de táxi não era mais requerido... Porém, mais do que isso, sentia falta de conversar com ela, ouvir sobre seu dia, seus amigos, sua vida.

Observei Dan registrando o pacote de *Florentines* no caixa. Dedos longos e finos, um anel de metal amassado no dedo mindinho, os pulsos cobertos por couro desbotado trançado e algodão, lembrando as pulseiras de amizade que Emma costumava usar.

— Esses *Florentines* são importados da Itália... amêndoas caramelizadas... crocantes, mas bem doces na língua. Uma pitada de gengibre e raspas de casca de laranja dá a eles um sabor picante, cítrico... sensacional. Basicamente, eles são viciantes; uma vez que você os abrir, vai ter que comê-los — falou com um sorriso.

— Bem, vou tentar resistir. Como comentei, eles não são realmente para mim, mas para minha chefe, Sue. Ela é a dona do salão "Cachos e Tintura", onde trabalho. Sue tem estado um pouco triste ultimamente, pois seu marido fez fortuna com bolas de plástico e a deixou por uma comissária de bordo anoréxica — acrescentei desnecessariamente. — Ele ficou com a casa e toda a decoração de Sue, então ela ficou chateada imaginando-os fazendo amor em seu sofá Laura Ashley e almofadas artesanais feitas à mão. Ela a chama de "vagabunda da cabine de pilotagem", ou Annie Aeroflot. — Olhei para ele, que sorriu, sem muita certeza de como reagir. Sou uma dessas pessoas, por natureza, tímidas, mas minha falta de autoconfiança é uma estranha contradição, uma vez que também me obriga a preencher o silêncio com minha própria tagarelice.

— Ela tem cabelo ruivo e faz coisas com a língua — acrescentei. — A Annie Aeroflot, quero dizer... não a Sue. — Duvido que o australiano loiro da *delicatessen* quisesse saber dos detalhes íntimos da amante de um homem casado com uma mulher que trabalhava em um salão de cabeleireiro mais abaixo na rua, mas ele estava prestando atenção.

Como enveredei para detalhes inúteis sobre o trágico casamento de Sue e seu esforço monumental de namorar pela Internet, imaginei que fosse uma questão de tempo antes que ele perdesse o interesse. Eu devia parar, pensei, ao me ouvir contando a história de um encontro de Sue com um homem que só conseguia fazer sexo vestido como Darth Vader, e com um juiz do supremo tribunal que mantinha apenas sua toga durante o sexo. E agora, por que sinto necessidade de dizer isso a ele? Nem era minha a história para contar. Estava esperando seus olhos ficarem perdidos, como Craig fazia quando me dirigia a ele por mais de trinta segundos. Mas, ao longo do meu monólogo, Dan ria, genuinamente divertido com minhas histórias. Decidi parar enquanto estava em vantagem, quando ainda tinha a sua atenção, e perguntei quanto eu devia pelo sanduíche. Ele me disse e, ao vasculhar a bolsa, um atrevido intervalo de silêncio se abriu. Era, é claro, meu dever preenchê-lo.

— De onde você é? Você está aqui permanentemente ou em umas daquelas férias prolongadas... Existem australianos fazendo isso aqui, não é? Vocês todos vivem em comunidade... Dormem juntos... Dormem uns com os outros... Quero dizer que dormem dormindo... nada de sexual. Deus, não... Europa... sim, você está "fazendo" a Europa. Quando eu digo "fazendo", estou querendo dizer...?

— Sim... Eu sou de Sydney. — Cruzou os braços e recostou-se, observando-me, ainda com um brilho divertido nos olhos. — Estou com o lado britânico da minha família, que é dona desta loja, e ser australiano não significa que nós dormimos todos juntos. Estive na Europa, infelizmente ainda não a "fiz". Ah, e o nome de solteira da minha mãe é Smith, e eu calço número...

— Oh, sinto muito. Eu não estava sendo intrometida. Eu só...

— Não se desculpe... Estou brincando — disse, sorrindo.

A pele ao redor dos olhos dele se enrugou e, por um estúpido nanossegundo, permiti que uma pequena fagulha vibrasse em minhas veias. Foi bom sentir isso de novo, o *frisson* indefinível da atração, pelo menos de minha parte; ainda duvidava de que fosse recíproco, mas quem precisava de reciprocidade? Eu estava agindo exatamente dessa forma com metade de Hollywood nos últimos anos, e nenhum dos meus parceiros nem sequer tinha consciência disso.

— Estou tendo um ano sabático. — Ele ainda estava sorrindo. — É uma espécie de adiamento, você sabe... Deveria ter feito isso quando estava nos meus 20 anos, mas estou com 33... esta é a minha lacuna europeia.

Um rápido cálculo mental me disse que ele era nove anos mais jovem do que eu. Isso era uma coisa ruim? E, mais especificamente, por que eu sentia a necessidade instintiva de que aquilo desse certo? Não era como se realmente importasse. Não havia maneira de alguém como ele me ver de modo diferente do que eu era, uma mulher de meia-idade, casada e chata.

— Doce e macia — ele disse bastante sedutor, quando empurrou a *focaccia* em minha direção por sobre o balcão. — Beijada pela brisa fresca da montanha.

— Devo considerar que você está se referindo ao presunto...?

— Considere como você achar que deve — retrucou ainda sorrindo, imediatamente me ganhando, o que era adorável.

— Gostaria de saber se você poderia me dizer especificamente qual montanha? — perguntei.

— Claro, minha senhora. É aquela com neve em cima e presuntos pendurados.

— Tudo bem... Acho que vou aceitar sua palavra. — Balancei a cabeça com falsa seriedade. — Mas, se quando eu provar descobrir que foi seco na brisa de uma montanha diferente... vou voltar.

— Nesse caso, espero estar errado, porque, minha senhora, você me divertiu bastante esta manhã. — Ele estendeu a mão e colocou um pouco das azeitonas verdes pingando em um pote de poliestireno. — E aqui está um pequeno agradecimento, um acompanhamento para sua *focaccia*, por conta da casa. — Ele se inclinou ligeiramente e me entregou o pote, nossos olhos encontrando-se.

Amei a atenção, e, enquanto ele abria a caixa registradora, seu sorriso era cativante e minha mente tinha voado. Não havia nenhuma lei que dissesse que eu não poderia embrulhar "Rapaz australiano para viagem" na minha bolsa para ser saboreado mais tarde, junto com Brad Pitt, a *focaccia* e os *Florentines*, mas não todos ao mesmo tempo; isso seria ganância. O.k., eu não estava me enganando; sabia que o sorriso cintilante dele e sua natureza sedutora representavam serviço ao cliente e castigo pela imaginação sobre presuntos... E que essas azeitonas grátis eram uma promoção, e não um "venha cá". Mas uma garota podia sonhar.

— Seu chapéu é... legal, sabia? — comentou, colocando o meu dinheiro na gaveta e pegando o troco.

Agora, uma leve paquera com uma mulher a quem você quer vender carnes italianas caríssimas, e então condescendência, ou, pior, gozação. Obviamente me achou muito divertida, escancarando a vida amorosa esquisita da minha amiga para ele, vestida com uma longa jaqueta de pele curta e um panda em minha cabeça. Senti uma onda de humilhação, e, quando ele entregou meu troco, viu a expressão no meu rosto.

— Eu não queria envergonhá-la — explicou hesitante, colocando as moedas na palma da minha mão aberta. — É um chapéu legal...

— É da minha filha... e não o coloquei porque eu queria "parecer legal". Estou ciente de que pareço completamente ridícula — murmurei, sentindo-me estúpida, colocando o troco na minha bolsa e o pacote de *Florentines* na minha sacola. Tirei o chapéu e o coloquei no bolso. Eu não estava usando o chapéu e a jaqueta apenas para me proteger do frio; isso me faz sentir mais perto de Emma e de repente senti uma profunda onda de desejo maternal. Como ele ousava fazer piada com o chapéu que minha filha usava quando tinha 13 anos? Lembrei-me de que o comprara para ela de Natal, em uma barraca no mercado alemão em Birmingham, e ela o tinha usado constantemente. Eu até a peguei o usando na cama uma vez, e lembrar disso me deixou, de repente, incrivelmente triste. A rapidez com que ela tinha crescido e ido embora;

como parecia que tinha sido ontem que ela segurara minha mão nas suas e dera seus primeiros passos vacilantes. Mordi o lábio, os olhos cheios de lágrimas. De onde diabos tinha vindo toda essa emoção?

— Ei... sinto muito. Não queria magoá-la. Eu *gosto mesmo* do seu chapéu... de verdade. Ele é... bonito.

Tentei um sorriso, mas o meu lábio inferior tremia.

— Sinto muito. Na verdade, não foi o que você disse... Eu só... estou sendo boba. Sinto falta da minha filha. — Comecei a chorar.

— Ora, não chore — ele disse suavemente. — Meu pai ligou ontem à noite, preocupado por eu estar a meio mundo de distância, e eu sou um homem adulto. É perfeitamente normal sentir falta da sua filha. Por que ela foi embora?

— Ela está na universidade em Manchester. Isso é estúpido, mas acho que nunca vou me acostumar com ela estando longe. É como se meu coração fosse embora e me deixasse para trás.

— Ei, ela sabe que você pegou o chapéu dela? Será que ela não está com frio... sem ele?

Ele estava tentando levantar meu astral. Não funcionou.

— Ora, nem morta ela seria vista com ele agora. Na verdade, duvido que qualquer um com mais de 13 anos o usasse.

Pensei em quão boba eu devia parecer para alguém viajado como ele, e em como Emma ficaria envergonhada vendo-me vestida desse jeito. Então comecei realmente a chorar alto, e ninguém estava mais surpresa que eu... exceto ele, ali, com seu braços pendidos hesitantes, uma expressão sem graça no rosto. Depois de aproximadamente um minuto, quando percebeu que eu não ia parar de soluçar e poderia ser ruim para os negócios, ele contornou o balcão e continuou parado junto a mim, sem saber o que fazer, enquanto eu derrubava lágrimas salgadas por todos os pães artesanais. Eu não tinha chorado quando Emma fora embora dessa vez. Pensei que tivesse conseguido superar isso, mas não. Só havia engarrafado todo o choro até aquele momento, porque alguém fora bom para mim e realmente escutara o que eu havia dito. Senti um guardanapo de emergência sob meu nariz e, sem olhar para cima, aceitei agradecida.

— Obrigada. — Assoei o nariz e pensei em como esse cara devia estar desejando nunca ter começado a conversar com a louca mulher em uma jaqueta gigante.

— Você está bem? — perguntou, e pela expressão em seu rosto estava claro que ele pensava que eu precisava de cuidados profissionais. Confie em mim para destruir uma bela amizade incipiente que tenha começado com estas premissas: braços fortes, *focaccia* recheada e azeitonas grátis.

— Estou bem. Estou muito bem. Obrigada pelo guardanapo — agradeci, sorrindo. — Se alguém entrou agora, ver uma mulher assoando o nariz usando uma jaqueta de pele curta e com um panda na cabeça pode não ser bom para a clientela.

— É, não tenho certeza se você é exatamente boa para os negócios. — Ele levantou as sobrancelhas com um sorriso, e então o rosto preocupado estava de volta. — Opa, e... estou só brincando, então, por favor, não comece a chorar de novo.

— Não vou.

Sorri, e ele pareceu relaxar, mas continuou parado sem jeito como se estivesse esperando para me amparar se eu caísse. Por um momento o silêncio reinou ali, exceto pelos carros lá fora e uma ambulância ao longe, mas, mesmo em profunda angústia, eu tinha que encher o ambiente com minha maldita voz:

— Eu me sinto verdadeiramente estúpida. Normalmente não caio em prantos quando peço um sanduíche. Não consigo me recordar de quando foi a última vez que chorei... Provavelmente no meu aniversário; bebi muito cava — disse, passando a alça da sacola sobre meu ombro e empurrando o capuz de lã curta em volta do meu pescoço. — Emma... é a minha filha, diz que falo demais de vez em quando. Ela está certa, eu falo. Eu falo e falo e... de toda maneira, estou saindo. Obrigada pelo lenço. — Enxuguei meus olhos e caminhei em direção à porta.

— Nunca ouvi seu nome, por sinal — ele disse.

Eu me virei e sorri sem jeito, tentando não ser arrastada para dentro daqueles olhos.

— Faye... Eu sou Faye.

Abri a porta e, segurando minha *focaccia* como uma espada protetora, saí para a rua. Precisava sair dali com o mínimo de dignidade que ainda tinha depois de fazer de mim mesma muito mais do que uma idiota.

Voltei para o salão e sua segurança. "Cachos e Tintura" sempre tinha sido meu santuário, meu segundo lar. Trabalhava lá desde que Emma tinha 6 anos e começara na escola, e o que no início era apenas um emprego temporário se tornou mais permanente, e então ficou tarde demais para largá-lo e voltar a estudar. Eu tinha agora atingido o patamar de Cabeleireira Sênior, e, embora tivesse sempre sonhado em estudar novamente, Craig costumava me aconselhar a evitar problemas indo a uma faculdade na minha idade.

Mas, recentemente, estava pensando em voltar para a faculdade, viajar e fazer algumas das coisas que eu sempre tinha planejado. Redescobrir o cartão-postal de Nova York me fez pensar mais sobre a minha vida e sua transformação, e, embora o salão tivesse me propiciado um ambiente maravilhoso, feliz ao longo dos meus 20 e 30 anos, nunca tive a intenção de ficar lá para sempre. Amava as garotas, mas ultimamente ansiava por algo mais: pessoas com as quais eu pudesse aprender e compartilhar novas experiências, e não achava que Sue ou Mandy (ou Craig, aliás) fossem aquelas pessoas.

A situação lituana estava causando mais estresse diário do que o necessário; não aguentava ouvir outra história de um cliente sobre uma disputa com um vizinho ou um incidente nas lojas Aldi, e a obsessão de Sue com namoros on-line e astrologia estava nos levando à loucura. Vivíamos todos como Lady Ga Ga, a hamster em sua roda implacável, indo a lugar nenhum e voltando todos os dias para mais, para as mesmas histórias, para as mesmas caras, para os mesmos erros. Era um mundo minúsculo, e eu queria fugir por um tempo. Tinha os mesmos sentimentos em casa, e também não queria ficar com Craig. Não tinha coragem de simplesmente ir embora, mas, se eu ficasse, sabia que iria morrer uma morte lenta. Eu quase podia ouvir o tique-taque do relógio.

— Faye, você precisa tomar uma decisão, amor — Sue tinha dito. — Você tanto pode ir em frente e continuar com ele como sair antes que seja tarde demais. Eu sou um pouco mais velha do que você e, acredite em mim, só piora.

Sue tinha 45 anos e, solteira, passava as noites com estranhos que ela encontrava on-line. Seria essa a única opção para uma mulher solteira mais velha?

— Ontem à noite eu era a mulher mais velha em um evento para encontros rápidos — ela me dissera, ainda naquela manhã. — Era como estar na escola de novo. Eu era sempre a última a ser escolhida no *netball*[13]... e ontem à noite passei por isso tudo de novo. Então, aceite meu conselho e vá embora enquanto ainda é jovem o suficiente para aproveitar estar só.

---

13 Tipo de basquete praticado principalmente por mulheres, com duas equipes de sete jogadoras cada. (N.T.)

O relógio não estava apenas correndo agora; eu estava em um *timer*. Em uma noite longa e solitária com Craig, até calculei exatamente quantas horas eu perderia se vivesse até os 70 anos. Agora me assustava pensar até em cada hora que estava sendo corroída, engolida pela infelicidade e pela minha própria reconhecida falha.

Mas o que me assustou ainda mais foi o pensamento de passar essas horas como a mulher que eu era, com um homem como Craig em uma vida que não funcionava.

Talvez eu nunca dançasse em um terraço iluminado de Nova York, ou saboreasse *dirty martinis* com Ryan Gosling, e as chances de estar em algum lugar perto da casa de Johnny Depp eram nulas, mesmo que ele fosse agora oficialmente solteiro. Para muitas mulheres de meia-idade casadas há vinte e tantos anos, isso não seria uma surpresa e elas aceitariam a sua sorte, estoicamente cozinhando massa para o jantar e colocando outra remessa de roupas na máquina de lavar. Minha desgraça é que sou uma sonhadora. Minha mãe sempre me dizia que tudo era possível, e que eu só tinha que acreditar em mim mesma e fazer acontecer. Eu tinha entendido isso literalmente aos 5 anos de idade, e, mesmo como uma mulher madura, não poderia abandonar a ideia de que podia fazer qualquer coisa. Será que por essa razão a vida até agora havia me decepcionado? Nunca me formei, realizei pouco na minha *Lista de Vida* e nunca viajei para fora do país. No entanto, sendo a contradição que sou, meu otimismo cego e ridículo continuava a me manter ingenuamente esperançosa de que, um dia, encontraria o que eu estava procurando.

Desde que redescobrira o cartão-postal de Nova York, eu o tinha mantido na minha bolsa, e por várias vezes o pegara, imaginando estar dançando naquele terraço com o homem da outra cadeira vazia. Apesar de não ter ideia de quem era o homem, sabia que não era Craig.

É isso?, pensei, vendo apenas uma estrada longa e reta à frente, com todas as placas de sinalização posicionadas, sem curvas bruscas, um semáforo esporádico, destituída de surpresas e sem tesouro algum no fim da jornada. *Apenas um sutiã antigo, seios envelhecidos e sexo com o mesmo homem até que eu morra? Sem cadeiras vazias nas mesas do terraço, sem dança sob as estrelas e sem champanhe no gelo esperando por mim?*

* * *

— O Dan da *delicatessen* tem o olhar do Ryan Gosling, você não acha? — perguntei a Mandy, enquanto trancávamos o salão uma noite.

— O australiano? Sim, sei o que você quer dizer. Ele é bonito. Você está atrás de caras jovens agora, Faye?

— Meu Deus, não. Não fantasio com ele. Estava apenas dizendo... ele parece um Ryan Gosling robusto.

— É normal, mesmo na sua idade, fantasiar com outros homens, Faye — disse ela com sinceridade, enquanto caminhávamos juntas voltando para casa. — Minha mãe tinha um caso com um cara que tinha saído com ela na escola, seu primeiro amor. Ela não o tinha visto mais desde que tinham 16 anos, e todos os anos ela recebia um convite para a reunião da escola e eu dizia: "Mãe, você tem que ir". E ela jogava o convite no lixo e retrucava: "Não, todos eles têm grandes empregos e carros de luxo, e eu não tenho nada". Ela sempre prometia que perderia peso, compraria um vestido elegante e faria um penteado e iria no ano seguinte. Então, quando ela ficou mal e o convite veio, disse que de qualquer maneira iria naquele ano. Ela queria vê-lo, e também queria ver seus antigos companheiros uma última vez, e estava toda animada. Ela até comprou um vestido novo. Eu ia fazer seu cabelo e maquiagem... Então, dois dias antes da festa, ela acabou voltando para o hospital e não saiu mais. Ela nunca teve a chance de vê-lo, ou aos seus antigos amigos da escola, e seu vestido ainda está no guarda-roupa... Cara, isso foi difícil.

— Mandy, que triste que ela não tenha conseguido fazer isso.

— Uma das últimas coisas que ela me disse foi: "Vá em frente. Não espere ser convidada. Não deixe nada para depois; faça na hora. Nenhum de nós sabe quanto tempo temos, e você tem que viver cada dia como se fosse o último". Isso foi o que ela disse.

A história de Mandy sobre sua mãe me fez pensar em como eu estava brincando às margens da vida. Assim como ela se mantivera adiando aquela reunião de escola, por causa do medo de ser julgada ou rejeitada, eu estava fazendo o mesmo com a minha vida fazia anos, agindo conforme as regras, não correndo quaisquer riscos. Como o vestido não usado dela no guarda-roupa, o meu vermelho estava dobrado na mochila... Dois vestidos não usados e vidas não vividas. Como a mãe de Mandy disse, você tem que se arriscar, porque não sabe quanto tempo tem. De repente, senti saudades de Emma, então, ao chegar em casa, verifiquei meu telefone para ver se ela tinha mandado alguma mensagem. Não tinha, e pensei em lhe enviar uma, mas lembrei que Emma precisava de seu próprio espaço agora, sua chance de viver sua vida, o que era irônico porque, pela primeira vez em minha vida adulta, eu tinha montes de espaços, mas nada para fazer com eles agora que ela não os estava preenchendo.

Naquela noite, deitei-me na cama de solteira de Emma e olhei para o cartão-postal de Nova York. Quem dançaria comigo em meus sonhos esta noite? Então me peguei pensando em Dan e seus grandes olhos azuis. Ele era mais jovem do que eu, mas parecia mais velho, tão bem informado sobre comida e obviamente viajado e repleto de experiências de vida. Eu estava certa de que ele seria um companheiro muito agradável em um jantar em meus sonhos; afinal, havia se derretido em explicações sobre carnes internacionais e oliveiras, e segurara minha mão à luz das velas ao explicar por que o queijo fica azul. Ele seria uma boa mudança de Brad Pitt e os garotos que, sejamos francos, tinham se tornado um clichê para as mulheres de meia-idade como eu. Eu era apenas mais uma mulher bem casada, grata por passar uma noite com alguém que se preocupou em me enxergar e cujas calças eu não teria que lavar um milhão de vezes.

O momento em que Dan chegou foi perfeito. Ele desembarcou do paraíso a apenas alguns metros do salão de cabeleireiro, um presente pós-Natal para todas nós, meninas, desfrutarmos no rescaldo de enfeites e na chegada do vazio.

Caminhando de volta do trabalho nessas noites escuras de inverno, com a água remanescente da chuva ameaçando congelar as estradas, havia passado pela *delicatessen* iluminada e visto Dan lá dentro, conversando com um cliente ou ocupado abastecendo as prateleiras, controlando-me para não entrar e encontrar o delicioso aroma e o reconfortante calor, junto com o lindo sorriso irradiante dele. Algumas noites eu passava rapidamente pela *delicatessen*, afastando pensamentos intrusos sobre carnes curadas e bíceps bronzeados. No entanto, minha mente era sempre arrastada de volta, chutando e gritando por Dan de cueca (o.k., eu estava pensando nele com boxers Calvin Klein brancas, se você quiser saber).

Será que talvez, com Craig em casa e uma existência tipo freira no trabalho, eu estivesse carente de atenção masculina e descompensada? Definitivamente, tinha começado a olhar para os homens de uma maneira diferente, mais sensual; por exemplo, assistia a um filme e, em vez de admirar a atuação do ator principal, meus primeiros pensamentos eram "como será que ele é pelado?", ou, "como será ele na cama?".

Ficava chocada pelo fato de esses pensamentos virem de maneira espontânea à minha cabeça. A situação estava piorando, e eu já não podia contar as vezes que chegava em casa para descobrir Kevin Bacon nu e "no ponto" nas minhas bancadas de cozinha.

Sue disse que a questão era hormonal e que provavelmente eu estava na "peropausa". Muitas vezes ela misturava palavras, então pesquisei o termo e encontrei o correto: perimenopausa. Mas, fosse o que fosse, eu me sentia quente na presença de homens... e não no bom sentido.

Tive que me questionar: estava tendo uma crise de meia-idade? Não é verdade que geralmente implica uma paixão arrebatadora ou um carro esporte? Eu não tinha nem um nem outro, mas, se uma crise de meia-idade significava se sentir velha e insignificante, vivendo uma vida sem sentido, era exatamente o que estava acontecendo. Desde que Emma havia partido, eu começara a olhar para mim de uma maneira diferente. Com mais tempo para pensar em minha vida e para onde ela estava indo, pude analisar o passado, ouvir música antiga, lembrar-me de velhos amigos e da antiga Faye, que não tinha sido sempre uma mãe casada. Eu já fui jovem uma vez, e daria um ano de salário ou mais para me sentir assim novamente.

Metamorfoses para um casamento

— Uau, tivemos uma noite maravilhosa... — Sue estava dizendo para Jackie, sua cliente (mãe solteira, garagem dupla), quando voltei ao salão no dia seguinte. *Outro dia, outra revolução da roda do hamster*, pensei.

Tendo ingressado em um novo site de namoro on-line para "homens ricos e mulheres lindas", Sue estava em outro relacionamento, e dessa vez ela sentiu que podia ter estragado tudo.

— Eu o conheci no restaurante. Ele foi muito fino, fez o pedido por nós dois... um cavalheiro — Sue estava dizendo. — Sopa gestapo[14] em uma grande latrina... mas eu tinha que devolvê-la. Tomei uma colherada e ela estava gelada! — Minha amiga guinchou. — Você esperaria algo melhor por 100 libras por cabeça, não é, Jackie? Não era só frio; era gelado... Fiquei furiosa. Keith (salário de seis dígitos, banheira de hidromassagem, esposa que se mandou com o encanador) disse: "Não, estava tudo certo; você não podia enviá-la de volta". E eu falei: "Olhe para mim!". O vinho era bom; conseguimos um tinto excelente que custou uma fortuna. Keith é um especialista... Agora, o que foi que ele disse...?

---

[14] A personagem aqui confunde **gestapo** com a sopa **gazpacho**, prato espanhol à base de vegetais e purê de tomate servido frio. (N.T.)

— Ela olhou para o teto, levantando o secador de cabelo para longe da cabeça de Jackie, o que aparentemente ajudou sua memória. — O que houve agora... ? Ah, sim. Ele disse que o vinho era guardado dentro de recipientes feitos com madeira de árvores jovens de carvalho. — Ela balançou a cabeça, sorriu e voltou vigorosamente com o secador, encantada com seu novo namorado e o vasto conhecimento dele sobre vinhos.

Eu estava feliz por Sue e feliz porque, depois de todos os seus encontros traumáticos, ela havia finalmente encontrado o "Sr. Certo". Sue fora abandonada em tantos restaurantes e casas noturnas desde o divórcio que sua perspectiva se tornou um pouco distorcida. Portanto, se um homem ficasse até a sobremesa, ela já considerava que o encontro era namoro, e, se ele retornasse para o café, já estaríamos combinando a cor do vestido das damas de honra no seu casamento. Jackie estava amando o relato do encontro de Sue, boquiaberta com o ambiente luxuoso e o acompanhante milionário. Provavelmente era a décima vez que eu tinha ouvido falar sobre ele, já que Sue revivia cada momento, secador de cabelo em uma mão, iPhone na outra, passando as fotos de Keith e de cada prato de comida e taça de vinho que haviam consumido.

Enquanto ela falava, tentei me lembrar de como era se sentir nesse primeiro arroubo de amor: a espera pela ligação dele, a expectativa de vê-lo... E percebi que eu queria isso de novo, embora sem certeza de sobreviver nesse admirável mundo novo de encontros. Sue tinha dito um dia desses que tudo era planejado on-line, sem qualquer chance para conversa fiada. Ela explicou que já se sabe a profissão, história conjugal e até sua opinião sobre a Síria a partir do perfil deles no site de encontros. Apesar de ser infeliz com Craig, eu não estava pronta para uma vida de parceiros selecionados a partir de uma lista de atributos autodefinidos em uma página da Internet. Se eu fosse solteira, não ia querer nada menos do que uma paixão de parar o coração, amor à primeira vista e romance à luz de velas. Talvez eu estivesse fora de moda, mas a sonhadora que existia em mim queria uma sedução mais orgânica, só um olhar através do ambiente e bobagens sussurradas, sem acessos à Internet ou beijos Android.

Apesar dos potenciais relacionamentos com homens inapropriados e o inevitável desapontamento quando eles nunca ligam, eu invejava Sue por seus encontros. Eu ansiava por acordar de manhã sem saber o que ia acontecer naquele dia. A ideia de sair com um estranho, ouvir novas histórias, segurar uma mão diferente e beijar lábios de um desconhecido com a barba por fazer me emocionava. Às vezes, pensar nos encontros de Sue me fazia sentir um friozinho na barriga, até lembrar que não ia acontecer comigo. Eu estava indo para casa, para Craig, com os mesmos lábios e a mesma velha história.

* * *

Naquela noite, Sue deixou Mandy e Camilla saírem às 17 horas, já que elas tinham um fim de semana empolgante pela frente. Sábado à noite sempre era noite de festa na Mandylândia, com Sue rumo a um encontro e Camilla de folga para participar de uma competição de remo cedo no dia seguinte.

— O remo de Camilla deve ter custado o salário de uma semana — Sue estava dizendo, enquanto limpava a espuma do lavatório de cabelos. — Ela não fala mais tanto de sua mãe, e seu pai deve estar enrolado como sempre. Acho que vou perguntar a ela se eles estão divorciados — disse, agarrando-se a uma tábua de salvação. Ela sentia tanto medo de passar um tempo sozinha que estava se tornando meio desesperada.

Limpei os espelhos e varri os cabelos, pensando em como eu iria preencher as próximas 48 horas em casa com Craig sem enlouquecer.

— Quantas vezes será que já limpei esse espelho? — eu disse, esfregando com força as manchas. De perto sempre parecia perfeito, mas, quando me afastava, mais um milhão de marcas apareciam em outras partes do vidro.

Eu amava trabalhar no salão de beleza, mas estava começando a pensar que ele havia me aprisionado tanto quanto o meu casamento.

— Deve haver mais na vida do que fazer cabelo, limpeza e ir para casa — eu disse, e suspirei. — Quero dizer, o cabelo volta a crescer e o salão fica sujo de novo... é como estar em um *loop* sem fim, que só para quando você está tão velha que não pode mais se levantar. Então alguma outra pessoa vai fazer o nosso trabalho, começar tudo de novo, cortar, tingir, varrer... limpar... ir para casa.

— Faye, você está me deprimindo. Realmente precisa se divertir consigo mesma, amor. Eu sei como você se sente, mas eu lhe expliquei que são os seus hormônios, colesterol demais. Daqui a pouco vai nascer barba em você.

— Como posso me divertir comigo mesma? — Eu não a corrigi; ela usava a frase o tempo todo na frente das clientes e, embora muitas vezes *as* surpreendesse, estávamos acostumadas a isso, e falei apenas "Sue", depois de todos esses anos. — Mandy com 21 anos e Camilla com apenas 19; parecem ambas tão jovens, e isso me faz sentir tão velha, Sue. Caramba, minha própria filha pensa que eu sou um dinossauro, mas não me *sinto* velha. Às vezes tenho que lembrar que não tenho mais 19, mas por dentro me *sinto* com 19: magra, com cabelos longos e paixão pela vida... Você não sente o mesmo, Sue?

— Sim. Por dentro... Oh, ter 19 de novo. Eu faria as coisas de modo muito diferente. O problema é que, quando jovens, não percebíamos como éramos lindas. Pensávamos que éramos gordas e que ninguém jamais nos convidaria para sair...

— É, você tem toda razão. Eu estava mexendo na minha velha mochila outro dia e encontrei uma foto minha aos 16 anos. Eu sempre me achei tão feia, e lá estava eu, uma adolescente linda e florescendo... Por que ninguém me contou?

— Você não teria escutado, querida. Você era uma adolescente...

Eu assenti com a cabeça e continuei esfregando o espelho.

— Qual a sensação, Sue... Você sabe, beijar alguém depois do Ken?

— Como assim?

— Bem, depois de beijar apenas seu marido todos esses anos, beijar alguém novo, em um encontro... Como é a sensação disso depois de todo esse tempo?

— Não sei. Eu não os beijo. Eu não faria isso com Ken. Isso iria matá-lo.

— Cristo, Sue, ele traiu você com a rainha dos céus, para não mencionar todas as outras ao longo dos anos. Como diabos você faz sexo com alguém sem beijá-lo... Isso é o que as prostitutas fazem, não é?

— É assim que me sinto com alguém que não seja o Ken. E um dia ele estará de volta, com as minhas almofadas e minhas coisas. Ainda bem que eu as tinha impermeabilizado... Só Deus sabe que manchas existirão nelas agora.

Ignorei esse comentário, que envolvia mais do que almofadas.

— Sue, enquanto você não aceitar que ele se foi e não vai voltar, nunca vai seguir em frente. Enfrente o que aconteceu e aceite que é solteira.

— Eu não quero ser solteira; quero ser casada, com tudo do jeito como era. Você tem sorte; pelo menos não passa seus fins de semana indo de um desastre a outro, sempre esperando que o próximo seja o encontro certo.

Olhei para ela. Sue estava, obviamente, com a impressão de que, por eu ter um marido, tudo estava bem no meu mundo. Ali estava uma mulher atraente, sensível e desprendida financeiramente, perdendo seus melhores anos à espera do marido que a tinha traído durante toda a sua vida de casada. E ainda acreditava precisar de um homem, um marido, a qualquer custo.

— Pare de procurar outro Ken. Apenas desfrute o caminho. Se isso a faz se sentir melhor, acho que *você* é a sortuda, Sue. Maridos estrangulam seus sonhos e transformam você em mingau. Eu não posso nem dirigir com Craig no banco do passageiro porque fico um caco esperando as críticas dele; apenas me sento lá como um pote vazio à espera de suas instruções. Não é culpa dele, mas minha, por ter me tornado desse jeito, e que é estúpido. Dirijo perfeitamente bem, mas, às vezes, ser casada faz você parar de acreditar em si mesma.

Ela parou de esfregar os lavatórios e olhou para cima.

— Será que essa história de dirigir é uma metamorfose[15] para o seu casamento com o Craig?

Sorri.

— Acho que é uma metáfora para o nosso casamento. Eu sempre enxerguei ser casada como sinônimo de segurança, conforto... Mas atualmente apenas me sinto presa. Daria qualquer coisa por apenas mais um beijo com outra pessoa antes de morrer. Eu não estou dizendo que vou desistir dos homens ou da ideia de amor; só quero algo diferente... antes que seja tarde demais.

---

15 Sue quer dizer metáfora, *metaphor* em inglês. Mais uma vez se confunde. (N.T.)

— Oh, Deus. Você não é você mesma, né, amor?

— É isso aí, Sue. Eu nunca me senti mais parecida comigo mesma do que me sinto agora — retruquei, percebendo que era verdade e querendo tudo, antes que fosse tarde demais. — Quero sentar em uma espreguiçadeira branca junto a uma piscina em Los Angeles e ser seduzida por um estranho bonito. Quero dançar em um terraço em Nova York e ser beijada sob as estrelas. E não quero morrer sem nunca mais sentir essa maravilhosa adrenalina novamente.

Ela parou por um momento e continuou esfregando.

— Quando você coloca desse jeito, entendo o que quer dizer. É preciso decidir o que se quer, antes que seja tarde demais.

Antes que seja tarde demais era uma frase na qual, ultimamente, eu estava pensando muito.

Sue me ligou mais tarde naquela noite, depois que eu tinha jantado, bebido dois copos de vinho e comido bombons em demasia. Eu dividia minha atenção entre um filme e um prospecto da Grécia que pegara no início da semana apenas para distração. Craig tinha ido para a cama, e eu me acomodava languidamente junto a uma piscina olímpica em Mykonos, com Brad Pitt, Johnny Depp e uma grande salada grega, quando o telefone tocou. De repente fui empurrada de volta para a realidade pelo barulho estridente. De um pulo atendi, esperando que fosse Emma, mesmo sabendo que era sábado à noite e ela estaria fora com seus amigos.

— Faye, meu amor, eu estou preocupada com você. — Essa foi a fala de abertura de Sue. — O que você estava dizendo sobre os encontros, de serem emocionantes e que eu devia tê-los. Você está certa e... eu quero esse beijo também. Eu quero que o mundo se mova e meu coração vibre e todo o meu interior se transforme em geleia, mas ele nunca chega tão longe. E, quando Mandy a faz se sentir velha, você fica com vontade de encontrar um estranho em uma noite de sexta-feira em um bar cheio de adolescentes. Mas, enquanto você está jogando conversa fora, ele está de olho nas de 18 anos de idade, em minissaias e passando reto por você. Não inveje meus encontros, amor. Eu sou geminiana, e falo com eles... a vista é muito ruim a partir daqui[16].

Eu estava ciente de que, para os padrões de muitas pessoas, eu era alguém de muita sorte: casada, recebendo dois salários, uma filha feliz e saudável, e deveria talvez ficar satisfeita por isso e parar de querer algo que não podia ter. Mas outra parte de mim (aquela que dançou em ritmo lento com Kevin Bacon e dormiu com Brad enquanto Angelina estava viajando a serviço da ONU) dizia que a vida é muito curta e você tem que agarrá-la enquanto pode. "Ficar" com seu marido não é um casamento, e "continuar com isso" não é uma vida. E, ainda por cima, Ryan Gosling estava misturando um par de *dirty martínis* para nós e me dizendo diretamente:

— Faça o que *você* quiser, Faye, e pare de colocar a felicidade de todo mundo antes da sua — encorajou. Ryan era um bom ouvinte e sempre bom com conselhos... Então, de novo, ele é de Escorpião. E você sabe o que dizem sobre os Escorpianos...

Eu ainda segurava o telefone, mas Sue tinha desligado, sem dúvida, para se servir de outro copo e pensar em Ken e na atual amante dele. Pensei em nós duas, ambas tristes e solitárias. Sue e eu estávamos vivendo a mesma vida em casas diferentes. Certamente, a vida de Sue não era a única outra opção para mim... ou seria? Existiria algo melhor?

---

[16] Uma brincadeira com a famosa frase do astronauta Stefanyshyn-Piper, que disse, ao olhar para a Terra a partir da nave Atlantis: "A vista daqui é linda". (N.T.)

5

Bolos, coca e uma gracinha de australiano

Era uma manhã de terça-feira e eu disse a mim mesma que precisávamos de um bolo no salão de beleza, então, a caminho do trabalho, fui até a *delicatessen*.

— *Bolo* é como *coca*[17] para mim. — Eu me ouvi dizendo a Dan, quando ele colocou seis *cupcakes* em uma adorável embalagem marrom.

— Mesmo? — Ele riu contido. Aqueles olhos ainda estavam sorrindo para mim, fazendo meus joelhos bambearem, à espera de um colapso. Eu não tinha encontrado um homem na vida real que achasse tão atraente há muito, muito tempo. O último homem cuja presença eu realmente senti na pele foi um professor da escola de Emma, quando ela estava com cerca de 8 anos, que mexeu comigo e eu tive que mantê-lo a distância. Eu sabia que era uma paixão inofensiva. Simplesmente amava olhar para esse cara que viera do outro lado do mundo, e ouvir a luz do sol, as praias e os churrascos em sua voz, e como ele parecia feliz em me ver quando entrei lá naquela manhã. Era tudo relativo; eu vinha de um fim de semana inteiro com Craig, e ninguém iria parecer lindo e feliz por me ver depois disso.

---

17 A autora brinca com as palavras *cake* (bolo, em inglês) e *coke* (coca). (N.T.)

Talvez Dan tenha sorrido só porque sabia que eu diria coisas estranhas que o fariam rir, e, se fosse esse o caso, parecia que era o seu dia de sorte, pois eu mal chegara e já estava comparando *cupcakes* a drogas pesadas.

— Quando eu digo *bolo,* é como minha *coca*... Na verdade, nunca usei cocaína. — Senti necessidade de frisar. — Quer dizer, eu não sou viciada em drogas ou qualquer coisa... É só que bolo é como uma droga para mim. Não que eu cheire... Eu não colocaria o bolo em qualquer outro lugar que não fosse em minha boca.

— Isso é um alívio — ele disse, sorrindo. Como era bonito... E como eu gostaria de parar de falar. — Então, posso esperar que você esqueça sua dieta estúpida e coma um desses você mesma? — perguntou.

E ele se lembrou de que eu estava fazendo dieta. Mas não achava que eu *precisasse* de dieta.

— Sim, com toda certeza vou comer um desses — respondi, apontando para os *cupcakes.*

Ele disse para voltar e dizer-lhe o que havia achado, e eu sorri, deixando a *delicatessen* com mola nos pés e música em meu coração. Caminhei para o trabalho pensando em como Dan da *delicatessen* era o único homem que eu já conhecera que poderia combinar com grande parte da minha fantasia permanente com Hollywood.

Durante a caminhada, após ter acabado de passar pela lavanderia a seco, senti uma mão no meu braço. Era Dan.

— Você esqueceu seu troco — ele disse, entregando-me uma moeda de 20 centavos. Agradeci, mas fiquei imaginando por que ele iria correr pela rua só para me dar 20 centavos. — É aqui onde você trabalha? — perguntou, obviamente querendo continuar a nossa conversa.

— Sim. Por enquanto. Eu comecei como uma coisa temporária... e ele, bem, durou um pouco mais do que eu esperava.

— Quanto tempo?

— Não quero pensar nisso — falei, e sorri sem jeito. — É só que às vezes me sinto como se estivesse sendo engolida e precisasse sair, mas não está fácil encontrar trabalho no momento.

— Sei o que você quer dizer. É bom mudar, jogar tudo para cima de vez em quando e ver onde vai cair, mas é preciso coragem para isso. Vale a pena... se você puder.

— Embora dê medo; quer dizer, há um monte de coisas que eu quero mudar e outras tantas que quero fazer, mas não dependem apenas de ter coragem.

— Então, o que está impedindo você?

Que conversa estranha sobre a vida no meio da rua, do lado de fora de uma loja de uma libra, no início da manhã, e eu não me sentia pronta para o interrogatório.

— O que está me impedindo...? Boa pergunta — respondi, suspirando. — Tenho uma filha, um trabalho, responsabilidades. Adoraria ir uma tarde a Paris e comer *macaroons* em uma bela casa de chá parisiense, mas:

a) tenho que estar no trabalho em cinco minutos;

b) não posso pagar a tarifa aérea; e

c) não tenho um passaporte...

Fora isso, nada me impede.

Não tinha mencionado o fato de que era casada e, portanto, no fim do dia, estaria voltando para casa para preparar o chá; ele não tinha que saber tudo sobre mim.

— Sem passaporte? Bem, acho que esse é seu primeiro impedimento — disse. — Consiga um passaporte e reserve esse voo para a França.

— Ah, tá bom... amanhã. — Sorri divertida, tornando a me afastar. Eu estava atrasada para o trabalho, mas lisonjeada porque ele queria conversar. — Hoje vou ver um pôr do sol em Santorini e fazer um desejo na Fontana di Trevi.

Ele sorriu e tocou no meu braço.

— Só não fique longe por muito tempo.

— Não se preocupe — respondi, olhando para trás e voltando a andar. — Tenho uma cabeça inteira de reflexos para fazer às 15 horas, então vou ter que estar de volta até lá.

Estava começando a chover, mas ele parecia não perceber, apenas querendo conversar como se tivéssemos o dia todo e estivesse um sol escaldante. Dan não se moveu; apenas se encostou à janela da lavanderia acenando para mim até que eu chegasse ao salão de beleza. Entrei e fui saudada pela mistura familiar de calor e laquê, que encheu minha cabeça e apertou meu coração e me fez desejar simplesmente correr para fora e encontrar Dan novamente.

6

Carne de porco temperada e *Slow-Ice Road Truckers*

Eu ainda estava sentindo falta de Emma, e a lacuna novamente reaberta como uma ferida era difícil de ser fechada. Achei complicadas as duas últimas semanas, tendo, eu e Craig, tentado nos reajustar sozinhos de novo. Sem Emma não houve riso, nem alegria, e o único lugar que me senti *em casa*, ironicamente, foi no trabalho.

Eu saía com Craig desde que tinha 15 anos, e tínhamos ficado juntos durante meu primeiro ano na universidade, quando ele era um aprendiz de encanador. Então, no meu segundo ano, conheci Alex, um colega inglês, e em uma visita a minha casa havia dito a Craig que estava tudo acabado. Ele concordou que não estávamos funcionando distantes um do outro, e dormimos juntos uma última vez... ou assim pensávamos. Voltei para a universidade, comecei a ver Alex com mais frequência, e, quando eu estava praticamente me apaixonando, ele dormiu com outra pessoa. E foi então que descobri que estava grávida de Craig, o que foi devastador. Contei para Craig e ele imediatamente fez a coisa certa, sugerindo que nos casássemos. Não era o que eu queria, mas, grávida e sozinha, naquele momento era a única coisa a fazer. Fiquei grata a Craig; ele permaneceu ao meu lado e me senti um pouco apaixonada por ele novamente, sobretudo depois de Alex ter me tratado tão mal. Decidi deixar a universidade para continuar minha licenciatura quando o bebê tivesse idade suficiente, e nossos pais — os meus e os dele — organizaram às pressas um casamento no cartório. Eu não sabia disso na época, mas naquele dia, em meu vestido creme-claro e casaco, disse adeus a tudo o que havia planejado. Era o fim de uma formação universitária, viagem pelo mundo, e o início de uma vida com alguém que nunca compartilhou minhas paixões ou quis as mesmas coisas que eu.

Vivemos um tipo tranquilo de vida de casado, contribuindo para o amor e a formação da nossa filha, e eu nunca tinha realmente considerado uma alternativa. Sempre existiram problemas em nosso relacionamento, pelo fato de sermos incompatíveis, mas recentemente eu havia me tornado ainda mais consciente das diferenças entre nós. Eu queria espontaneidade, romance e aventura, mas Craig não gostava de mudanças, de jogar conversa fora ou de comer fora. Eu queria um marido que fizesse amor comigo na mesa da cozinha e cantasse para mim sob as estrelas, mas Craig gostava de sexo na cama, seu chá na mesa e tudo em seu devido lugar. Eu gostava de ler e cozinhar, mas Craig não estava interessado em livros e seu sistema digestivo defeituoso levou-o a sentir gosto apenas de essência de "ácido de bateria" em meus delicados molhos cuidadosamente preparados. Mas a maior catástrofe para mim foi que eu sempre tive desejo de ver o mundo, e Craig tinha medo de voar, e a Weston-super-Mare era o mais longe que já tinha ido. Eu sonhava com aquela viagem para a Fontana di Trevi, aquele passeio de Vespa por Roma, mas o mais próximo que eu tinha chegado da Itália com Craig fora em um restaurante, quando pedimos uma pizza para viagem.

A morte da minha mãe, dois anos antes, tinha me chocado pela consciência de que os meus horizontes estavam encolhendo a cada ano que passava. É triste perceber, no final de sua vida, que você nunca viu aqueles lugares distantes com nomes estranhos. Mas saber, no início da meia-idade, que o homem com quem você vai compartilhar o resto de sua vida não entrará mesmo em um avião era devastador... Mesmo para uma otimista como eu. Se ficasse com Craig, nunca iria riscar qualquer coisa da lista da minha vida, mas apenas adicionar a ela mais sonhos fúteis que jamais se concretizariam. Eu tinha pensado e pensado no que diria a ele quando chegasse a hora de ir embora, mas nem sequer chegara à conclusão de quando seria. Já existiu uma hora certa para se terminar um casamento? Eu estava apenas deixando isso para lá, como estava fazendo com tudo mais? Como Dan da *delicatessen* havia dito mais cedo naquele dia: "O que é que impede você, Faye?".

Acho que, em última análise, foi isso que me deu a coragem de fazer o que fiz na noite daquela quarta-feira chuvosa, em fevereiro: a ideia de que ser casada com Craig estava atrasando minha vida. Eu estava usando-o e ao meu casamento como desculpa, e isso me impedia de ser eu. Eu conversaria com ele naquela noite.

Cheguei tarde em casa com os ingredientes para uma refeição *gourmet*, para encontrar Craig fazendo o parto das entranhas de uma máquina de lavar na mesa da cozinha, o cheiro avassalador de WD-40 permeando a casa.

— Craig — tentei, ouvindo a irritação em minha própria voz —, eu fui ao supermercado e comprei comida para uma refeição agradável... Quero que tenhamos uma conversa apropriada esta noite... — Eu não podia me concentrar por causa do cheiro insuportável. — Esse tipo de coisa me dá dor de cabeça. Por que você não abre uma janela? — Coloquei os sacos com os ingredientes na bancada da cozinha.

— Eu não abri nenhuma janela porque ela deixaria o calor sair... É fevereiro na Inglaterra, não no maldito Caribe.

— Eu gostaria de *estar* no maldito Caribe — sibilei.

— É, eu também queria que você estivesse lá — ele murmurou, de algum lugar dentro do tambor de máquina de lavar.

Que grande começo! Ambos desejando que o outro estivesse em um continente diferente. *Boa sorte com a difícil conversa, Faye*, pensei.

— Você vai precisar da mesa por muito tempo? Eu quero arrumá-la — retruquei. — Oi, tem alguém aí?

Suspirei e coloquei a chaleira no fogo.

— Craig ... temos que discutir ... algumas coisas, *o.k.*? — Olhei para ele e por um segundo ele olhou para mim, e eu percebi um leve aceno de cabeça.

— O que você está preparando?

Suspirei novamente.

— Carne de porco temperada com ruibarbo. — Peguei o pacote de ruibarbo e comecei a ler a embalagem; achei que era mais fácil ler um rótulo do que falar com ele. — Este ruibarbo britânico delicioso tem sido cultivado no escuro e colhido à luz de velas. Ruibarbo em cativeiro tem um sabor delicado superior e é mais macio do que o vendido no verão...

— Não sei por que você comprou carne de porco. Você sabe que eu não gosto; ela mexe com meu intestino.

Eu queria bater na cara dele com a carne do maldito porco, mas lembrei que precisava manter meu equilíbrio.

— Ruibarbo é uma fruta de época que cresce nas Ilhas Britânicas e

— continuei lendo — usado para enfiar no traseiro de maridos que não querem comer carne de porco.

Ele não reagiu. Então lembrei que tinha que manter as coisas numa boa se eu queria que tudo corresse bem, e mudei para minha voz padrão de mãe persuasiva: — Por favor, só prove a carne de porco... por mim? — perguntei, odiando a súplica em minha própria voz.

Craig estava agora trocando mensagens de texto, deixando o paciente mecânico para lutar por sua vida enquanto ele sorria com o telefone.

— Bem, você pode colocar um pedaço em um prato para mim — falou, desviando o olhar de seu telefone por um nanossegundo —, e vou ver o que posso fazer.

— Obrigada. Isso é muita *gentileza* de sua parte — falei sarcasticamente. Lá estava eu, presenteando esse homem com as brasas do meu amor, envolta pela viscosidade doce do ruibarbo colhido à luz de velas, e ele simplesmente não entendeu. — Se você não quer esta carne de porco, vou guardá-la para o milionário que conheci on-line. Ele gosta de esfregar o molho pegajoso em mim, antes de fazermos amor sobre a mesa de jantar. No estilo cachorro — acrescentei em voz alta.

Nada. Eu estava cortando e mexendo a carne, preparando uma refeição para nós dois, sabendo que seria a última vez. Eu logo estaria livre de Craig e de seus canos congelados, da crítica constante e da recusa de sair da terra firme. Ele não lê livros, não me faz rir e não me ama, tudo isso e uma indiferença pela minha comida tinham sido a receita para um casamento fracassado. Eu nunca enfrentei indiferença gastronômica por parte de Kevin Bacon. Ele passaria a língua amorosamente em torno de minhas delícias culinárias, enquanto gemeria de prazer... E então lá estava Dan, que iria, eu tinha certeza, apreciar o meu ruibarbo. Ele não rejeitaria minhas delícias como se fossem um risco para o seu sistema digestivo. Dan iria aceitar de bom grado minha carne pegajosa e macia, abraçando-a com entusiasmo, sem qualquer sussurro de "estragos" sendo causados em seu "intestino". *Ali* estava um homem que apreciava boa comida; diabos, ele até sabia o local onde o ruibarbo fora produzido... Vai me levar até lá, e então vai "me *pegar*" lá.

Craig ainda estava com a cara afundada nas entranhas da lavadora sem dar nenhum sinal de que sairia dali, e, como o tempo estava passando, atinei que era hora. Eu não perderia mais das minhas preciosas horas de vida com esse homem que me fez permanentemente sentir mágoa e raiva. Gostaria de saber sua reação; suspeitava que o que era um fim natural para mim podia não ser para ele. Então piquei e marinei, e peguei, e experimentei, e lágrimas pingaram do meu rosto para a carne de porco. Por fim, já recomposta, comemos em silêncio em bandejas sobre nossos joelhos. Nosso casamento estava com hemorragia, e eu lhe oferecia a extrema-unção com um jantar *gourmet* preparado com carinho, o que, com Craig, representava um desperdício.

Mais tarde, depois de ele ter comido a carne de porco "dura" e contorcido o rosto com o ruibarbo "azedo", respirei fundo e me preparei para o que estava por vir. Observando-o saborear seu chá, lendo seu jornal, alheio ao que eu estava planejando, eu me senti culpada, porém aliviada. Tinha finalmente me convencido e não havia como voltar atrás. Era a coisa certa para mim... para nós dois. Essa situação se prolongava fazia tempo demais.

Abri minha bolsa e tirei dela a foto do terraço de Nova York. Dava para ver o Empire State Building iluminado ao longe; o que estava me impedindo? O que *estava* me impedindo? Só eu poderia me levar até aquele terraço, e o primeiro passo nessa enorme jornada seria confrontar Craig com a verdade. Larguei minha xícara de café.

— Craig... acho que nós precisamos conversar — disse em voz baixa, com calma. Nosso casamento era um cachorro moribundo no canto da sala. Agora, finalmente, um de nós ia pôr fim ao seu sofrimento. — Craig... não estou feliz.

Ele estava absorto no *Ice Road Truckers*, mas eu não ia deixar aquilo me impedir, como já acontecera inúmeras vezes antes. Engoli em seco e fui à luta.

— Eu tentei falar com você antes... mas você não ouviria... mas eu não quero mais isso.

— Mas eu pensei que você gostava do *Ice Road Truckers*!

— Não estou falando da porra da TV — gritei, ligeiramente descontrolada. Levantei-me, marchei até o aparelho (é claro que ele estava com o controle remoto) e tirei o som, já que era o único jeito de conseguir sua total atenção.

— Preciso que você ouça isso porque é importante — comecei, quase desejando que pudesse fazer isso por PowerPoint, porque provavelmente ele precisaria de imagens para absorver alguma coisa. Percebi que uma mulher inteligente teria sido capaz de usar o interior de uma máquina de lavar como uma analogia para explicar o rompimento, mas eu poderia acabar batendo com ela em sua cabeça e matá-lo. Assassinar Craig era um pouco demais, até mesmo para mim. — Craig, nós não dormimos juntos. Não falamos um com o outro. A única coisa que temos em comum é Emma, e ela não está mais aqui. Sinto muito, mas eu... não o amo mais... Eu quero a separação.

Ele se endireitou na cadeira com uma expressão de surpresa.

— Você está brincando comigo?

— Não.

— O que deu em você, Faye?

— Nada e tudo... Eu não posso viver com você por mais tempo. Você nem fala comigo.

— Isso não é verdade. Eu falei com você antes sobre aquela Miele do 34, mas você não estava escutando... Precisa ir a um médico?

— Não, não preciso. Só porque não me importo com a porra da Miele do 34 não significa que preciso de cuidados médicos. Eu não me *importo*... e, mesmo que falássemos um com o outro, nenhum de nós estaria ouvindo, porque nós sabemos exatamente o que o outro vai dizer.

— Você diz isso como se fosse uma coisa ruim.

— Isso *é* uma coisa ruim, Craig. Nós não prevemos os pensamentos e as palavras do outro porque somos almas gêmeas; fazemos isso porque somos previsíveis demais um para o outro... Isso é chato, tão irritantemente chato. Você não percebeu? Nós não *estamos* mais juntos. Durmo em outro quarto. Fico até mais tarde no trabalho só para fazer a limpeza. Tento sair mais tarde para ficar o menor tempo possível com você.

— Foi ideia sua dormir no quarto de Emma... Eu pensei que era porque estava sentindo falta dela. Pensei que você voltaria para a nossa cama...

— Eu nunca vou voltar, Craig. Não existe essa coisa de "nossa" cama. Deixei a ela e a você há muito tempo.

Fiquei chocada ao ver grandes lágrimas de repente escorrerem pelo rosto dele até o queixo; Craig começou a soluçar. Enormes, angustiados soluços, com a cabeça entre as mãos. Eu não tinha percebido que ele era capaz de uma emoção tão forte e natural, principalmente sendo por mim e por nosso casamento. Também comecei a chorar e fui até ele e, segurando-o em meus braços, embalei-o como a um bebê.

— Sinto muito, Craig... Sinto muito, amor. Mas não posso continuar...

Finalmente, quando ele emergiu de suas lágrimas, sentou-se balançando a cabeça. Eu lhe trouxe uma xícara de chá e nos sentamos juntos de mãos dadas no sofá, enfim chegando juntos ao final.

— Eu sei que você está cheia e queria umas férias. Nós podemos fazer isso... Podemos ir aonde você quiser, Faye, fazer qualquer...

— Não se trata de férias, Craig. É mais do que isso. Eu só... não quero mais ser casada.

Sentamo-nos juntos perto da luz da TV, como sempre, mas agora era diferente. Eu não podia acreditar no que tinha acabado de fazer e me senti com medo, culpada e exultante ao mesmo tempo.

— Acho que nós dois queremos alguém com quem possamos falar e ser ouvidos, Craig. Quero alguém que não esteja constantemente me criticando e tirando sarro das minhas ideias estúpidas... Eu sei que são estúpidas, mas você não deveria rir dos sonhos das pessoas. Quero ver o mundo, Craig. Quero conhecer novas pessoas e ter novas experiências... Posso até terminar minha faculdade um dia. Talvez você ache difícil de acreditar, mas eu não recebo uma enorme quantidade de cumprimentos por lavar suas calças.

— Você não pode simplesmente ir assim... Há mais alguém?

— Não, não há. Nós dois precisamos de um tempo separados — falei.

— Nós podemos viver separados, podemos fazer isso... mas ficar na mesma casa.

— Não. Estamos fazendo isso há anos. Precisamos viver em lugares diferentes, Craig.

— Mas... eu ainda me importo com você, Faye — acrescentou, como uma reflexão tardia.

Eu balancei a cabeça e sorri tristemente para ele.

— Você poderia partir e viver na casa da sua mãe?

— Eu não vou para lá — ele retrucou, de repente mudando o tom de vítima a senhor. Eu não o culpava; ele não queria nada disso. Não porque me amasse e não pudesse suportar ficar sem mim; Carig só não queria o problema, o incômodo, a mudança. Ele ficou ainda mais assustado do que eu.

Como estava cansada de lutar, acabei me oferecendo para ir embora e ficar com Sue por um tempo.

— Faça o que você quiser. Você vai voltar com o rabo entre as pernas — disparou, o ressentimento crescendo agora, já certo de que a minha decisão estava tomada. Eu esperava por isso e era correto que ele sentisse raiva. Quase saudei a sua raiva. Eu podia lidar com isso muito mais facilmente do que com sua dor.

Liguei para Sue, que, como sempre, estava lá para me ajudar.

— Humm, eu sabia que ele não deixaria a casa... Os taurinos são muito teimosos. Pegue sua mala. A cama extra está arrumada e há uma garrafa de *rosé* na geladeira — ela disse. Eu queria chorar de alívio.

Dei uma última olhada no quarto de Emma. Arrumei seus ursos de pelúcia, mudei alguns livros de lugar e corri minhas mãos ao longo do cetim azul que eu tinha comprado em uma venda da Rackham há alguns anos. Lembrei-me de quando saí do hospital e trouxe nosso bebê para casa, e quase compreendi o estranho apego emocional de Sue por suas almofadas; nossas vidas foram construídas em tecidos de nossa casa. Tudo o que fiz e quem quer que fôssemos amar a seguir, minha vida e a de Craig estavam atadas, tendo Emma como ligação, como a delicada costura em cetim azul.

Arrumei minhas coisas na mala, coloquei a mochila rosa brilhante nas costas e, deixando Craig na luz bruxuleante de *Ice Road Truckers*, fechei a porta da frente pela última vez.

7

Procurando o senhor *Waitrose*[18]

Sue estava esperando do lado de fora, e, depois de me abraçar e me dizer que tudo ia ficar bem, colocamos as malas no porta-malas e fomos à casa dela. Senti um misto de alívio por tudo ter acabado, mas medo do futuro sozinha. Por mais que eu estivesse preocupada em contar a Emma, uma parte de mim congratulou-se com essa nova vida e a cacofonia de cor e de caos que ela poderia vir a trazer.

— Eu deveria me sentir terrível — eu disse a Sue, enquanto servia o vinho já na casa dela. — Eu deveria me odiar, mas não; sinto-me delirante e livre. E no fim isso me deixa ainda pior. Sou uma pessoa má, qualquer que seja o jeito que se olhe para isso.

— Você não é uma pessoa má. Pare de se culpar e se colocar para baixo na primeira oportunidade. Faye, você está sempre autodefecante.

Perguntei-me por um segundo do que eu estava sendo acusada, mas presumi que ela estava querendo dizer autodepreciativa e assenti. Conversamos muito tempo durante a noite, e Sue continuou enchendo meu copo, oferecendo seus conselhos astrológicos e dizendo-me que iriam funcionar.

---

[18] Famosa rede de supermercados chiques em Londres.(N.T.)

Na manhã seguinte, antes do trabalho, liguei para Emma.

— Poxa, mamãe, quer que eu volte para casa? — perguntou, parecendo chorosa.

Insisti que ficasse em Manchester; era importante que ela não perdesse aulas, e eu não queria que minha filha sofresse por algo que eu tinha feito.

— É o melhor para todos — falei. — Seu pai e eu não temos sido felizes juntos já havia muito tempo, e eu sei que é a coisa certa para nós dois, por isso não fique chateada.

— Como o papai está lidando com isso? — quis saber. — Você sabe como ele é; não consegue sequer fazer torradas sozinho.

— Não vai fazer mal nenhum a ele aprender. Ele pode ser uma dona de casa para variar. Eu sempre lavei, limpei e cozinhei depois de um dia de trabalho... Só que eu fiz isso por nós dois... nós três, quando você vivia em casa. Às vezes, eu chegava mais tarde que seu pai e ele ainda estava me esperando para que preparasse seu chá e lavasse suas malditas roupas... Agora, ele pode fazer isso sozinho. E eu quero mais, Em. Eu preciso de mais.

— Papai está chateado? — perguntou. — É uma separação litigiosa? — Meu coração doeu por ela. Eu me senti horrível por roubar-lhe a segurança mental de que estava tudo bem em casa e acrescentei isso na minha lista de "100 coisas pelas quais me sinto culpada".

— Papai vai ficar bem, Emma. Eu poderia ter continuado com o *status quo* para mantê-lo feliz, mas venho fazendo isso há mais de vinte anos. Não é uma separação litigiosa; eu não posso voltar para o seu pai. Com ele me sentia como se não tivesse futuro, nada a esperar pela frente, ninguém para quem me vestir; nada com que ficar entusiasmada. Um dia, seu pai vai superar... Mas, se eu voltar, nunca vou me perdoar por isso.

Apesar de triste e em silêncio, Emma parecia entender, e era ponderada o suficiente para ver o assunto de ambos os lados e lidar com ele muito bem.

Os dias seguintes foram difíceis. Eu estava feliz, pronta para construir uma nova vida, e não tinha arrependimentos quanto ao que eu fizera, mas depois de vinte e quatro anos com alguém é preciso um pouco de tempo para se reajustar.

Sue tinha sido um apoio maravilhoso, dizendo-me que eu poderia ficar o tempo que quisesse em seu quarto de hóspedes. Eu ia pagar aluguel, mas queria agradecer a ela, e por isso sugeri que fizéssemos uma pausa para o almoço no Pizza Express do outro lado da rua. Eu não podia pagar nada muito extravagante, mas queria que Sue se sentisse especial e valorizada.

Antes de olhar o cardápio, pedimos uma taça de vinho para cada uma, alguns *breadsticks* e uma porção de azeitonas.

— Eu sei que uma pizza inteira tem 796 calorias, mas isso já é o suficiente de Cambridge por ora. Gayle Jones (chegada a um *ménage à trois* com jogadores de futebol; marido milionário) estava me contando que a amiga dela tinha feito dieta como louca, passado fome para conseguir entrar em seu vestido de casamento. Ela não iria comemorar o vigésimo primeiro aniversário da irmã porque não podia chegar perto de bolo. Ela comeu aipo no jantar de Natal e não foi nem mesmo a sua própria despedida de solteira... — Sue cochichou por trás do cardápio. — Então... adivinhe o que aconteceu, Faye? A moça estava saindo da igreja, em seu vestido de casamento tamanho dez, confetes por todo lado, e uma gárgula caiu em sua cabeça e a matou! — Sue bateu com o copo em uma reconstituição em miniatura.

— Meu Deus, isso é horrível — eu disse, suspeitando que era mais um conto apócrifo do tesouro de histórias da lista de celebridades de Gayle Jones. — E a moral da história é "não faça dieta ou... você vai ser morta por gárgulas cadentes"?

— Não. O mote é: "A vida é curta e não temos controle sobre o nosso destino...". É o destino; está tudo nas estrelas.

— Sim, você pode acreditar nessas coisas místicas, Sue, mas eu considero que a mensagem real é: "A vida é curta; coma bolo". Você já pensou em todos os bolos Floresta Negra que a noiva poderia ter comido? — falei, suspirando.

— Está certo, eu não concordo, mas gosto da sua teoria; é uma boa desculpa para pedir um pudim. — Ela sorriu, e, enquanto esperávamos as nossas 796 calorias de pizza chegar, passeei pelas sobremesas do cardápio.

Levantei a cabeça das fotos de *cheesecake* e sorvete e meus olhos se encontraram com os de um rapaz em uma mesa próxima. O rosto dele era bonito, e o fato de ser tão atencioso com sua filha o deixou ainda mais atraente para mim.

— Aposto que ele é um pai adorável — disse para Sue, acenando discretamente enquanto o observava e chupava com força um *breadstick*, completamente alheia à linguagem corporal que eu estava enviando. Então me peguei imaginando se ele ainda estava com a mãe da menina e como ele era... pelado, e, tudo bem, eu confesso... como seria o sexo com ele.

Sue deu uma olhada para mim.

— Você tem desejado um monte de homens ultimamente, não é mesmo, Faye?

— Sim, tenho. — E suspirei, olhando para ele.

— Eu lhe falei, é a sua idade. Você só esteve com Craig e seu signo é Leão, amor... Você quer rugir um pouco e dar um passeio no lado selvagem.

E está se perguntando como seria o sexo com outro homem... e sente medo de nunca saber — ela disse, acenando com o *breadstick* para mim.

— Às vezes fico convencida de que você pode ler a minha mente. Esqueça a Mística Meg, encontre a Psíquica Sue — brinquei.

— Bem, eu não a culpo. É um novo começo, Faye. Plante sua semente; um pouco de prazer nunca fez mal a ninguém.

— Sim — completei, sorrindo. — Eu não estou pronta para nada disso ainda... Estou apenas olhando.

— Tampouco olhar causa qualquer dano — retrucou, tomando um gole de vinho.

— Eu estive observando muito ultimamente — falei. — Jogo esse jogo no supermercado, onde encontro alguém muito atraente, e tento descobrir que tipo de homem ele é a partir do conteúdo de sua cesta.

— E você encontrou o "homem supermercado" perfeito? — Sue perguntou, com uma risadinha.

— Quase. Eu ainda estou trabalhando nisso, mas no *Waitrose* é melhor; acho que eles são mais ricos e de mais classe e, provavelmente, mais intelectuais. — Acredito que eu procurava algo que não existe, o homem *Waitrose* perfeito, um sósia divorciado do Kevin Bacon, três anos mais velho do que eu, com amor pela literatura inglesa e uma segunda casa na Toscana. Homens *Waitrose* compram salmão defumado em lascas de barris de uísque, sal rosa do Himalaia e café das montanhas azuis da Jamaica. Eles se preocupam com o mundo e com o que colocam na boca; preocupam-se com seus corpos, com suas vidas... suas mulheres... e eu gostaria disso em um homem. Mas será que ele realmente existia? E, se ele existisse, será que iria me querer? Eu acho que *ele* é um cara *Waitrose* — comentei, observando o homem na outra mesa, e acrescentei: — Uma noite com um homem *Waitrose* significaria um bom vinho, uma comida fantástica e um sexo estratosférico. Apenas uma teoria baseada em minhas próprias constatações recentes em supermercados.

Sue levantou as sobrancelhas, e eu estava vagamente consciente de que nós duas agora olhávamos para aquele homem, observando cada movimento, cada nuance. Ele inclinou-se para a sua filha... e paramos, mordiscando nossos *breadsticks*; como dois hamsters, esperávamos, alertas, nossas bocas abertas. A jovem se inclinou e ele passou seu braço ao redor dela dessa forma bonita e protetora como os pais fazem. Sue e eu olhamos uma para a outra com uma expressão de "oooooh...", e então ele estendeu a mão sob o queixo dela, ergueu-o e... deu-lhe um grande beijo francês bem no meio da pizzaria. Um beijo de língua. Na hora do almoço.

— Oh, merda... não é filha dele — falei, horrorizada e desiludida enquanto Sue e eu engasgávamos com nossos *breadsticks*, desviando os olhos e tentando parar de rir.

— Bem, lá se vai a sua teoria *Waitrose* — Sue bufou. — Ela deve ser uns trinta anos mais nova que ele. Então, o que é que as suas "descobertas de supermercado" dizem sobre isso?

— Elas dizem que o verdadeiro homem *Waitrose* não existe. E estou destinada a um futuro sem amor, sem sexo, porque sou muito velha e passei do ponto até mesmo para os homens da minha idade. A vida não é justa — disse. E suspirei, vendo a mulher muito jovem praticamente lambendo o rosto do homem mais velho.

— Concordo plenamente, amor. — Sue tomou um grande gole de seu vinho. — Ela é, provavelmente, sua quarta esposa... Sem dúvida, ela conseguiu o lugar de decoração da terceira esposa na parte de trás do, agora, seu carro.

Eu ri e esvaziei minha taça de vinho. Tinha um gosto tão bom e aquecia tanto por dentro que pedi outro para nós.

— Um homem pode ficar com alguém jovem o suficiente para ser sua filha, mas, se eu saísse com um homem mais jovem do que eu, seria o assunto do salão de beleza — declarei.

— Falando de alguém em particular? — Sue estava olhando para mim, *breadstick* preparado, lábios franzidos.

— Não — respondi, mas ambas sabíamos que ela estava se referindo ao delicioso Dan.

— Bem, eu não a culparia. Já estava mais do que em tempo de você começar a ter pouco de diversão — ela disse. Você é inteligente, engraçada e muito atraente; merece alguém melhor do que Craig. Quer dizer, ele não é feio, mas sempre me pareceu muito mal-humorado.

— Ele era.

Brincamos com as hastes dos nossos copos de vinho, duas mulheres lutando pela vida à nossa própria maneira.

— É, meu amor. É difícil estar com eles e difícil estar sem eles, não é? Você e eu nos casamos muito jovens. Droga! Eu não tinha a menor ideia sobre qualquer coisa quando dormi com Ken; achava que clitóris era uma fruta exótica! — Ela riu.

— Sim. Eu deveria ter visto os escritos na parede quando Craig embalou uma cópia do *Conheça seu torno* em sua bagagem de lua de mel. — Sorri, lembrando-me de como ele dobrou o topo da página com mais ternura do que mostrou por mim nos anos posteriores do nosso casamento.

Nossas pizzas chegaram, junto com o nosso segundo copo de vinho, e, como Sue estava com um pouco de frio, decidimos que era medicinal.

— As mulheres jovens de hoje dão uma experimentada um pouco por aí, não é? Se eu estivesse no meu tempo de novo, ia dormir com um monte de homens — ela falou, mordendo a ponta de seu *breadstick*.

— Sim, e eu... e isso me assusta um pouco, pensar sobre o que está por vir, mas não há nada para interromper qualquer uma de nós agora, Sue — falei, erguendo meu copo para o dela. Não era muito tarde, e eu poderia fazer qualquer coisa que quisesse nessa nova vida de solteira. Era tão inebriante que desejava rir alto de excitação e antecipação... E medo.

— Eu disse a você, são os nossos hormônios — afirmou Sue. — Nós duas estamos olhando para os homens como fazíamos quando éramos adolescentes... Muito colesterol.

Ela quis dizer testosterona, mas, no meu caso, Sue estaria certa em ambas as contagens, pensei, terminando a minha pizza de queijo e desejando que eu tivesse me comportado e pedido salada.

Nós comemos sobremesa, tomamos café e caminhamos de braços dados na volta andando vagarosamente, sentindo-nos muito melhor. Alface jamais seria tão bom quanto pizza e *cheesecake*, e eu não me importava com o que diriam; *cheesecake é* tão gostoso como se sentir magro.

* * *

No final daquela tarde, saí para conseguir algo bom para o nosso café vespertino. Sim, eu poderia ter ido a outro lugar, mas pensei que, como tivéramos um almoço italiano, podíamos manter o tema, então fui à *delicatessen*.

Dan estava em pé atrás do balcão conversando com um cara a respeito do Brie e da geleia de figo franceses, e fiquei por perto, olhando as prateleiras, apenas ouvindo a sua voz encantadora:

— Se essa geleia de figo é realmente assim tão boa? — ele perguntou, terminando com aquela inflexão crescente do sotaque australiano. — Quando a provei com o Brie, fiquei muito excitado.

A maneira como ele disse *excitado*... me fez ouvir areia macia e adocicada, ondas quebrando e um sol brilhante. Adorei que ele ficasse excitado com geleia de figo; era algo que me excitaria também, e fiz uma anotação mental para comprar um pouco com uma fatia de Brie na próxima vez.

Peguei um pacote de *Florentines*; seriam perfeitos para manter Sue (e eu!) no alto astral em que estávamos desde a hora do almoço. A companhia de Sue tinha definitivamente me animado, mas apenas ver Dan e ouvir sua linda voz era ainda melhor do que a pizza veneziana romana. Meu coração batia acelerado e uma pontada de emoção passava por mim cada vez que eu olhava para ele. Ocorreu-me que, da próxima vez que eu quisesse ter uma "hiperglicemia", deveria voltar e olhar para Dan na *delicatessen. Eu perderia 20 quilos em duas semanas*, pensei, sorrindo secretamente.

— Ei, você parece mais feliz do que estava no outro dia — Dan disse, assim que o cliente se afastou do balcão e ele me viu.

— Sim, um bom almoço com um bom vinho e uma companhia encantadora é melhor do que Prozac — respondi.

Timidez, vergonha adolescente estúpida e as duas taças de vinho no almoço me fizeram bater o pacote de biscoitos contra o balcão com um pouco de entusiasmo demais. E então minha bolsa caiu do ombro, varrendo o pote de azeitonas, alguns pães artesanais e mais vários pacotes de *Florentines* para fora do balcão, espatifando-se no chão. Fiquei envergonhada.

Em poucos segundos ele estava de joelhos limpando a bagunça, sem dúvida desejando simplesmente que eu pagasse e fosse embora. Eu queria morrer, e, com a cabeça inclinada sobre os cacos e os *Florentines* no chão azeitado, ouvi a voz de repreensão de Craig, lembrando-me do quanto eu era desajeitada.

— Sinto muito... Sou tão estúpida e desajeitada. Vou pagar por eles — murmurei, imaginando o quanto tudo aquilo ia custar.

— Não, não tem problema algum — ele disse, sorrindo. — Você não é estúpida nem desajeitada; foi a maneira como eu os tinha empilhado — acrescentou, pegando o pacote e todos os seus fragmentos *Florentines*. Eu estava esperando que ele demonstrasse raiva, ou pelo menos irritação, mas Dan estava tão tranquilo, tão calmo, e apenas continuava sorrindo. Ajoelhado segurando um dos pacotes de biscoitos esmagados, ele olhou para mim enquanto eu reunia um punhado de azeitonas.

— Estes *Florentines* são feitos com as melhores amêndoas do Mediterrâneo, você sabia? — Eu assenti para ele no chão. — Eles foram finamente confeitados, delicadamente cobertos com o melhor chocolate belga e embalados à mão com amor — concluiu.

Balancei a cabeça novamente, sentindo-me um pouco sem jeito, mas gostei de ouvi-lo; isso me deu uma desculpa para olhar em seus olhos risonhos.

— Então, eles suportaram a longa jornada de Roma, passando por Milão e Zurique, antes de voar de primeira classe pelos Alpes...

Ele me olhava. Repuxei minha boca para baixo de ambos os lados, simulando medo.

— E você sabe do que mais, Faye? Eles permaneceram intactos. — Minha boca ficou na mesma forma enquanto as azeitonas agora se amassavam na minha mão. — Ei, mais dois minutos com a senhora panda e eles ficariam totalmente destruídos — concluiu, sorrindo para mim.

Eu ri.

— Não sou a "senhora panda"; você está vendo um panda em algum lugar aqui?

— Sim — ele respondeu com uma seriedade falsa, levantando-se e apontando para mim.

— Saiba que não usei mais aquele chapéu de panda desde que você zombou de mim... e ele era quente. Eu gostava dele.

— Ah, isso é uma pena porque você ficava realmente bonita. Quando não está quebrando coisas e explodindo em lágrimas.

— Sim, sinto muito por... tudo isso.

Ele pegou um novo pacote de *Florentines* da prateleira. De costas para mim, percebi como seu jeans se pendurava nos quadris estreitos, como se fosse um pouco largo demais, mas estava bem.

Dan se virou e eu me ofereci para pagar o estrago novamente, mas ele não quis ouvir.

— Eu amo biscoitos quebrados — falou, caminhando atrás do balcão. — Na verdade, acabei de ter uma ideia: bem que eu poderia fazer um bolo com estes *Florentines* de corações partidos. Se você estiver por aqui amanhã, deve entrar e experimentá-lo... Leve um pedaço para sua amiga com o coração partido.

— Para Sue? Sim, está tudo se encaminhando para que ela fique com forma de pera, a pobre Sue — falei sorrindo, deliciando-o com mais das façanhas dos encontros de Sue. Ele deu risada em todos os pontos certos, o que mostrou que estava ouvindo. Eu gostava de Dan, e gostei de fazê-lo rir, o que me fez sentir como se eu existisse.

— Meu Deus, a hora é aquela? Preciso ir... Tenho uma "Scarlet Rancorosa" agora às 15 horas — eu disse, e, como ele pareceu confuso, prometi contar-lhe tudo sobre "a situação lituana" quando nos encontrássemos na próxima vez.

— Venha aqui amanhã, contem-me isso e você poderá experimentar seu bolo de *Florentines* quebrados — ele me disse.

Andei em direção à porta, mas, na minha pressa para sair enquanto tentava desafiar a expressão facial de seriedade, escorreguei de leve sobre a mancha de azeite deixada pelo meu desastre anterior. Desabei rapidamente pelo chão, agarrando-me à cesta de pães artesanais para amenizar a queda, a qual, infelizmente, caiu comigo.

Consegui me salvar de me estatelar no chão, mas estranhamente eu tinha acabado de deslocar a bancada de exibição dos pães por quase um metro, ao lhe dar um solavanco esquisito, um golpe necessário para conseguir me reequilibrar. Então estanquei, admirando o cesto de pães em um novo local, como se eu tivesse feito um novo arranjo bem no meu caminho para sair. Pensei em fugir e pedi a Deus que Dan não tivesse notado, mas, quando me virei para dizer adeus, ele estava rindo. Revirei os olhos como se fosse tudo culpa dos pães artesanais.

Os deliciosos petiscos continentais que me haviam animado na minha primeira visita eram agora uma cena de crime, e, se eu não saísse rapidamente, presuntos pesados poderiam despencar de suas redes de teto, bandejas inteiras de *croissants* fresquinhos se soltariam de suas amarras... e eu estaria caída de costas no meio daquela carnificina epicurista.

— Vou limpar tudo isso... Poderia ter sido um desastre — ele disse, rindo.

Pedi desculpas novamente e cheguei à porta, quente e corada de vergonha.

— Então... o seu almoço... foi um almoço romântico, por acaso? — perguntou.

— Você quer dizer, hoje? Não. Foi no Pizza Express com Sue.

— Ah... perguntei porque você parece... feliz... ou foi o vinho?

— Isso foi o vinho. — Balancei a cabeça, pensando que provavelmente eram os hormônios, e tratando de fugir antes que causasse mais danos.

Teria sido o vinho, ou estar perto de Dan é que me fez sentir tão desastrada? Ele não era o tipo de que eu gostava, mas aquele sorriso, o seu amor pela comida e sua encantadora voz eram absolutamente deliciosos.

— Eu nunca experimentei o Pizza Express... É bom?

— Sim... eu gosto.

— Eu deveria experimentá-lo enquanto estou aqui... Poderíamos ir juntos... um almoço?

— É... — Provavelmente estava parecendo relutante, mas de verdade eu queria dizer: "Meu *Deus, sim*... Quando?". Não tinha certeza de como lidar com a situação; fazia muitos anos desde que alguém do sexo oposto havia sugerido almoçar comigo. Será que isso era um encontro, que ele queria passar um tempo comigo, ou realmente só desejava ver o interior da Pizza Express? Decidi que era muito arriscado esperar para descobrir. Eu ainda estava envergonhada por ter esmagado a maioria dos biscoitos e esparramado azeitonas por toda a loja. Portanto, não ia arriscar uma das minhas conversas estilo Tourette falando de sair para almoçar com ele. E não ia dizer mais uma palavra ou causar qualquer outro desastre na *delicatessen*, por isso decidi sair por cima.

— Tenho que ir. A gente se vê — falei, levantando meu rosto para desafiar a gravidade, então minhas rugas não ficariam tão evidentes.

Caminhei pela rua de volta ao trabalho sentindo-me dez anos mais jovem. Ele sorriu para minha falta de jeito e riu comigo, quando deslizei no azeite movendo a vitrine de pão em alta velocidade. Dan tinha um efeito calmante sobre mim e, apesar do constrangimento e dos danos incalculáveis que eu tinha acabado de causar na *delicatessen*, ele não me fez sentir tola e odiar a mim mesma.

8

Estrela pornô, martínis e bolo de corações partidos

Emma estaria de volta para a Páscoa e, embora parecesse uma eternidade de tempo, mal podia esperar para vê-la. Eu já tinha planejado fazer seus pratos favoritos e comprado uma série de pequenos presentes: uma bela vela perfumada que custara quase um dia de pagamento; um lindo caderno dourado; e, é claro, vários ovos de Páscoa especiais. O problema em comprar qualquer chocolate com tanta antecedência é que eu sempre acabava por comê-los, e já precisara substituir alguns deles. Craig sempre dizia que eu comprava coisas demais para Emma, mas, apesar da separação de seus pais, eu queria que minha filha sentisse prazer em voltar para casa para as férias, e não temor.

O trabalho continuava a mesma coisa, com Mandy sofrendo suas habituais ressacas e perturbando todo mundo ao contar, em som estridente, suas saídas noturnas. No dia seguinte ao do incidente com os *Florentines* quebrados na *delicatessen*, ela estava me auxiliando. Eu estava fazendo o novo visual "Kelly Hoppen[19]" de Jan Weston (não é uma

---

[19] Kelly Hoppen é uma design de interiores inglesa, famosa por projetos variados e pelos cabelos longos, loiros e crespos. (N.T.)

tarefa fácil em alguém com cabelo preto liso), e, como Mandy estava desocupada, disse-lhe que fosse me passando os bobes. O marido de Jan tinha acabado de deixá-la, e ela estava se transformando em uma "sofisticada mulher madura, chique como a designer de interiores do Dragon's Den[20]", em uma vã tentativa de arrancá-lo da loira de vinte e poucos anos por quem ele a havia abandonado.

— O.k., eu posso ou não ter tentado dar voadoras nas pessoas na rua. — Foi o comentário de Mandy sobre a sessão de bebidas da noite anterior.

— Voadora? — Jan parecia horrorizada.

— Não, é só um jeito de falar — menti, esperando que Mandy entendesse que não era apropriado dizer isso na frente de clientes. Pelo amor de Deus, essa mulher já estava fragilizada e a última coisa de que ela precisava era ficar com medo de, de repente, levar um chute involuntário na cabeça da terapeuta de beleza do *The Heavenly Spa*.

— Cara, depois de vinte e quatro *Jaeger bombs*[21], até mesmo *você* ia começar a dar voadoras... — Ela riu para si mesma enquanto me entregava outro bobe.

— Posso assegurar-lhe que eu não faria isso — sorri para Jan, querendo que Mandy parasse. Tentei lançar-lhe um olhar, mas ela estava de volta à noite passada.

— Então, nós estávamos no chão, Kat dobrou a perna da menina e Flick ficou mostrando "as partes" dela...

— Podemos deixar os cabelos da Jan e verificá-los daqui a dez minutos,

---

[20] *Dragon's Den* é um reality show no qual empresários lançam suas ideias esperando garantir financiamento. Kelly Hoppen participou de três temporadas do programa. (N.T.)

[21] Drink preparado com *Jägermeister* (bebida alemã) misturado com energéticos, refrigerantes ou sucos. (N.T.)

por favor? — falei, tentando desesperadamente levá-la dali e trancá-la no maldito *Heavenly Spa* antes que chegássemos ao inevitável.

— Dez minutos, tá, tá... — Mas ela não se moveu, e Jan estava ficando com o rosto verde-pálido. — Então, lá estou eu, deitada na estrada, quando esse cara rola para cima de mim; e você consegue adivinhar o que ele disse?

— Devemos parar de nos encontrar assim? — arrisquei, tentando transformar o que eu sabia que ia ser nojento em um comentário que pudesse ser classificado como decente.

— Não. Ele disse: "Você pode pegar? Porque tem duas bolas vindo na sua direção...".

Nessa hora, enrolei uma toalha muito rápido e firmemente em torno da cabeça de Jan, na vã esperança de que ela não ouvisse a injúria pornográfica que Mandy estava prestes a emitir. Ninguém precisava ouvir mais nada. A pobre Jan já não tinha sofrido o suficiente? Tudo o que ela queria era um pouco de glamour Dragon´s Den polvilhado na escuridão de traição e abandono da sua existência.

Desculpei-me, deixando uma Jan alarmada com a cabeça enrolada em uma toalha, e conduzi Mandy para os lavatórios para uma conversa particular.

— Mandy, não fale na frente dos clientes sobre a sua... vida noturna. Mas... você sabe como é perigoso ter relações sexuais com alguém que você acabou de conhecer?

— Sim...

— Você não pode simplesmente dizer "sim" para a primeira pessoa que encontrar...

— Bem, nós, na verdade, não fizemos sexo na rua... bem, não exatamente. Voltamos para o carro dele.

— Não, Mandy, eu não estou dizendo literalmente *na* rua. Está tudo errado em tantos níveis, amor. Você é melhor do que isso. É uma garota linda e atraente e precisa acreditar em si mesma. — Suspirei, dando tapinhas em seu ombro, e afastei-me; eu sempre me senti de alguma forma responsável por Mandy.

— O.k. Eu sei que não devo dormir com estranhos — ela gritou, por cima dos lavatórios. — Mas eu não sou um lixo, Faye... Eu fiz com que ele me comprasse um *kebab*[22] primeiro.

— Eu e você vamos ter uma conversa mais tarde — falei, sorrindo. Ela confundiu meu riso com aprovação e sorriu de volta com orgulho.

Eu me recuperava daquilo tudo, quando a porta da loja tilintou, então prendi a respiração e pedi a Mandy que ficasse de olho em Jan, enquanto eu atendia o cliente. Não ousei deixá-la solta na recepção; os não iniciados não estavam prontos para as atividades de fim de semana de Mandy. Sem fôlego, cheguei à recepção e olhei para cima, e fui saudada com o sorriso mais encantador. Dan estava lá, segurando o que parecia ser uma caixa de bolo. Ocorreu-me, com enorme constrangimento, que Dan podia ter tido a impressão de que minha corrida pelo salão fora uma tentativa de saltar para ele, talvez parecendo desesperada.

— Eu não estava correndo, tipo, para você... porque eu queria chegar *até* você. Não quero dizer ficar *com* você... de uma maneira estranha, eu não estava pulando em você, quer dizer. Não. Eu tinha que chegar até você antes de Mandy chegar e falar sobre sexo na rua! — falei, e assim ficou tudo claro.

---

22 Refeição comum na Turquia, *kebab* é uma espetada de pedaços de carne, às vezes entremeados com vegetais. No Brasil é conhecido como "espetinho" ou "churrasco grego". (N.T.)

— Como é? — Ele parecia um pouco desanimado. Oh, Deus, eu tinha feito isso de novo. Ali estava ele com o que parecia ser um bolo, e eu acabara de estragar um belo momento.

— Desculpe. Não sei o que me fez dizer isso. Você não precisava ouvir. Deus, eu quero dizer, é apenas... apenas Mandy, ela fala sobre sexo o tempo todo e... eu vou parar de falar agora.

— Eu acho que pode ser uma boa ideia. — Ele sorriu para mim como um professor gentil. — Pensei em lhe trazer os resultados do massacre que você causou no outro dia. — Ele ainda estava segurando a caixa.

— Ah... Eu ia entrar lá, mas estive muito ocupada — menti, ficando vermelha pela lembrança das azeitonas espalhadas e dos *Florentines* despedaçados.

— Como você foi a causa de tudo, você e suas amigas terão que provar isto — disse, sorrindo e colocando a caixa em cima do balcão.

— Ai... isso é uma vergonha... compartilhar? Desculpe, eu não compartilho bolo com ninguém. Como fui eu que quebrei os *Florentines*, considerei que o bolo seria todo meu! — disse, fingindo decepção.

— Não, receio que esse seja o seu castigo: você tem que compartilhar este bolo com suas amigas — brincou, inclinando-se para sussurrar para mim: — Então, onde está aquela abandonada pelo marido... a rainha do namoro on-line com o amante Darth Vader?

Dei um riso nervoso, subjugada por quão bom era o cheiro dele assim de pertinho, como sol e praias.

— Sue está atrasada hoje; teve um pouquinho da noite com um novo homem... sem sabre de luz, mas acho que ele ficou lá... Isso poderia significar qualquer coisa.

— Parece que ela talvez esteja precisando de um pouco deste bolo *Florentine* de coração partido.

Balancei a cabeça e dei uma espiada para dentro da caixa, para um olhar mais intimista na cobertura espessa, cremosa, com os fragmentos de *Florentines* espetados (artisticamente) e pedaços de cereja glaciada inseridos no chocolate como pequenos rubis em veludo marrom.

Sorri, lambendo meus lábios e imaginando o *Florentine* crocante contra a consistência macia da calda de chocolate. Dan parecia muito ansioso para que eu provasse o bolo, então corri para pegar uma faca e voltei em segundos para cortá-lo.

Enquanto cortava a cobertura de chocolate macia e pegajosa, imaginei por um instante se ela funcionaria tão bem como chocolate para pintura de corpo no Adonis em pé diante de mim.

— O que diabos vocês dois estão fazendo? — Dan e eu nos afastamos quando os melódicos tons de Mandy atravessaram o ar. — Ei, você é o cara da *delicatessen*... Dia, gringo — ela disse, cutucando o braço dele como se fossem velhos amigos. Ele sorriu de volta, reparando nas pernas longas e esbeltas, na cintura pequena e nos grandes olhos azuis de Mandy. Seu cabelo era longo, preto e brilhante, e ela o prendera meio frouxo; sua juventude e beleza, que não dependiam de uma juba de cabelos negros, meramente acentuadas por eles. Dan olhava-a muito atentamente, e fiquei surpresa com a súbita pontada em meu peito.

— Ei, era você naquele palco na "Quentes Noites Latinas" na última quarta-feira... Você sabe, com todo aquele *spray* de água?

Ele achou graça e chamou minha atenção.

— Não... Eu definitivamente não estava em um palco na última quarta-feira; talvez na quinta-feira?

Os olhos dele brilharam, mas Mandy estava em Mandylândia.

— Ah! Bem, eu estava na Estrela Pornô Martínis, então não sei o que fiz ou com quem... Bem, nunca se sabe o que acontece até que aconteça, não é? — Ela fez uma pausa para respirar, e eu vi a surpresa no rosto dele. Dan estava assimilando aquela bela jovem que parecia da realeza europeia, com sua vida social aparentemente colorida; na aparência, os dois simplesmente não combinavam.

— Foi uma noite boa, Bruce... Você adoraria o Estrela Pornô Martínis; eles o induzem a fazer uma merda doida. Inferno! Você só é jovem uma vez na vida, então manda ver, é o que eu digo.

— Isso parece uma boa filosofia de vida — ele comentou, mas a atenção de Mandy agora estava desviada para o confeito fabuloso em sua frente. Como uma menina, ela se esqueceu de tudo para ficar na ponta dos pés e perscrutar a caixa aberta, então olhou para mim esperando uma resposta.

— Dan trouxe um bolo caseiro — eu disse na minha voz mãe, mordendo o glacê cremoso, quebrando os *Florentines* e querendo enfiá-los inteiros na minha boca com as mãos. Entreguei a Mandy vários guardanapos, e ela os distribuiu pelo salão, enquanto cortei uma fatia pequena para mim (eu queria uma enorme fatia e esperava que Dan deixasse o bolo com a gente para que eu pudesse comungar com ele mais tarde em particular). Dei uma mordida e a combinação do *Florentine* frágil e com nozes doces com o glacê fundido, macio e espesso, era verdadeiramente orgástica. Tentei não gemer de prazer.

— Foi você mesmo quem fez isto? — perguntei a ele, seduzida pelo pão de ló leve, doce, as nozes crocantes e os braços morenos e firmes polvilhados com pelos louros.

— Sim... eu fiz. Você foi a minha inspiração. — Olhei para cima e jurava que ele estava olhando em meus olhos por mais tempo do que deveria.

— Então, eu sou uma musa de bolo... — retruquei ao acaso, achando difícil desviar meus olhos dos dele.

— Isso é sinistro — Mandy sibilou, entre migalhas e chocolate.

— O que é sinistro? Tenho apenas 42, e posso falar com um cara, não posso? Pelo amor de Deus, Mandy; você e Emma parecem pensar que qualquer pessoa com mais de 40 não faz sexo. — Bufei. — Não quero dizer você, Dan, não pense que... Bem, eu não sei o que você pensa sobre eu ter relações sexuais; é... não é algo que... vou parar agora.

Ele acenou com a cabeça, com uma piscada e um sorriso.

— Eu quis dizer o bolo... *sinistro* significa bom, Faye. Eu nunca disse nada sobre você fazer sexo...

— Deus, Mandy, você não pode ficar cinco minutos sem falar de sexo... Se não é sexo, é pintura corporal, pessoas colocando chocolate um no outro e lambendo para tirá-lo, e... — Eu me virei, ligeiramente rosada. Minha Tourette tinha oficialmente tomado conta. — Corpo com glacê de chocolate fundido e... — A estimulação conjunta de homem bonito e bolo de chocolate tinha sido demais.

Dan ficou ali, absorvendo tudo, sem dúvida horrorizado e perguntando-se se tinha entrado em um salão de cabeleireiro ou um bar de *lap-dancing*[23]. Desde sua chegada eu tinha preenchido completamente o ambiente com referências sexuais, enquanto empurrava o bolo de chocolate para dentro da minha boca. *Esqueça um encontro para almoço no Pizza Express; esta é a última vez que vou vê-lo*, pensei.

Nesse momento, Sue apareceu na porta, como um anjo. Ela se apresentou para Dan, deu uma olhada no bolo e olhou de mim para ele daquele jeito que parecia dizer que sabia exatamente o que estava acontecendo entre nós.

— Bom, acho que já vou — Dan comentou hesitante.

---

[23] Dança erótica, comum em clubes de *strip-tease*; o(a) dançarino(a) se move sensualmente, com ou sem roupa, e chega a se sentar no colo dos clientes. (N.T.)

— O.k... Obrigada pelo bolo.

— Você tem que experimentar meus bolos de limão... Uso uma velha receita da minha mãe... Vou fazer um para você. — Ele se inclinou e cochichou no meu ouvido: — E saiba que não faço bolos de limão para ninguém.

— Sério? — Sorri meu sorriso mais sensual, enquanto tentava segurar o estômago dentro de mim, multitarefa da melhor qualidade; ele de fato cheirava incrivelmente bem, e eu só queria inspirá-lo. — Aposto que você diz isso para todas.

— Não. — Ele parecia genuinamente ofendido, por isso deixei o sensual e fui para algo um pouco mais "provocante".

— Ah, aposto que está cheio de garotas bonitas morrendo de vontade de experimentar o seu bolo de limão. — Dei uma batida de cílios, mas, consciente de que Sue me olhava, me senti muito inibida.

Ele se inclinou para mim e disse em voz baixa:

— É, mas eu não gosto de meninas... Gosto de mulheres. — As palavras me tiraram o fôlego. Dan estava muito perto, o hálito quente em meu pescoço, a mão em meu ombro.

— Aquilo é seu? — ele perguntou de repente, indicando com um movimento de cabeça uma cópia do livro *Jane Eyre* na recepção.

— Sim, mas eu só comecei a ler.

— É? Também estou lendo o mesmo livro. Pensei que eu deveria ler alguma literatura decente para variar, então fiz uma lista de todos os livros que quero ler enquanto estiver fora. Tenho alguns australianos lá também... e americanos. Passei minha vida lendo porcaria e finalmente resolvi que vou me educar.

— Eu também. Tive que sair de um curso de graduação em Literatura Inglesa e sempre lamentei não tê-lo terminado — expliquei. — De qualquer forma, peguei uma cópia da lista de livros de minha filha; ela está fazendo Inglês em Manchester. Pensei que isso nos daria algo para compartilhar e ela poderia me ajudar a entender as obras... se tiver tempo.

— Devemos trocar notas — ele disse, pegando o livro e lendo a sinopse na parte de trás.

— É, devemos.

— Tudo bem... Que tal na próxima semana? Vamos nos encontrar para tomar uma cerveja e trocar ideias sobre *Jane Eyre*.

Apesar de ciente de que o salão estava em silêncio e todos, provavelmente, ouviam nosso diálogo, eu me ouvi dizer:

— Sim, isso seria ótimo.

Ele acenou em despedida e sorriu, como se eu fosse uma colega. Talvez tenha sido isso o que ele quis dizer; uma cerveja com uma colega? Assim que a porta se fechou, as conversas e os secadores recomeçaram atrás de mim. Não me atrevi a olhar em volta, porque meu rosto devia estar muito vermelho, e eu estava muito extasiada, então de repente tive uma compulsão esmagadora bem dentro de mim de cantar *You Da One*, de Rihanna, no limite da minha voz, à qual felizmente resisti. Isso poderia ter causado preocupação aos clientes e até mesmo minha demissão.

Sorri, fingindo estar absorta na agenda. Eu não podia acreditar que ele havia me convidado para tomar uma cerveja com ele. Isso estava acima de um almoço no Pizza Express... A cerveja seria à noite, para começo de conversa, mas eu, tão novata nisso, ainda não tinha muita certeza da real intenção do convite. Um encontro? Só uma cerveja? Ele disse que poderíamos trocar notas sobre *Jane Eyre*; ah, não, meu Deus, será que era só um maldito clube do livro? Sair com alguém do sexo oposto era diferente nos dias de hoje, então eu disse a mim mesma para não ficar muito animada. Talvez fosse mesmo apenas uma cerveja e amizade com base em um amor mútuo por Charlotte Brontë.

— O que era mesmo que você estava dizendo antes sobre não ir falando "sim" para o primeiro cara que convida você, Faye? — Mandy gritou do outro lado do salão, com uma risadinha.

Eu ri e mostrei-lhe a língua... gesto que ela retribuiu. Enquanto Dan retornava pela porta.

— Ah... oi, de novo — fingi, fazendo de conta que estava ocupada com algo muito importante na recepção.

— Eu só estava pensando...

— Sim?

— Se vamos sair para uma cerveja, deveríamos... trocar telefones?

Já fazia um longo tempo desde que alguém tinha pedido meu número de telefone; eu queria pular nele e beijá-lo, mas tive que manter uma tampa sobre isso ou minha Rihanna interior podia me vencer e começar a cantar para ele.

Dei-lhe o meu número e ele me mandou o dele por mensagem de texto, em seguida afastou-se, sem um sorriso, olhando direto nos meus olhos e caminhando lentamente para fora do salão. Eu o observei indo e um sentimento surgiu do fundo das minhas entranhas, inundando minhas veias como calda quente e doce. Eu era viciada em açúcar e tinha comido o bolo *Florentine* coração partido, apesar da dieta, mas toda essa situação tinha que parar. Eu não devia perder o discernimento; era recém-separada, muito vulnerável e completamente fora do mundo, enquanto ele era um grande conquistador e, sem dúvida, sabia o efeito que causava em mulheres como eu.

Dan provavelmente tinha um milhão de belas jovens atirando-se aos seus pés, e ele estava apenas sendo bom para mim, porque eu apreciara o bolo de uma forma tão descarada como nenhuma garota magricela podia. Eu não era estúpida. Dan não estava nem remotamente interessado em uma cabeleireira com joelhos envelhecidos e quase dez anos mais velha que ele; ele só queria cerveja e conversar sobre o livro. Não é mesmo?

* * *

— Meus hormônios devem estar atacando de novo — eu disse a Sue, no final do dia, enquanto varria o salão. — Estou como uma maldita adolescente desejando cada homem que eu vejo.

— Humm... Eu vi o jeito como estava olhando para esse cara da *delicatessen* esta tarde. — Ela apertou os lábios e depois sorriu.

— Ai, não pareceu desse jeito, não é? Eu não estava cobiçando-o... apenas o bolo dele — falei com um suspiro. — E que mal há em sair para uma cerveja?

— Nenhum, amor. Eu acho que ele gosta de você — Sue comentou devagar, fingindo estar esfregando uma mancha de tinta na cadeira, mas esperando a minha reação.

— Ora, é apenas uma cerveja... Eu sou muito velha para ele.

— É, acho que você está certa — ela disse. — Mas ele definitivamente tem uma quedinha por você.

— Você acha que o fato de ele me convidar para uma cerveja é um encontro?

Ela parou, olhando para mim.

— Sim, claro que é. E você deve aproveitá-lo ao máximo, um encontro de verdade... bem melhor do que um maldito encontro rápido.

— Cristo, eu não poderia passar por isso. Meu ego já esmagado não precisa ser rejeitado por vários homens na mesma noite — eu disse, então suspirei.

— Mesma noite? Mesma hora? Quarta-feira passada eles estavam entrando e saindo de lá como um rato em um ralo; todas as garotas magras foram escolhidas e eu sobrei sentada sob o teto do ginásio com os perdedores, metafisicamente falando. De qualquer forma, você fez a coisa certa ao dizer "sim" ao Dan; ele é muito atraente...

— Você acha que ele é muito novo para mim, Sue?

— *Você* acha?

— Não.

— Então pare de se preocupar com o que todo mundo pensa e apenas vá em frente.

Ela estava certa. Continuei a limpeza, pensando no que usaria se nos encontrássemos para uma cerveja. De qualquer maneira, o que as pessoas usam atualmente para uma cerveja? Eu não tinha nada adequado e teria que usar muita maquiagem para cobrir as rugas.

— Você vai precisar de um sutiã com suporte se está indo a um encontro — ela disse. — Aposto que as garotas com que ele sai têm peitos pequenos e firmes e... você é muito bem dotada, mas, vamos ser honestas, depois dos 35 anos cai tudo, por isso, se não for por mais nada, você vai precisar erguê-los.

Estremeci. Eu estava indo apenas tomar uma cerveja; realmente os meus seios que desafiam a gravidade tinham que ser içados para uma noite no pub?

— Você vai precisar também trabalhar em suas técnicas sexuais, comprar lingerie, brinquedos sexuais... um foguete desenfreado.

— Eu não quero coisa nenhuma desenfreada, Sue; estou indo tomar uma cerveja, não para fazer um programa.

— Ah, todo mundo faz programas nos dias de hoje, amor. Os homens esperam muito na cama também; nada é mais como quando éramos adolescentes e você podia escapar com um boquete rápido e um pouco de cidra. Eles veem tudo na Internet... Pensam que somos todas malditas estrelas pornô agora. Vá por mim; Dan vai achar que há algo de errado com você se não tiver alguma coisa com uma pilha no quarto. Você pode comprá-los on-line. Eu culpo o foguete desenfreado pelo primeiro caso de Ken... aquele com a Dawn da casa ao lado.

— Coelho... você quer dizer um *coelho furioso*[24]?

— Sim, para isso eles eram como *coelho furioso*. Ele estava pulando a cerca... Quem teria pensado nisso? Dawn no degrau da porta... sorrisos com todos os dentes e peitos grandes e "Poderia me arrumar uma xícara de açúcar?". Não é de admirar que a cerca precisasse de constante lubrificação; ficava gasta de tanto Ken escorregar por cima dela todas as tardes. E lá estava ela com seu peitão e seu boquete francês, virando a cabeça com histórias de sacanagens e brinquedos sexuais... Os homens adoram brinquedos sexuais.

Engoli em seco. Esse admirável mundo novo das mulheres no topo e brinquedos on-line em rosa brilhante era assustador para uma separada de 40 e poucos anos que só tinha dormido com um homem na vida. Como eu poderia esperar competir com as tipo Dawn com seios enormes, boca suja francesa e extensa coleção de foguetes sexuais?

— É uma selva lá fora — Sue revelou suspirante, olhando para frente e esfregando uma torneira com água espumante para cima e para baixo com força, perguntando-me em que estava me metendo.

---

[24] A autora faz um trocadilho: em inglês, *rampant rocket* e *Rampant Rabbit*, em referência ao vibrador *rabbit*, também conhecido como vibrador coelho rosa. (N.T.)

* * *

Algumas noites depois, Dan me chamou. Ele sugeriu que nos encontrássemos no The Bell, o pub local, na noite seguinte. Eu disse que parecia ótimo e conversamos um pouco enquanto me esforçava para não pensar no conselho de Sue sobre levar um saco de vibradores e ostentar um sutiã com suporte.

Cheguei alguns minutos depois das 20 horas, para não ficar lá sozinha, e me senti aliviada ao vê-lo já no bar.

Ele sorriu assim que eu entrei, e, quando me abraçou para dizer "olá", eu senti o calor do sol no meu rosto.

— Você está linda — observou. Eu estava usando o vestido de linho azul com pregas da Sue, uma camada de bronzeado falso e o cabelo preso. Em casa, havia me sentido muito descontraída e cheia de frescor, mas, olhando ao redor do pub enquanto ele pedia a minha bebida, de repente me senti superproduzida. Olhei para Dan em jeans e uma camiseta velha e percebi que precisava urgentemente aprender a arte de me vestir de forma mais simples, se eu ia sair com um homem mais jovem. Era tudo tão novo para mim; a única vez que saíra à noite recentemente fora com as garotas, e, então, tivemos que nos vestir com esmero. Ali era diferente, era casual, podia até nem ser um encontro... e ele estava na faixa dos trinta.

Dan entregou a minha taça de vinho e fomos nos sentar em lugares mais confortáveis no canto.

— Então, Faye, você é uma mãe solteira?

— Bem... eu acho que sim. Estou separada... é bastante recente, embora estivéssemos afastados já há muito tempo.

— Ah... sinto muito. — Ele me olhou surpreso. — Bem, na verdade, eu não sinto muito. — E deu um sorriso malicioso e meu coração se derreteu. — Achei que fosse solteira. Eu nunca a vi usando aliança.

— Eu tive que tirar a minha aliança alguns anos atrás, porque ela podia se prender nos cabelos e os produtos químicos podiam danificar as pedras — eu disse como se eu acreditasse, mas de repente eu não estava convencida de que era verdade. Realmente havia tirado meu anel quando abri a minha conta de poupança secreta. Junto com a mochila rosa de coisas preciosas, acho que estava inconscientemente planejando fugir de casa por algum tempo antes de encontrar coragem de fazê-lo.

— Então, quando você vai voltar para a Austrália? Você deve sentir saudade de lá... do clima e de tudo mais?

— Estou planejando voltar para casa no outono. Vai ser a nossa primavera lá, e o tempo certo... para mim. Eu planejei percorrer a Europa neste verão...

Fiz um cálculo mental rápido.

— Então você vai ficar aqui apenas por mais quatro ou cinco meses?

Ele assentiu.

— Sim. Ainda não decidi quanto tempo vou realmente ficar no Reino Unido. Um amigo meu tem um lugar em Santorini, e disse que posso ficar lá se quiser... Eu estive lá há alguns anos. Amo aquele lugar.

Meu coração pulou uma batida. Um pôr de sol em Santorini estava na minha lista de vida.

— Como é... Santorini?

— Lindo. Lugar incrível... Eu estava lá com uma garota americana com quem estava saindo. Ficamos alguns dias e meu amigo conosco. Foi bom, mas eles acabaram dormindo juntos.

— Não! Meu Deus, você ficou chateado?

— Eu? Não... Não valia a pena perder uma amizade por ela.

Fiquei surpresa com sua falta de ciúme; ele lidou bem com aquilo.

— Então, por que agora? Por que você está fazendo um ano sabático na idade avançada de 33 anos? — perguntei, ansiosa por descobrir tudo a seu respeito.

— Quando todo mundo estava andando pela Europa, eu acabei muito envolvido em outras coisas — respondeu. — Minha mãe ficou doente, a doença de Huntington. Ela danifica certas células do cérebro e afeta o modo como você se move, se alimenta, vive; muda a pessoa que você é e pode levar anos, mas você lentamente piora cada vez mais, e então... você morre — disse devagar, olhando para a sua cerveja.

— Dan, isso deve ter sido horrível... Sinto muito.

— Sim, é uma longa e vagarosa sentença de morte, causada por um gene defeituoso, geralmente hereditário.

Fiquei em silêncio para que ele continuasse, mas não era preciso; eu o tinha ouvido falar "gene defeituoso" e "hereditário".

— Meu irmão e eu éramos, obviamente, de alto risco e nos foi oferecido um teste aos 18 anos. Ele fez, mas eu era um covarde; eu... não queria saber. — Ele tomou outro gole de cerveja. Obviamente era difícil para ele contar toda a história, e prendi a respiração quando Dan largou o copo e continuou: — Abandonei a universidade e fiquei um pouco louco por um tempo... coisas estúpidas. Drogas, mulheres, bebida... escolha o que quiser, eu fiz. — Ele olhou para mim como se achasse que eu não aprovaria. — Parti alguns corações, inclusive o de minha mãe. Você ainda quer passar a noite comigo?

Respirei.

— Sim, eu quero. E nunca iria julgar alguém por reagir de uma determinada maneira. Dan, você estava perdendo a sua mãe e enfrentava todas as chances de ter sua própria vida abreviada. Cristo! Eu provavelmente teria feito o mesmo.

Ele deu de ombros.

— Eu nem sei por que estou lhe dizendo tudo isso... mas é tão fácil falar com você, Faye. Eu gosto disso em você. Sinto como se tivesse falhado com todos, a minha família, eu mesmo...

Dan estava claramente sofrendo, e eu não parava de falar com ele para tentar ajudá-lo a passar por isso.

— Quando somos jovens, todos temos esses planos sobre a vida que vamos levar, o tipo de pessoa que vamos ser, mas raramente ele coincide com a realidade... A vida complica tudo. Nós não somos sempre as pessoas que queríamos ser. Eu entendo como você se sente.

— Eu sei que você entende. — Ele olhou para mim, estendeu a mão e apertou a minha.

Apertei a dele volta e olhei-o.

— A vida é uma bagunça. Ela não respeita os planos que você fez quando era ingênuo e cheio de esperança... Você tinha muita coisa para fazer quando era ainda muito jovem.

— Sim, também acho. Mas isso não é desculpa para correr pela cidade bêbado e drogado, enquanto a minha mãe estava morrendo. De qualquer forma, tentei mudar as coisas e, no meu vigésimo oitavo aniversário, percebi que estava com a idade de minha mãe quando ela adoeceu pela primeira vez, então decidi, a partir daquele momento, que iria viver.

Eu balancei a cabeça, apenas ouvindo.

— E, naquela época, eu conheci alguém. — Ele suspirou. — Se eu ia viver uma vida melhor, mais limpa com outra pessoa, tinha que saber o que estava esperando por mim no caminho... por nós. A agonia de minha mãe tinha sido pensar que estava deixando a todos nós para trás, e eu não queria fazer o mesmo a ninguém, muito menos a mim mesmo. Então eu fiz o teste, ainda que assustado. Vivi momentos difíceis esperando os resultados, só aguardando para ver quanto tempo eu tinha. E disse a mim mesmo que, independentemente do que desse, eu ia começar a viver, fazer e ver todas as coisas que queria antes que fosse tarde demais. — Ele olhou para mim. — As chances de herdar o gene são de cinquenta por cento... Meu teste deu negativo. Acho que meu irmão não teve tanta sorte.

Apertei sua mão novamente.

— Minha namorada não pôde lidar com isso e foi embora. Eu sabia que, se eu ficasse na Austrália, ia escorregar de volta para minha antiga vida também. A coisa realmente terrível é que não vi meu irmão por um tempo...

— Por quê? — perguntei, com delicadeza.

— Culpa? Medo? Fomos obrigados a jogar roleta-russa e ele perdeu. Seus sintomas começaram no ano passado, e eu não posso suportar ver outra pessoa que amo ser devorada pela doença.

— Existe cura? — Ele negou com a cabeça. — Você ainda está sentindo culpa pela morte de sua mãe, não é? Pelo que estava acontecendo em sua vida quando ela morreu?

— Acho que sim...

— Você precisa superar isso antes que possa começar a enfrentar o que está acontecendo com o seu irmão. Eu perdi a minha mãe e levei dois anos para não chorar quando penso nela, preparo uma receita dela, assisto a um filme que ela amava... Mas você é muito mais jovem; precisa permitir-se sofrer.

— Por que permitir esse luxo para mim? Minha mãe passou seus últimos anos se perguntando aonde eu tinha ido, e meu irmão foi informado logo após a morte de minha mãe que ele seguia pelo mesmo caminho... Onde está o conforto *dele*?

— Vocês dois estão provavelmente atravessando os mesmos horrores, apenas de lados diferentes da cerca...

— Eu só me lembro de como era com a minha mãe, e no final eu estava lá por ela, quando isso importava, porém era tarde demais. Não posso... simplesmente não posso lidar com isso. — Sua cabeça estava agora em suas mãos. Essa não foi a noite de encontro que eu estava esperando, mas meu coração estava com Dan.

— Seu irmão está conseguindo lidar com isso?

— Provavelmente. Ele é meu irmão mais velho; ele consegue lidar com tudo. Ele me ensinou a andar de bicicleta, dirigir... Sempre que havia algum problema, ele lidava com isso, como está lidando agora. Eu não sirvo para ninguém. Ele é meu herói... não posso vê-lo morrer.

Olhei para o rosto dele, e havia lágrimas em seus olhos.

— Faye, eu sou um covarde.

— Não, não e não. Não diga isso. Você vai encontrar o tempo e espaço para... para chegar a um acordo com toda essa situação e compartilhar a carga com o seu irmão. Talvez você apenas não esteja pronto ainda.

— Talvez eu precise crescer, em primeiro lugar. — Dan se endireitou, baixou a voz; ele não queria se alongar no assunto. — Deus, eu não queria deixar você deprimida; esperava que nosso encontro fosse divertido. Vamos falar sobre você.

— Você não tem que fingir que está tudo bem apenas para manter as coisas divertidas — eu disse. — Se vamos ser amigos, quero saber tudo sobre você, o que é bom, o que é ruim e o que está entre os dois.

Ele inclinou a cabeça para mim.

— Você quer que sejamos só amigos, Faye?

Não lhe respondi. Claro que eu queria ir além disso, mas era cedo demais? Eu estava arriscando apenas mais um coração partido na lista?

— Não sei, Dan. Eu realmente não tenho muita experiência com homens — anunciei estupidamente. Tenho certeza de que isso está em uma lista de uma de dez coisas a *não* se dizer em um primeiro encontro, e, se não estiver, deveria estar.

— Você é especial, e eu soube disso quando a vi pela primeira vez, e, depois, quando você chorou aquela vez... sobre perder sua filha. Tocou meu coração.

Foi lindo de ouvir, mas eu me senti quase envergonhada; ninguém tinha dito coisas assim para mim antes.

— Por Deus, você me faz parecer maravilhosa, mas realmente eu não sou... Posso ser boba, e infantil, e maldosa, e... digo coisas estúpidas que são completamente inadequadas, no momento errado e...

Ele colocou a mão suavemente sobre a minha boca. Tive vontade de tocá-la com suavidade.

— E... e a maneira como você não consegue parar de dizer coisas, Faye... é engraçada. Eu amo isso. Você não consegue evitar porque é muito honesta e porque está apenas dizendo o que sente.

Sorri e dei um grande gole do vinho gelado, que vibrou dentro do meu peito. Eu estava em um encontro e o cara era lindo, e, apesar da natureza perturbadora da nossa conversa anterior, ele tinha acabado de me fazer sentir valiosa, como um milhão de dólares.

— Faye, acho que nosso encontro foi coisa do destino — ele disse, olhando seriamente dentro dos meus olhos.

— Ah, então você acredita em destino? — *Que romântico*, pensei. — Minha amiga Sue, aquela dos desastres de namoro on-line, acredita em destino. Ela lê seu horóscopo todos os dias e toma decisões sobre o que vestir, se deve ou não ir a um lugar e conhecer alguém, o que ter para o chá, baseando-se totalmente nele. Eu sou de Leão, e ela está sempre me dizendo que eu preciso de *glamour* e paixão... Quem não precisa? — Dei uma risadinha. — E você, qual o seu signo?

— Sou de Sagitário, então, ironicamente, sou do signo que não acredita em astrologia — ele disse, sorrindo.

— Bem, talvez seja porque eu sou de Leão com o Sol no meu sétimo céu ou algo assim, mas gostaria de viajar por toda a Europa como você. Acabei dizendo "não" a um monte de coisas na minha vida, e o que você disse antes, de decidir viver a sua vida e realmente abraçar oportunidades, fez eco em mim. — E continuei: — Desde a minha separação, fiz a promessa para mim mesma de dizer "sim" a tudo a partir de agora.

— É? Como o quê? — Ele apoiou o queixo na mão e olhou nos meus olhos, esperando, interessado no que eu estava prestes a dizer.

Sentia-me um pouco desconcertada; não ia compartilhar a minha "lista de vida" com ele ainda. Sabia que riria de mim como Craig teria rido, mas não queria que ele pensasse que eu era ingênua.

— Ora... Bem, ainda é muito cedo e um pouco assustador, mas até agora não apareceu nada para que eu pudesse dizer "sim"... Quando digo "sim a tudo", não estou querendo dizer... qualquer coisa. Por exemplo, eu não diria sim a dormir com alguém em um primeiro encontro ou algo assim... ou não... quer dizer, eu não iria afastá-lo, é só que...

— Tudo bem, Faye — ele falou, rindo. — Eu sei o que você quer dizer... Que a vida é curta e nós apenas temos que levá-la da melhor maneira, seja no que for. Às vezes vale a pena dizer "sim", principalmente para coisas que assustam você.

Assenti com a cabeça.

— É isso... exatamente. E é o que eu pretendo fazer de agora em diante.

Mais tarde, ele me levou até em casa e nos abraçamos na porta de Sue como adolescentes. Não houve beijo; eu queria, mas acho que tudo o que falei de mim antes sobre não dizer "sim" em um primeiro encontro o fez ficar com medo de me assustar.

— Podemos fazer isso de novo? — perguntou.

— Ficar parados na porta da Sue neste frio congelante? Sim, claro — brinquei.

E nós dois rimos, e eu me inclinei para ele, que me beijou na bochecha como um amigo. Ouvi a fechadura da porta do quarto de Sue, então disse que tinha que ir e ele me desejou boa-noite. Gostaria de ficar conversando com Dan um pouco mais, mas não estava pronta para ter algum papo estranho a três na sala da casa de Sue, tomando chá em seu melhor conjunto chinês. Ela era bem-intencionada e eu a amava, mas teria dado qualquer coisa por algum tempo a sós e um pouco de privacidade com Dan. Assim que fechei a porta da frente e comecei a subir as escadas na ponta dos pés, ela estava lá.

— Vamos lá... O vinho está gelado e eu quero que você me conte tudo, tintim por tintim.

9

Vestidos de alça e loiras malévolas

Por volta do início de março, os ventos estavam acalmando. Narcisos começavam a brotar nas calçadas laterais ao longo das quais eu andava do estacionamento até o trabalho. Eu já morava com Sue por quase três semanas. Tanta coisa havia mudado, e estava tudo bem. Lentamente ia saindo de um casulo conjugal em que nada importava para agora, quando tudo importava. A vida não era mais previsível e cinza; era colorida. Como uma cabeça com um cabelo acinzentado-claro após uma sessão vigorosa com Ameixa Cruel ou Escarlate Sarcástico, a vida assumia uma nova vibração, e eu adorava isso.

O vento suave trazia a promessa de vestidos de alça, reflexos loiros e vinho *rosé* gelado após o trabalho, na companhia de Dan ou das meninas. Eu estava caminhando para o salão, imaginando um feriado em uma praia ensolarada em algum lugar em outro país. Agora havia uma possibilidade real. Por mais que amasse a autonomia da minha nova vida, ela veio com responsabilidades, e não podia mais culpar Craig pelas coisas que eu não fazia ou não podia fazer. Cabia a mim concretizar essas coisas agora, e, enquanto me dava tempo e espaço para descobrir o que fazer a seguir, sentia-me muito confortável com o fato de que minha vida estava enfim em minhas próprias mãos.

Fazia mais de uma semana que eu tinha ido ao pub com Dan. Nós conversamos na *delicatessen*, trocamos algumas mensagens de texto e ele sugeriu que nos encontrássemos uma noite, depois do trabalho. Apesar de tudo ainda um pouco vago, eu estava feliz com isso; curtia minha liberdade e não me sentia pronta para começar uma relação estável.

Eu não ia parar na *delicatessen* naquela manhã, mas, quando passei, vibrei totalmente com o que vi na vitrine. Bandeirolas amarelas, latas coloridas de queijo cremoso, pilhas de limões e limas, e no centro uma bela pirâmide de *cupcakes* de limão. Suspirei com os pequenos triângulos espalhados pela janela emoldurando a esponja de limão com a crosta de glacê de creme de manteiga. Era uma obra de arte, e eu estava imaginando a boca cheia de *cupcake* de limão com rica cobertura cremosa, quando a campainha da porta soou e a porta se abriu.

— Oi, Faye. — Dan estava carregando uma escada e parecia muito feliz em me ver; eu corei.

— Oi... — respondi, ainda surpresa pela excelente aparência dele.

— Pensei em limpar as janelas; depois de todo o trabalho duro que fiz na vitrine, quero que todos a vejam — ele falou, sorrindo.

— Então você cozinha, gosta de ler e é um artista também. Não há fim para os seus talentos? Você surfa? Você parece um surfista... Não que eu estivesse olhando... ou qualquer coisa... — eu disse, tentando não lamber os lábios com o pensamento do formigamento na língua do limão glaceado e Dan em calção de banho em uma prancha de surfe, coxas fortes cobertas de salpicos do mar.

Ele assentiu.

— Sim, eu amo surfar. Bondi tem as ondas para isso, tão altas como arranha-céus. — Ele sorriu com a lembrança enquanto ajeitava a escada contra a parede externa e, em seguida, inclinou-se na escada olhando, de repente intrigado. — Por que não falamos de coisas divertidas como essa na outra noite quando fomos ao bar? Desculpe; eu estava um pouco deprimido.

— Não seja bobo. Gostei muito.

— Eu também — ele retrucou, sustentando meu olhar. Até que, depois de um par de belos segundos, pareceu se lembrar de onde estava. — Espero que a vitrine atraia as pessoas e elas entrem — disse, ainda encostado na escada e apontando para a vitrine. — Minha tia Jen está um pouco preocupada; a loja tem estado vazia, como todas na rua principal. Quero que isso funcione... Minha tia foi tão boa por me dar este trabalho, e eu realmente devo a ela. Sabia?

— Bem, isso está ótimo; tenho certeza de que vai trazer clientes. Eu não consigo tirar meus olhos de... disso — falei, tentando arrastar os meus olhos para longe dele.

— Gostaria de um café?

Eu já estava atrasada para o trabalho e ia quase explicar isso, mas acabei aceitando:

— Sim... seria bom. — Minha cliente para corte e penteado podia *dar um tempo*, como Mandy diria.

Então segui Dan para dentro da loja. Jen, a quem eu já havia visto lá, estava atrás do balcão e disse "olá", sem dúvida me reconhecendo como uma cliente.

— É ótimo quando feito com grãos moídos na hora... Ficamos sentindo o cheiro de café fresco o dia todo agora — ela disse, enxugando a parte superior do balcão e arrumando a vitrine.

— Ah, temos alguns biscoitos novos e um novo tipo de azeitona... grega, bem amarga, mas deliciosa — Dan falou, animado como sempre por comida.

— Humm, você lança o nome de áreas remotas como "Grécia" para mim, mas sabe que não vou comprar, a menos que possa me dizer exatamente de onde vieram — comentei, com uma seriedade falsa. Jen olhou um pouco surpresa.

— Eu não posso lhe dar as coordenadas exatas, mas suponho que em algum lugar no sul? — Tentou, entregando-me um copo de papel com café. — Provavelmente essa oliveira fica em Creta... você sabe, perto de onde o velho cara grego vive?

— Ah, aquele cara... Onde eles amarraram o bode? Está certo. Vou levar um pote pequeno, por favor...

A última coisa que eu queria eram azeitonas gregas salgadas às 8h30 em um dia da semana, mas, como pareceu dar prazer a ele colocá-las em um pequeno pote de poliestireno para mim, eu não podia dizer "não".

— Por conta da casa. — Ele piscou para mim. Olhei para Jen, e ela sorriu com indulgência para Dan, aparentemente muito feliz por ele dar o estoque dela.

— Muita gentileza sua. Obrigada.

— Nós nunca conversamos sobre *Jane Eyre*. Você já acabou de ler?

— Sim, acabei. E adorei. Tenho uma fraqueza pelo sr. Rochester, todo sombrio, inquietante e magistral.

— Ah, então esse é o tipo de que você gosta?

Baixei a voz.

— Sim, mas tenho um fraco por loiros mais alegres. — Eu não podia acreditar no que estava dizendo. Uau, a nova Faye era chocante. *Venha para mim*, pensei, tentando não corar.

Sentamo-nos com o nosso café em um par de cadeiras vacilantes no canto da loja, ao lado de uma extravagante exposição de *chutneys* e geleias feitas com bebidas alcoólicas. Olhar para o *chutney* de frutas me fez lembrar o meu dia à frente.

— Eu tenho um "Ameixa Cruel" esta manhã e preciso me preparar, tanto mental como fisicamente. — Sorri, virando meus olhos quando nos sentamos.

Dan ficou confuso.

— Ah, sim, a situação lituana? Você nunca explicou isso para mim.

Rapidamente o abasteci com os detalhes de toda a miscelânea de cores de cabelo de celebridades.

— Suponho que eu seja um loiro malévolo... O que você acha, Jen? — perguntou Dan, chamando-a.

— Ah, eu provavelmente estou beirando o "escarlate sarcástico". — Ela riu. Jen era legal, e também atraente, em seus quase 60 anos. Ele havia me contado que ela era irmã da mãe dele, e pude ver a semelhança familiar. Conversamos um pouco mais, terminamos nosso café e de repente me lembrei da hora e de que realmente tinha que ir.

— Meu Deus... Já falei demais e por mais tempo do que de costume — eu disse. — Tenho que ir.

— Espere... um minuto. — Ele levantou o dedo indicador e correu para os fundos da loja. Fiquei por um minuto, ou quase, meio sem jeito, sorrindo para Jen e perguntando-me se eu o ouvira corretamente. Será que ele tinha pedido que eu esperasse? Talvez fosse um costume australiano dizer "um minuto", querendo na verdade falar "Vejo você depois" para alguém que você sabia que nunca iria ver de novo? Ciente de que Jen estava olhando para mim, eu espreitei o balcão de vidro, sorrindo sem jeito, caso nossos olhos se encontrassem, fingindo observar o queijo. O.k., então essa nova sofisticada e audaciosa Faye meio que ia e vinha, mas ela resolveria isso em breve.

Nesse momento, a porta da loja foi aberta por fora e alguém me deu um tapinha no ombro.

— Ora, Faye, sua velha papa-anjo safada; você só entrou aqui para ter pensamentos pervertidos com a bunda desse Dan, não é? — Mandy gritou. Eu quase morri. Jen deslizou discretamente para o outro lado da loja e começou a abastecer as prateleiras... e tinha ouvido muito bem. Mandy estava, obviamente, a caminho do trabalho e me viu pela vitrine enquanto passava.

— Shhh! Fale baixo. Eu entrei para um... café... e azeitonas. — Levantei o copo de café vazio como se precisasse de uma prova de que não estava "pervertendo" Dan.

— Ah, você não me engana; café e azeitonas... Desde quando *você* come azeitonas? Você adoraria moer aquele... — ela sussurrou, referindo-se a Dan.

— Como azeitonas e eu não quero moer nada. Oi, Dan... Eu estava imaginando onde você deveria...

Dan reapareceu, sorrindo e segurando uma pequena caixa.

— Dia, Bruce — Mandy falou.

— Dia, Sheila — ele brincou de volta e, então, entregou-me a caixa, apontando para Mandy. — Experimentem estes, senhoras, e me digam o que acham... raio de sol australiano em uma caixa... — Seus dedos tocaram os meus quando ele retirou a mão. Minhas entranhas arderam. Comecei a gaguejar, mas tentei me controlar, e devo ter ficado roxa porque Mandy disse:

— Faye, você está estranha. O que foi?

— Nada ... nada. — Olhei pela tampa transparente da caixa em cujo interior estavam seis dos perfeitos *cupcakes* de limão da vitrine. Envoltos com creme de limão e cobertos com uma pequena fatia de limão por cima, pareciam deliciosos e tão lindos que eu não podia acreditar que esse cara maravilhoso e forte os tinha feito.

— Valeu, Dan. Mal posso esperar para pôr minha boca em volta de um deles — disse Mandy, e então me cutucou. — Faye... Faye — ela estava murmurando, sem mover os lábios —, me consegue um sanduíche e eu lhe pago depois?

— Nós realmente estamos sem tempo... — falei, querendo tirá-la de lá antes que dissesse mais uma palavra. Ela pareceu desapontada, como uma garotinha, e eu sempre fui uma idiota para isso. — Tá, tudo bem então. O que você quer? — murmurei.

— Duas ostras do mato em pão integral. Eu adoro isso — ela sussurrou.

Eu olhei para cima. Jen e Dan estavam ambos sorrindo com expectativa.

Fiquei surpresa porque Mandy nem sequer sabia sobre ostras, mas estava feliz em incentivá-la a gostar de alimentos finos.

— Ah, você pode ver para mim duas ostras da mata em pão integral, por favor? — perguntei na minha voz "gastronômica", disposta a impressionar.

— Canguru?

— Desculpe-me?

— Não, eu que peço desculpas. É que nós não os armazenamos, mas, se você realmente quer dois testículos de canguru em pão integral, Faye, vamos encomendá-los — explicou Dan, com o rosto sério, mas rindo com os olhos.

Eu não sabia o que dizer.

— Ostras da mata são testículos de canguru — Jen falou, sorrindo.

— Eu vi isso em *Eu sou uma celebridade.* — Mandy riu.

— Ora, Mandy, você é terrível — eu disse brincando, fingindo uma risadinha. Mortificada, comecei a caminhar para a porta, na esperança desesperada de que Mandy me seguisse. Eu queria sair antes que as coisas piorassem ainda mais.

— Muito obrigada por me fazer dizer *testículos de canguru* para Dan e a tia dele — sibilei, assim que saímos da loja.

— Ah, peguei você, Faye Dobson... Você estava toda inibida, eu lhe disse... Você está morrendo de vontade de moer aquilo.

Mandy tinha razão (e não sobre a moagem, apresso-me a acrescentar): eu tinha mesmo uma coisa com Dan. Mas não queria me fazer muito vulnerável. Fiquei surpresa e um pouco horrorizada ao descobrir que era evidente para os outros... especialmente para Mandy. Sim, ele era bonito e eu podia me ver beijando-o nos lábios, de mãos dadas... mas "moagem"? Eu nem estava muito certa do que "moer" envolvia, mas certamente não era café ou pimenta no mundo de Mandy. Em vez de uma batida de cílios, Mandy e seus amigos teriam obviamente registrado seu interesse por envolver as pernas ao redor do objeto de amor e "moer" para cima e para baixo. Achei difícil imaginar a cena, mas de uma coisa eu tinha certeza: nesses dias de encontros incertos, aproximar-me de um estranho e montá-lo como uma cadela no cio não estava em meus planos, nem agora nem depois.

— Eu acho que ele também não se importaria de dar um pega em você — falou, enquanto caminhávamos.

– Pega? Ele gostaria de um pega? — Eu sorri, dando-lhe um tapinha de brincadeira no braço, horrorizada, mas feliz e intrigada. — Você é ultrajante. De qualquer maneira, Dan não está interessado em uma velha senhora como eu — falei, tentando soar desdenhosa, mas não conseguindo, quando ela parou e me encarou.

— Ei, eu o peguei em flagrante — ela disse. E riu ironicamente, acelerando para me alcançar. — Ele estava definitivamente de olho na sua bunda enquanto nós saíamos da loja. — Mandy ria e me cutucava com seu corpo. — E, sem brincadeira, Faye; você estava definitivamente olhando para a dele...

— De qualquer forma, chega desse assunto de eu ficar olhando para a bunda dos homens — acrescentei, ansiosa para encorajá-la ainda mais em sua teoria de que ele gostava de mim... Ou, como ela tão delicadamente colocou, podia gostar de dar um "pega" em mim.

— É, a bunda dele é *boa*, mas você deve dar uma chegada à Faliraki comigo e com as garotas... Você adoraria, Faye. Lá temos algumas vistas... — ela começou, a conversa anterior sobre Dan agora perdida para sempre em um mar de enjoos e Bacardi.

— Meu coração não conseguiria, Mand... Na verdade, só de ouvir sobre suas façanhas no Med eu já tremo — falei, não querendo qualquer outro embelezamento no feriado grego de Mandy. Ainda estava muito cedo, e eu não aguentaria os detalhes íntimos ou as consequências de ressacas e doenças sexualmente transmissíveis.

Queria apenas uma manhã tranquila, sozinha, e uma chance de saborear um bolo de limão. E também queria pensar nele, ir mais e mais no que ele dissera, no jeito como havia me olhado, agitando isso em torno de minha cabeça como uma fruta seca glaceada na minha língua.

Quando entramos no salão de beleza, tirei meu casaco e fui até os fundos para pendurá-lo, colocando a caixa de bolos ao lado. Estava quase saindo, mas acabei atraída de volta para a caixa, e, como não havia ninguém lá, cuidadosamente abri a tampa. A fragrância de limão encheu o ar enquanto, com cuidado, peguei um dos pequenos *cupcakes* do arranjo segurando aquela massa cítrica sobre a palma da mão aberta. Parecia delicioso e, sem poder não resistir mais nem um segundo, eu o mordi. A massa era leve, com um gosto de limão equilibrado por uma doçura que derretia na boca; o creme de manteiga, rico e agridoce, e minhas mandíbulas doíam com a pura delícia. Eu nunca havia provado nada assim: limão, açúcar e raio de sol. Aquele era realmente um "bolo de limão australiano", e eu juro que, naquela manhã fria de março, na salinha dos fundos de um salão de cabeleireiro em algum lugar na região de Midlands, o sol australiano estava brilhando.

* * *

Dan mandou uma mensagem de texto no dia seguinte e perguntou se eu estaria livre para sair uma noite, mas, como Emma deveria estar em casa, não pude aceitar. Na sexta-feira, no entanto, apareci na *delicatessen* durante minha hora de almoço. Eu era uma adolescente de novo, cronometrando o tempo que levava para ir a pé até a loja, animada para vê-lo e, ao mesmo tempo, um pouco assustada. Ofegante e com a boca seca, consegui passar com um ar de descontração que achei difícil de fazer.

— Oi! — falei, sorrindo e entrando na *delicatessen*. O cheiro forte, salgado, de queijo e carne misturado com o odor forte e morno do café moído na hora encheu minhas narinas. Respirei fundo. Ele me viu. Ai, aqueles grandes olhos azuis, os cabelos loiros, ásperos e agitados como o mar, as mangas arregaçadas, revelando braços morenos fortes, mais juvenis do que de homem musculoso... mas homem da mesma maneira.

Ele sorriu ao me ver, os olhos cintilantes e divertidos imediatamente colado aos meus. Dan é uma daquelas pessoas que têm uma graça contagiante, e assim me fazia querer rir com ele. Você não sabia do que ele estava rindo, mas só tinha que participar.

— Eu só queria agradecer pelos bolinhos de limão. Estavam deliciosos.

Eu estava um pouco gulosa e comi dois — menti. — O que você coloca neles? São como nepente[25] para uma mulher como eu.

— É mesmo? Era receita da minha mãe; ela a usava para fazê-los em aniversários e datas especiais, e sempre me dizia que havia um ingrediente secreto especial... mas não queria me dizer o que era... Então, um dia, adivinhei.

— E o que era? — perguntei.

— Ah... Eu não vou dizer... *Você* vai ter que adivinhar.

— Vou dar um chute... limões?

— Não, não há limões — ele brincou. — Minha mãe sempre disse que assar era amar, e, se você não colocar amor em seus bolos, eles não terão gosto bom. — Ele sorriu com a lembrança. Então, talvez se sentindo um pouco bobo. — Ela era quase tão maluquinha como você.

— Ora, ela parece perfeitamente sensata para mim.

— Bem, ela era.

— Então — comecei na minha voz sensual —, você espremeu um pouco de amor com o suco de limão?

— Sim, mas apenas porque eram para você.

— Bom trabalho! Fui só eu quem os comeu — confessei.

— O quê...?! Você comeu todos os seis?

— Não... bem, sim, na verdade — eu disse, rindo. Não acho que ele acreditava que eu tivesse comido todos os seis, mas pelo menos eu dissera a verdade.

— De qualquer forma, não estou aqui para falar sobre bolos. Estou aqui porque deixei algumas coisas intactas na última vez — comecei.

---

[25] Referência a uma planta cuja infusão em vinho dissipa a melancolia; bebida mágica; remédio contra a tristeza. (N.T.)

— Tem um monte de vidros aqui com queijo por trás deles... e quem sabe que estragos posso causar com presuntos voando baixo? Pensei que eu podia ter outra chance...

Dan sorriu e se inclinou sobre o balcão, ao mesmo tempo em que me aproximei. Nós dois apoiamos nossos braços sobre ele, e quase tocamos as mãos. Havia clientes por perto, então rapidamente movi o meu braço e, embora tivesse chegado com confiança, de repente, senti tudo se derreter como calda de limão quando comecei a falar, com muito entusiasmo, sobre bolos de limão e que boleiro maravilhoso ele era.

— Então... o que você está tentando dizer de uma forma indireta é... que você gosta de bolo? — ele disse finalmente, em poucas palavras. Dan estava ali perplexo, os braços envoltos sobre si mesmo como se estivesse se protegendo, sorrindo e observando.

— Humm... Eu vim também para... (Cristo, que eu não tinha pensado nisso direito. Sue disse que eu não devia ser muito ansiosa e apenas brincar com ele um pouco de forma leve. Ela tinha razão; eu não queria que Dan pensasse que eu tinha ido lá apenas para cobiçá-lo, o que era verdade). — Ih, o que era mesmo...? Ah, sim, eu vim para mais um daquele café — completei, inspirada pela visão da grande máquina de café italiano.

— O.k, só um daquele?

— Sim, um café com leite, por favor, com uma dose extra. Eu gosto dele forte. Igual aos meus homens... Não que eu, você sabe, eu não estou dizendo... — Calei-me. Ele não podia me ouvir mesmo com o barulho da máquina de café. Enquanto Dan fazia o café, gritei acima dos ruídos de aquecimento e formação de espuma com vapor, perguntando se sua mãe havia lhe ensinado a fazer bolos.

— Sim, ela ensinou. É uma das minhas lembranças mais antigas:

lambendo a colher, ajudando-a a pesar ingredientes, eu cobrindo a cozinha com farinha. Você não imaginaria isso agora... Não sou como a maioria dos caras; arrumo tudo depois que acabo.

Ele estava manuseando as alavancas, e eu mal podia ouvi-lo acima do barulho do vapor sibilante.

— Uau, você vai ser um lindo namorado... para alguém... Você é lindo e... quente... e café quente — gaguejei, apontando para a máquina como uma criança de 3 anos de idade.

— Minha última namorada costumava se empapuçar com a minha obsessão por cozinhar e fazer bolos.

— Ah. — Eu não tinha certeza de que queria ouvir histórias sobre o estado de suas ex-namoradas deslumbrantes, todas provavelmente muito mais jovens e mais magras do que eu.

— Ela costumava dizer que eu era anal — acrescentou.

— Não há nada de errado em ser anal — gritei, acima do ainda barulhento vapor. — Anal é bom... — acrescentei, virando-me e vendo Janet, nossa cliente, quando ela entrou na loja.

— Oi, Janet. — Acenei rapidamente para ela. Obviamente, Janet tinha ouvido minhas palavras e me dirigiu um olhar muito desaprovador, que me fez sentir que deveria explicar: — Janet, quando eu disse para Dan que anal era bom... espero que você não pense que eu estava falando sobre aquele... anal... — gritei, por cima da barulhenta máquina de café. — Eu quis dizer isso como um adjetivo, você sabe, como se fosse uma coisa boa para ser... Eu não quis dizer anal *daquele jeito*... — Agora eu gesticulava, mas ela apenas olhava ainda mais horrorizada, e eu realmente precisava parar. Minhas explicações tornavam a coisa toda muito pior.

Eu podia ver os ombros de Dan agitando-se atrás da máquina de café; ele estava, obviamente, segurando o riso, enquanto continuava a puxar as alavancas e passar o café. Era muito óbvio que eu havia provocado um ataque de riso nele, não exatamente uma massagem no ego, mas, na minha idade, a gente pega o que consegue e é grata por qualquer tipo de resposta de alguém com menos de 40 anos.

Janet tinha entrado no salão apenas para retocar a raiz com Sue, e a "Chama Furiosa" estava fazendo jus ao seu nome.

— Eu estava... apenas conversando com Dan sobre fazer bolos... — tentei.

— Parece que não era só sobre isso que você estava falando — ela disse de forma ríspida, apertando os lábios.

— Imagina... Acho que você teve uma ideia errada, Janet...

— Posso ajudá-la? — Dan pisou no meu pé para me calar, já vermelho de tanto sufocar o riso, os olhos brilhando divertidos.

Fiquei ao lado enquanto Janet comprava duas *focaccias* e um pote de azeitonas, deixando para trás o cheiro da tintura lituana para cabelos e uma forte desaprovação.

— Oh, Deus. Janet é uma tremenda fofoqueira; ela vai dizer a todos que eu estava aqui falando sobre sexo anal e amanhã, a essa hora, a história terá criado asas. Ela vai dizer que me pegou no seu balcão, de braços abertos, gritando: "Pegue-me agora entre os seus grandes queijos, rapaz chouriço!" — Deus sabe de onde veio isso, mas é evidente que o meu filtro estava desligado.

Nesse momento, Dan se desmontou de tanto rir.

— Faye — ele estava limpando os olhos —, você realmente não sabe quando parar de falar, não é? E então fica...

— Embaraçoso? — adiantei.

— Mais engraçado... e, como eu disse na outra noite, mais sincero.

— Sim, mas eu realmente não estava falando sobre sexo anal — insisti.

— Não, eu sei... Não vai começar tudo de novo. — Ele riu, balançando a cabeça. — Enfim... quem se importa com o que o outro pensa? Liberte-se, Faye. Você precisa de uma paisagem maior; você é boa demais para este lugar.

Eu nunca havia pensado em mim dessa forma antes. Então gostei da ideia e me iluminei com o elogio. Ele realmente parecia gostar de mim e me achava divertida e sincera, e eu também estava começando a gostar de mim vista através de seus olhos.

— Então, além de vir aqui para comprar café, o seu objetivo principal era proporcionar uma conversa perturbadora sobre sexo?

— Sim — sorri —, perturbadora. — Meu Deus, ninguém nunca me disse que eu era perturbadora antes... Eu gostava muito disso também.

— Bom, você tem tempo para beber o seu café aqui... com o rapaz chouriço?

— É... sim, isso seria bom — respondi, corando e tentando não me deter na imagem que eu tinha acabado de criar de mim no balcão dele exigindo ser pega entre os queijos continentais.

— Se você se sentar ali, minha senhora, eu vou servi-la. — Ele fez um gesto em direção a uma mesa bamba com sacos de café empilhados sobre ela e tirou um laptop de baixo do balcão.

— Enquanto está aqui, posso mostrar para você algumas ideias que tive, para a Jen? Eu acho que ela deve trabalhar como fornecedora para eventos daqui... E adoraria sua opinião.

— Claro... Eu adoraria conhecer suas ideias. Minha mãe sempre dizia: "As melhores festas são aquelas em que se contrata fornecedores, querida" — eu disse com uma voz fina, sentando-me.

— Sim, Jen precisa ganhar algum dinheiro a mais. Eu me preocupo com ela, sabe? Adoro este lugar; seria uma pena vê-lo fechar.

— Espero que não chegue a isso — eu disse, chocada (seria terrível se ela fechasse; sem *delicatessen* e sem Dan).

— Sim, bem, é por isso que preparei estes cardápios... Você precisa diversificar nos dias de hoje; não adianta nada ficar sentado esperando. É preciso que se corra atrás. — Ele tirou os sacos de café e sentou-se à minha frente. Não pude deixar de notar que as pernas em jeans desbotado eram muito longas para a cadeira e se esticaram desajeitadamente. Fui tomada por um desejo enorme de estender a mão e passar meus dedos suavemente ao longo de sua coxa, para sentir a firmeza de suas pernas por baixo do azul desbotado. Gostaria de saber se os pelos nas pernas eram loiros como os dos braços. Tentei afastar a visão dele pegando uma enorme onda até a praia. Dan estava me dizendo algo e tive que me concentrar e não pensar nas suas pernas. — Faye...? — ele estava dizendo em voz baixa, com a cabeça pendendo para um lado. — Deixe-me lhe mostrar as minhas possibilidades.

— Oh, sim, por favor, sim... oh, sim, *sim*... — falei, imitando mal a Meg Ryan.

Eu continuava imaginando-o nessa onda, músculos firmes dourados, barriga esticada, água do mar pulverizada nas coxas rijas... cabelo emaranhado de sal e descorado pelo sol.

— Faye... Você está bem?

Balancei a cabeça. Meu coração estava disparado e era só uma questão de tempo até que eu estivesse discutindo abertamente sobre as coxas nuas de Dan, ou, pior ainda, de joelhos esfregando-as. Podia ouvir a voz de Mandy na minha cabeça dizendo algo como: "Não rasteje por ele". E estava me esforçando para não fazê-lo.

Então, ele me falou de suas deliciosas "possibilidades", enquanto eu balançava a cabeça e lambia meus lábios. Ele falou sobre a salinidade do queijo de cabra casado com a doçura da terra de figos frescos, o sabor sublime de tomates secos ao sol com chouriço picante e o crocante delicado de biscoitos de aveia caseiros adornados com queijo Manchego e *chutney* de damasco fresco. Sua voz flutuava sobre mim como uma brisa quente do Mediterrâneo, quando lembrou a primeira vez que provou queijo de búfala na Itália, alguns anos antes. Ele falou baixinho de macarrão *al dente* com queijo parmesão amargo derretido e presunto salgado cozido sob o sol da Toscana, com um Chianti perfeito. Compartilhou comigo o frescor crocante e salgado do peixe maturado com cerveja e batatas fritas em Sydney Harbour, carne de porco assada na praia e cervejas douradas e geladas tomadas junto às ondas que morriam ao pôr do sol em Bondi.

— Eu quero ir para onde você já foi... ver o que você já viu — disse, suspirando.

— Sim... Minha mãe nunca viu o mundo, e eu não quero esperar até que seja tarde demais.

— Entendo que você esteja querendo viajar, viver como um espírito livre, principalmente depois do que aconteceu com sua mãe, mas nunca quis se estabelecer? Ter uma família? — perguntei-lhe.

— Não... Não acho que fui talhado para hipoteca e casamento... Eu realmente nunca quis filhos. Talvez um dia, quem sabe?

— Acho que todos deveriam ter filhos, se pudessem. Nossas crianças são nossa imortalidade — concluí.

— Sim, mas quando isso acontece algumas pessoas vivem pelos seus filhos e se esquecem de suas próprias vidas.

— É verdade, mas ao mesmo tempo em que estou me preocupando

por ter adiado tudo em minha vida, serei sempre feliz por ter Emma. E ter filhos é algo que você nunca deve rejeitar até que seja tarde demais... Você seria um ótimo pai.

— Você acha? — perguntou, sorrindo.

— Com certeza!

— Bem, fazemos nossas opções, e devemos fazê-las por nós mesmos, para viver a melhor vida que pudermos... com filhos ou sem filhos. Ah. Isso soou como algum tipo hippie maluco, não é? Mas você tem que perseguir esse arco-íris, Faye... Ele não vem a você.

Dan me fez pensar sobre a minha própria vida e como eu tinha a liberdade para fazer o que quisesse e ir a todos os lugares com os quais sempre havia sonhado. Mas e a coragem para fazê-lo? Por enquanto eu estava apenas apreciando a paisagem, assistindo feliz àquelas ondas em Bondi... com ele.

Dan fechou o laptop lentamente, olhando para mim.

— Por que tenho a sensação de que há alguns arco-íris abandonados em sua vida, Faye?

— Ah, suponho que se desista do arco-íris quando você se casa e tem filhos... Arco-íris são para as outras pessoas.

— Não necessariamente.

— Eu sempre quis viajar... Mas isso é para ser feito nos seus 20 e poucos anos, não é? Você não abandona tudo para ver o mundo aos 42 anos. Eu tenho uma filha na universidade e me separei do meu marido; há muita coisa para cuidar aqui.

— Sei. Mas, Faye, você é uma mulher solteira agora, então... se dê permissão para se divertir um pouco...

Em seguida, ele se inclinou para frente e eu olhei em seus olhos, azul-denim como o mar. Nunca o tinha visto tão de perto antes, mas, para ser honesta, há semanas imaginava esse momento. A barba loira e áspera contra o rosto liso e bronzeado; os lábios, provavelmente suaves e firmes. Estudei aqueles lábios, tentando não lamber o meu próprio. Eles eram tão beijáveis. Ao mesmo tempo nos inclinamos instintivamente e nossas bocas se tocaram meio sem jeito, lábios secos juntos, então sua língua úmida se empurrou suavemente em minha boca. A sala estava girando, e juro que apareceram estrelas. Eu estava perdida. Era só um beijo, mas para mim representava tudo. Senti o sol no meu rosto e, naqueles poucos momentos, experimentei uma outra vida e ouvi o barulho das ondas na praia de Bondi. Então, em vez se fundir com ela e só simplesmente ir com as ondas, Dan se afastou.

— Sinto muito — ele disse. — É que... eu não quero que você se sinta como se eu a estivesse forçando. Você não vai voltar com seu marido ou qualquer coisa do tipo, não é?

— Não. Meu casamento já estava acabado há muito tempo — respondi. Então, estendi minha mão e o puxei para mim. Surpresa comigo mesma, eu o estava beijando dessa vez, segurando suas costas firmes e estreitas, minha outra mão se movendo pelas deliciosas coxas denim.

Abaixamo-nos até o chão, semiajoelhados, ambos completamente absortos no beijo, quando a campainha soou com a entrada de um cliente. Nós nos separamos, e ele fingiu que tinha deixado cair alguns papéis no chão e eu o estava ajudando, ambos rindo como crianças apanhadas roubando maçãs. Precisei me refugiar na cadeira por alguns segundos enquanto ele atendia o cliente, porque minhas pernas haviam se transformado em geleia.

Eu não tinha beijado outro homem durante anos, e aquele momento fora como a primeira vez para mim. Estava em transe, trazida à vida por sentimentos e sensações há muito esquecidos. Não havia como voltar atrás agora.

Ele atendeu o cliente, depois outro entrou, rapidamente seguido por mais dois; então, em vez de ficar sentada na loja olhando Dan em estado de transe, decidi ir embora. De qualquer maneira, precisava voltar para o trabalho e não queria me atrasar para a minha cliente, portanto eu me recompus e saí, dando um aceno feminino na saída. Ele sorriu de volta, e tive que desviar, ou poderia ter dado um encontrão na porta.

Saindo da *delicatessen*, sentia-me muito diferente de como estava menos de meia hora antes. Encantada e bêbada andando pela rua de brechós e empórios populares que agora pareciam para mim como o cenário de um musical de Hollywood, tive vontade de começar a cantar novamente.

Aquele beijo tinha sido absolutamente inesperado, como lindos fogos de artifício explodindo, lembrando-me de que às vezes coisas encantadoras podem acontecer completamente do nada. Se algo assim acontecera em uma sexta-feira comum em março... Não pude evitar, e estava começando a acreditar que tudo era possível. Quem poderia saber o que Faye Dobson ia fazer a seguir?

10

Salsicha alemã e sol australiano

Era quase Páscoa e Emma estava voltando para casa. Seria sua primeira vista após a separação, algo muito traumático para todos nós. Eu tinha recebido algumas mensagens de Craig, geralmente perguntando sobre como programar o micro-ondas ou quando o limpador de janelas era necessário, mas isso era bom. Pelo menos ele não estava chorando ao telefone ou me perseguindo.

Eu tinha conversado com Emma ao telefone e dito a ela que não me importava onde ficaria (o que era uma mentira), mas que ela seria bem-vinda para ficar comigo na Sue ou com seu pai. Ela disse que planejava ficar conosco durante uma semana de suas férias e, sempre diplomata, explicou que ficaria três dias com Craig e três comigo.

Apesar das mensagens, eu não tinha realmente visto Craig desde que o abandonara naquela noite, mas precisei enfrentá-lo quando fui buscar Emma. Entrei na casa para ajudá-la com suas malas, e ele apenas balançou a cabeça em reconhecimento, como se eu fosse um maldito motorista de táxi. Não senti nada. E, ao que pareceu, nem ele. Engraçado como você pode gastar mais do que a metade da sua vida com alguém e tudo se reduzir a nada. Embora eu estivesse lá apenas por alguns momentos, sentia-me estranha na nossa antiga casa com os dois, como uma intrusa.

— Sabe, mamãe, eu fiquei chateada quando você me ligou para falar sobre você e papai... — Emma contou, quando saímos para um dos nossos cafés especiais no dia seguinte.

— Desculpe-me, Em. Não foi uma decisão fácil.

— Eu sei, e disse para mim mesma que era melhor para os dois se vocês se separassem... Mas chorei um pouco nas primeiras semanas. Ficava pensando: "Sou de um lar desfeito", o que não é exatamente o mesmo quando você tem 20 anos e já saiu de casa! — Ela balançou a cabeça, mexendo o café e sorrindo com a lembrança. — Realmente uma tonta.

Meu coração doeu com isso.

— Em, a única pessoa que eu queria proteger em tudo isso era você.

— Está tudo bem, mamãe... Eu me preocupava muito com você, mas sabia que ia ficar bem, porque tem a Sue e o salão de beleza. Era com o papai que eu estava realmente preocupada... Mas, para ser honesta, ele parece bem. E está lidando muito bem com a situação, mesmo falando de terminar o pátio.

— Isso é bom — falei, sorrindo. Eu me sentia culpada por Craig e Emma, assim foi uma boa notícia saber que a curta estada de minha filha não tinha sido estragada por eu não estar na casa da família.

— No começo me ressentia do fato de tê-lo deixado... o papai — disse, suspirando. — Eu me preocupava que ele ficasse pior sozinho... mais emburrado, mais isolado. Não culpo você, mas ele é meu pai e eu o amo... E me sinto um pouco triste por ele.

— Eu também. Sinto-me culpada por sair. Eu estava sentindo isso há anos, mas ele não parecia perceber nada. Acho que me ver partir foi um choque, mesmo que eu tenha tentado prepará-lo para isso.

— Eu sei, e tanto quanto eu o amo, me pergunto como você ficou com ele todo esse tempo.

— Ele não foi sempre como está agora, Em — eu disse, mexendo meu café. — Não teria me casado com ele — respondi, perguntando-me se, de fato, ele fora sempre mal-humorado e pouco comunicativo, mas agora minha percepção havia mudado. — Ele foi um bom pai quando você era pequena, sempre a levando ao parque e ensinando você a nadar, andar de bicicleta... Mas a vida muda as pessoas. Trabalhar e se preocupar em cuidar, e todos nós nos transformamos naquilo que dissemos que nunca seríamos.

Tomados os nossos cafés, olhamos ao redor. Estava chovendo.

— Então, você vai ficar com Sue por um tempo? — perguntou.

— Um pouco, eu acho. É fácil viver com Sue; eu lhe pago um pequeno aluguel e, quando vendermos a casa, vou descobrir o que fazer a seguir.

— Vai comprar uma casa menor, mamãe?

— Ainda não... Na verdade, queria falar com você sobre isso. Gostaria de viajar. Pensei que poderia ficar algum tempo sem trabalhar. Sue diz que vai manter o meu lugar e assim eu poderia ver um pouco do mundo. O que você acha, Em?

— Acho que é uma ótima ideia. Sempre senti pena de você acenando para mim nas excursões escolares, quando nunca tinha estado no exterior porque o papai não gosta de voar.

— Então não se importaria se eu fosse embora? Nova York, Paris e... ah, sei lá, na verdade não tenho nada planejado; sabe, apenas viajar?

— Uau... que bom seria. Você deve muito fazer isso, mamãe.

— Adoraria conhecer a Austrália. — A menção da Austrália entalou um pouco na minha garganta e, quando disse isso, ouvi a linda voz de Dan. — E a Grécia. Adoraria ir à Itália também...

— Tenha cuidado com os homens italianos se você for viajar, mamãe. Eu me preocupo com você sendo seduzida por alguns latinos de sangue quente.

— Parece ótimo! — falei, sorrindo.

— Ei, ainda estou me acostumando com você não estar com o papai; não quero a minha mãe dormindo com a Europa toda, muito obrigada.

Corei. Mal sabia ela que eu tinha quase me metido em encrenca um pouco mais perto de casa. Olhei em volta do café. Estava agitado para uma segunda-feira, e nós tínhamos tido a sorte de encontrar um lugar.

— Mãe, eu preciso fazer meu cabelo — ela disse, apontando para as raízes escuras em seu adorável cabelo loiro.

— Faço isso hoje à noite. Pode ser? — perguntei. — Sue tem um encontro, então podemos ter uma noite das meninas com máscaras faciais, e posso fazer suas unhas também, se você quiser!

— Obrigada, mamãe, isso seria ótimo, mas fiz reserva para ir àquele novo salão na cidade, você sabe, aquele que tem um telão. É muito moderno *e* muito caro, mas o papai disse que pagaria, então eu não podia recusar — respondeu, sorrindo.

— Não... é claro. Você deve levá-lo lá — disse, tomando um gole da minha bebida, permitindo que a espuma doce do leite acalmasse as pontadas agudas que surgiram em meu estômago.

Era perfeitamente natural que Emma quisesse ir a cabeleireiros da moda, da mesma forma que ela queria roupas de última moda. Sorri, olhando para a cintura minúscula da minha filha e seu cabelo bonito, longo e loiro, lembrando quando o meu era igual. *Só porque eu sou sua mãe e acontece de eu ser uma cabeleireira, isso não significa que sou a única pessoa que pode fazer o cabelo dela, não é?*, pensei, apaziguando a mim mesma. No entanto, eu não pude evitar, e senti que isso estava rasgando a fita da nossa relação, uma ligeira lágrima em nosso vínculo. Isso era saudável, eu disse a mim mesma, e fazia parte do crescimento de Emma para seguir em frente. No entanto, dentro de mim, eu sabia que era um lembrete de seu afastamento, rumo à sua própria vida.

Foi também um lembrete de que Emma não precisaria de mim ao seu redor para sempre e, assim, eu não tinha mais desculpas para não começar a viver a minha vida.

Discutíamos a cor do cabelo de Emma, quando o vi em meio às pessoas e ao vapor do café. Ainda chovia, e seu cabelo estava molhado. Ele percorreu-o com os dedos, alisando-o para trás, o que lhe ficava bem. Estava com a barba por fazer, desalinhado e sério, e parecia um astro de cinema para mim. Calçava botas de caminhada e vestia um grande casaco usado solto e aberto; eu queria ir até lá e pegá-lo para mim. Ele parecia tão lindo que fez meu coração doer, e a pontada do desejo me inundou.

Vi pelo canto do olho quando ele entrou na fila para pedir café. Seus olhos brilharam para a garota por trás do balcão, o rosto momentaneamente vindo à vida enquanto ele fazia seu pedido, como se estivesse dizendo a ela algo realmente especial. Meu coração disparou e eu deixei Emma falar sem ouvi-la. Eu me perdi, lembrando-me de sua voz e de como me senti ao beijá-lo. Concordei com a descrição detalhada de Emma sobre seu cabelo, imaginando minha cabeça no peito dele, recordando nossos lábios desajeitadamente se unindo, sua língua na minha boca.

Ele ainda estava conversando com a menina atrás do balcão, rindo com ela, e eu queimava com um ciúme irracional.

A garota definitivamente flertava com ele, enquanto eu tentava ver o quanto ela era jovem e bonita. O cabelo longo, preto, brilhante, covinhas quando sorria, na casa dos 20... Nessa idade, você é bonita, mesmo que não seja. Ele foi mais para trás na fila.

O rosto da garota era agora, todo ele, um sorriso radiante dirigido só para ele. Eu sabia como ela estava se sentindo; ter a atenção de Dan era como estar sentada nos raios quentes e amarelos da luz do sol australiano. Ele riu de algo que ela disse, e meu coração caiu sobre a mesa e rolou na espuma de café frio.

— Mamãe, você está bem? — Emma estava acenando com a mão no meu rosto para chamar minha atenção. Havia me perdido por alguns minutos e levou um segundo ou dois para eu me "recompor". Deus, ele teve um tremendo efeito sobre mim; eu não me sentia assim já fazia um longo tempo; era como estar com 18 novamente. Emma parecia preocupada. Não era do meu feitio me desligar no meio da conversa, especialmente quando estava com ela. Nosso tempo juntas era precioso, e ela era tudo para mim... Então, como ele se atrevia a me distrair e interromper o nosso tempo de mãe e filha com os seus olhos azuis risonhos e seu cabelo loiro úmido?

Continuamos a conversar sobre penteados, passando para manicures francesas. Se me perguntassem, a qualquer momento durante nossa conversa, o que foi realmente dito, eu não poderia dizer... Mas seria capaz de dizer exatamente onde ele estava na fila, cada expressão facial e cada movimento que ele fez. Enquanto isso, eu elaborava frases vagas sobre cabelo e unhas, para que Emma não suspeitasse que eu estava em outro lugar. Gostaria de ter aprendido leitura labial, então saberia o que ele estava dizendo para a moça do café. Será que eu não tinha lido em uma revista que os australianos são culturalmente mais promíscuos?

Agora, novamente ele sorria por algo que ela havia dito, e parecia que eu estava tendo um derrame. Meu coração batia muito rápido; seria pelo alto teor de cafeína no *macchiato* ou eu estaria simplesmente ficando louca? Unhas postiças, café com leite de baunilha, bolos de limão, chocolate no corpo... Beijando... Dan... Dan... Dan.

Quando saiu da fila com seu café, ele me viu, e nossos olhos se encontraram. Acenei, sem certeza de como fazer isso. O que dizer? "Veja, Emma, é o novo garoto amante da mamãe.".

Ele estava caminhando em nossa direção, lentamente, mas com certeza em minha direção... Dan. Eu me senti desfalecendo.

— Mãe... Mamãe, você está bem? — A pobre Emma ficou alarmada e agarrou meu braço. Ela não precisava disso, não agora, não depois do que ela já tinha passado. Sua testa estava franzida. Ela achava que estava tendo um derrame... *Eu* achava que estava tendo um derrame... *Estava* tendo um AVC? Não queria isso. Dan era meu amante da fantasia, a minha fuga. Eu ainda não queria que ele conhecesse a minha filha; era tudo muito recente. Se ele estava mesmo vindo, *por favor, Deus, que ele seja discreto*, pensei. Por isso amor e desejo deveriam ser proibidos para qualquer um com mais de 35 anos, porque um corpo mais velho não é forte o suficiente para aguentar esse estresse todo.

Talvez eu fosse velha demais, afinal, para estar planejando viagens pelo mundo e cobiçando jovens altos e de espírito livre de outros hemisférios.

Com suor brotando no meu lábio superior, e minha voz mais alta do que deveria em um espaço tão pequeno, informei a uma Emma perplexa que precisávamos ir. Levantei-me, de repente derrubando o que restava da minha bebida e tentando sair de trás da mesa, para o divertimento das adolescentes sentadas em outra mesa.

— Oi, Faye, como vai? — Ele parecia um pouco preocupado.

— Oi... estou ótima — murmurei. — Estou aqui com a minha

filha, Emma; Dan, você deve conhecer Emma. Ei... ela é... Emma... — falei, parecendo um apresentador maluco de um programa de entrevistas, virando e apresentando uma ainda mais intrigada Emma. Ela me conhecia bem, e minha voz estridente e a repetição desnecessária de seu nome estavam no livro "Mamãe-em-pânico", obrigando-a a desligar seu radar imediatamente. O que quer que tivesse acontecido, ela não devia saber a verdade... que eu tinha caído louca e inadequadamente na luxúria com um homem mais jovem a quem eu já havia beijado, e queria beijar novamente.

— Eu já ouvi muito sobre você, Emma — ele disse.

— Sério? — Mais uma vez ela deu um olhar confuso, até mesmo um pouco irritado.

Através das brumas do meu constrangimento, eu estava ciente de que Emma, então, tinha pedido a ele que se juntasse a nós, atitude para a qual eu não estava preparada.

— Obrigado... se não tiver nenhum problema... — Ele olhou para mim. Assenti com a cabeça, o *macchiato* girando nas minhas entranhas. — Estou esperando um amigo — disse, sentando-se.

— Então, como você dois se conhecem? – perguntou Emma. Eu quase engasguei.

Ela estava completamente encantada pelo belo australiano, e dando-lhe plena atenção, o que me fez sentir desconfortável em muitos níveis. E se ele se apaixonasse por Emma e se tornasse meu genro? Eu estava ficando louca... Sempre tinha que pensar no futuro, preocupada com coisas que não tinham acontecido e não iam acontecer. Tentei não analisar ou prever os próximos vinte anos e me concentrei na conversa para que pudesse intervir a qualquer momento se as coisas ficassem complicadas.

Podia ver, pelo rosto de Emma, que ela estava intrigada; ele não era o tipo usual de "amigo da mamãe"; era jovem, descolado, bem-apessoado e de um outro país. Sorri para mim mesma enquanto a conversa fluía facilmente, superficial.

— Vejo Dan na *delicatessen*... quando digo que o *vejo*, quero dizer que eu... ele me serve, nos dizemos "olá"... compro o que quero, então eu saio, só isso... não há nada...

— Trabalho na *delicatessen* — Dan se intrometeu antes que eu fosse longe demais. — Sua mãe é uma das nossas melhores clientes.

Balancei a cabeça em concordância relutante, pensando que isso fez parecer que meu enorme apetite exigia visitas frequentes à *delicatessen* para "reabastecimento"... Não exatamente a imagem que eu esperava cultivar. Preferia que ele tivesse dito: "Sua mãe é uma das nossas clientes mais sexy". Então, novamente isso não teria sido adequado, e a pobre Emma não estava pronta para ouvir tal frase.

— Ela tem uma fraqueza por queijo de cabra — continuou ele, como se fosse uma recomendação médica, e eu, uma velha senhora que não podia falar por si mesma.

Dan continuou sorrindo e olhando para mim, genuinamente feliz em me ver.

— Dan era um *chef* lá na Austrália. Ele sabe muito sobre comida. — Tentei falar na minha voz confiável de mãe, o que não me deixava confortável na frente dele. Com Dan, eu sempre me senti mais jovem do que era, mas, com Emma ali, não estava funcionando. Eu era a mãe dela, não a namorada em potencial de Dan, e soava estranho ter que ser duas pessoas ao mesmo tempo.

— Faye é... quer dizer, sua mãe... tem um bom paladar.

— Sim. Outro dia, Dan não tinha certeza do que encomendar e me pediu que experimentasse três tipos de salsicha alemã — falei, tentando mostrar a Emma quão sofisticada fiquei enquanto ela estava fora, embora eu tivesse certeza de que uma estudante de Freud formaria sua própria teoria sobre meu subconsciente.

Ela olhou para mim, incrédula.

— Salsicha alemã?

— Sim... Não é um eufemismo — comentei.

— Não achei que fosse — ela retrucou, claramente horrorizada com o pensamento. — É só que você não gosta de salsichas ou de qualquer coisa picante...

— Agora eu gosto. Gosto de salsicha picante... bem, de qualquer salsicha, desde que eu provei a de Dan... — Parei na hora certa, mas podia perceber a diversão de Dan pelo brilho dos seus olhos.

Emma me dirigiu um olhar insondável.

— Pensei que você comesse pastel de frango do Greggs todos os dias no almoço! — ela disse, como se fosse um maldito detetive de pastelaria.

— Acho que ela comeu pastéis demais, Emma — ele brincou, acalmando qualquer atrito em potencial que pudesse estar surgindo sobre as acusações pasteleiras de Emma e meu novo amor por salsicha. Por Deus, ela era tão má quanto Craig, que costumava me dizer que eu devia comer um pastel como almoço, em vez de um bonito presunto ou um saboroso chouriço. Por que todos queriam me impor que comesse os malditos pastéis? Essa era uma Faye nova e melhorada, e, se ela queria uma droga de uma grande linguiça apimentada para o almoço, era isso que iria ter.

Os olhos de Dan encontraram os meus e lá permaneceram um pouco.

— Faye é minha cliente favorita. Ela ilumina o meu dia. — Ele sorriu como se estivesse dizendo isso quase para si mesmo. Eu iluminava o seu dia. Teria ele falado mesmo isso?

Ele me fez sentir atraente, cheia de energia, como se tivesse algo a dizer e finalmente alguém estivesse me ouvindo. Mas, acima de tudo, ele me fez querer ficar naquela mesa, e naquela hora, e me entregar a uma versão corajosa de *Single Ladies*, de Beyoncé, com todos os movimentos de dança que a acompanham. Felizmente, eu não podia sair de trás da mesa, o que foi uma bênção, no mínimo pelo fato de as adolescentes da mesa vizinha ainda estarem fascinadas por mim. Elas eram jovens demais para testemunhar o espetáculo de uma mulher de meia-idade tentando aquele número, vigoroso e implacável, em cima de uma mesa em um café da rua principal.

— Tudo mudou para mim desde que me tornei solteira, até mesmo o almoço — eu disse, sentindo-se subitamente confiante e pensando: *Veja sua mãe mandando ver, Emma.*

— Sim, bem, apoio os pastéis, mãe — ela disse, sorrindo. Eu sabia que Emma estava brincando, mas me magoou um pouco. Eu reconhecia e respeitava a maturidade e as mudanças de Emma, e desejava que ela reconhecesse e respeitasse as mudanças em mim. Mas acho que é um pouco irritante voltar da universidade e descobrir sua mãe trocando pastéis na hora do almoço por salsicha alemã picante com um homem mais jovem.

Dan estava olhando para nós duas, sorrindo.

— Você não tem idade suficiente para ser mãe da Emma — comentou.

Apreciei o gesto, mas, com Emma lá analisando, me senti muito constrangida para aceitar o elogio de forma elegante, por isso o castiguei com um olhar de zombaria.

Ele riu.

— Como sempre, essa mulher vê através de mim — disse Dan, esfregando lentamente o dedo ao longo da borda de sua xícara de *cappuccino* e chupando lentamente a espuma. Fiquei olhando, fascinada... E ele me olhou de volta. E Emma estava olhando-o me olhando... igualmente fascinada.

— Então, o que as senhoritas vão fazer pelo resto do dia? — perguntou, ainda lambendo a espuma, mas sem tirar seus olhos dos meus. Tive que desviar o olhar, ciente de uma mudança de temperatura quando Emma olhou para mim, e depois de volta para ele. Adivinhei que a moeda estava caindo; a sobrancelha dela se franziu e de repente minha filha se tornou muito profissional.

— Nós vamos fazer compras. E precisamos nos apressar se quisermos chegar na hora agendada para o cabelo. Gostei muito de conhecê-lo, Dan.

— Claro. Sim, nós vamos sair... — concordei com relutância, arrastando meus olhos dos dele. Eu queria ver o dedo de Dan correr pela borda da xícara até que estivesse completamente desprovida de qualquer espuma. Então, queria ver enquanto o dedo entrava lentamente na boca dele e saía novamente. Então, queria que ele colocasse o dedo na *minha* boca para que eu pudesse chupá-lo e passar minha língua em torno dele... e me chamar de louca, mas eu sabia que Emma não estava pronta para uma exibição dessas. Então, antes que perdesse todo o controle, peguei minha bolsa e me mexi.

— Ah, lá está o meu colega. — Ele começou a acenar para um homem mais jovem com um boné de beisebol, que acenou de volta. Dan se levantou, mas, antes de sair, inclinou-se para mim. Senti sua respiração no meu cabelo. — Venha me ver — sussurrou. — Estou só sem você.

Eu não podia falar porque o meu coração tinha estourado e se esparramado por toda a mesa como café quente. Olhei para baixo a fim de verificar, mas vi apenas os restos do meu *macchiato* derramado pingando pela virilha da minha calça de linho branco. Legal.

Quando olhei para cima, Dan tinha ido.

— Ele sussurrou alguma coisa para você? — Emma perguntou, em voz baixa. Eu sabia que ela não esqueceria o que tinha acabado de acontecer e estava prestes a me interrogar.

— Ah, não. Ele está sempre brincando — gaguejei, esvaziando a espuma da minha xícara já vazia, e quase sufocando meu coração que ainda estava alojado em meu esôfago.

— Ei, tem alguma coisa rolando entre você e ele? — perguntou minha filha, olhando para o lugar onde ele estava agora sentado com seu amigo.

Quase tive um colapso, mas não ia dar para as adolescentes da mesa próxima essa alegria.

— Eu e Dan? Dá um tempo, Emma. Não há nada acontecendo.

Saímos do Costa e caminhamos em direção à Praça de Touros, onde a Selfridges e um festival de itens da moda nos aguardavam. Ele estava sozinho sem mim. Ele disse isso. Pensar nisso fez minhas pernas ficarem fracas.

— Mãe, eu espero que você não esteja tendo nenhuma ideia com relação a Dan.

— Eu?

— Sim... porque, odeio dizer, você está latindo para a árvore errada ali...

— Ora, eu não estou latindo para a árvore dele, amor... Quero dizer, Dan é um cara legal — comentei, tentando soar verdadeira. — Ele é da Austrália, você sabe.

— Sim. Entendi.

— Ele é muito talentoso...

— Olha, mamãe. Eu sei o que você está querendo fazer...

— Estou querendo fazer o quê? Não estou querendo fazer nada... Nada aconteceu, honestamente... — Tive que parar antes que dissesse qualquer coisa que não devia, então me ocupei fingindo verificar se havia mensagens no meu celular, sabendo que meu rosto vermelho me trairia.

— Mamãe, o que você está fazendo? — Emma me agarrou e me conduziu pela rua.

— Eu estou bem, Emma; só não quero que você pense nada de mal sobre Dan...

— Eu não estava pensando, mãe, mas você claramente estava.

— Não estava...

— Você deve achar que sou idiota para não perceber...

Quase morri. Ela tinha descoberto. Minha filha me conhecia muito bem, e ela tinha visto tudo exatamente como era: apenas algumas semanas depois de abandonar seu pai, sua mãe recém-solteira estava fazendo papel de boba com um homem mais jovem.

— Isso não significa nada... Não é nada — insisti.

— Humm, e, enquanto eu estou longe na universidade, isso vai continuar como nada... Eu conheço o seu jogo.

— Não estou brincando... Eu...

— Sim, você está, e não é a primeira vez.

— Esta é a primeira vez. Eu nunca... e, Emma, eu sei que pode ser um grande erro, mas não consigo evitar. É que ele tem alguma coisa.

— Sim, tem alguma coisa nele. Ele é um hippie velho e sujo e eu não me importo com o que você diz; não vou sair com ele.

— Você não vai?

— Não. Jesus, mamãe, eu posso conseguir meus próprios namorados. E, sem ofensa, eles se vestem melhor. Então, por favor, pare de querer me arrumar encontros.

— Ora... então está bem. — Engasguei com alívio e continuamos andando.

— Você acha mesmo que ele se parece com... um hippie sujo? — perguntei, uma vez que ela já havia se acalmado.

— Sim... em seu jeans velho, seu longo cabelo desgrenhado e seu casaco velho... Um cara legal, mas, Deus, eu não seria vista com ele nem morta.

Sorri para mim mesma. Engraçado como para mim ele era jovem, bronzeado e sexy, e, para Emma, um hippie velho e sujo e com cabelo desgrenhado.

— De qualquer maneira, acho que você tem seus laços com esse Dan, mãe.

— O que você quer dizer?

— Bem, o tempo todo que você o estava avaliando para mim... eu acho que ele sentiu alguma coisa por você.

— Por mim? — Fingi surpresa e tive que desviar o olhar para esconder o sorriso no meu rosto e parar minha Beyoncé interior subindo pela minha garganta de novo. Dessa vez, ela iria cantar com entusiasmo... e dançar loucamente, no meio do Birmingham City Centre... Ela tinha que ser brecada.

— O que faz você pensar que ele sente alguma *coisa* por mim? — Eu disse "coisa" captando uma animação em minha voz, então tive que transformá-la em uma tosse para esconder a emoção.

— Ele ficou olhando para você... daquele jeito, sabe?

— Não posso acreditar que você acha que Dan estaria interessado em mim — comentei, como se isso nunca tivesse me passado pela cabeça e eu não me importasse de qualquer maneira, mas meu coração estava fazendo uma dancinha feliz. Eu esperava que ele gostasse de mim; afinal de contas, nós havíamos nos beijado, mas a velha Faye sempre tinha dúvidas. Foi bom ter minhas esperanças confirmadas por Emma, que percebera isso nele com apenas alguns minutos de conversa.

— Acho que não percebe o quanto você é atraente, mamãe. Mas tome cuidado porque ser solteira agora não é como quando você era mais jovem. Alguns homens esperam ter sexo muito cedo em um relacionamento.

Ah, eu espero que sim, pensei.

— Agora, apresse-se. Eu *tenho* que experimentar aqueles sapatos da Selfridges... E eu vi uma bolsa linda também.

— Ora, só você importa, não é? — perguntei, enganchando seu braço. Mas, se não puder se importar só com você aos 19 anos, quando é que vai poder? Porque, à medida que se envelhece, começa-se a ser menos importante para você mesma a cada ano. E, se não fizer um esforço para se *tornar importante*, então você começa a desaparecer.

11

Sangas na praia e sexo sob as estrelas

Naquela mesma semana, Emma saiu para ver seus amigos por dois dias, então, como eu estava fora do trabalho e tinha todo o dia livre, fui até a cidade, diretamente atraída para a *delicatessen* e para aqueles olhos azuis. O clima estava adorável, e Dan parecia ainda mais loiro pelo sol; ele estava todo barbado e radiante, e eu queria passar os dedos pelos seus cabelos. Tentei não pensar em beijá-lo e, em vez disso, concentrar-me em tomates secos ao sol.

— Está um belo dia — falou, cortando queijo de ovelha e colocando-o em pão de nozes.

Balancei a cabeça, fingindo interesse na linguiça apimentada, mas dando uma olhadinha para ele de vez em quando.

— Você está aproveitando sua semana de folga, Faye? — Eu amava o jeito dele de falar, a forma como a sua boca acariciava meu nome (*Faye?*), a inflexão elevada fazendo-o soar suave e arredondado e delicioso. Jamais gostara do meu nome até que Dan o pronunciou. Quando Craig dizia "Faye", era agudo e curto, como um som de cortar, sem curvas ondulantes, nenhuma elevação suave de inflexão no final, nenhum afeto.

— Sim, foi maravilhoso ficar um tempo com Emma.

— Você deve sair e aproveitar o sol... Tomar um pouco de ar.

— Sim, acho que vou.

— Jen está aqui hoje, então posso tirar uma folga. Quem sabe almoçar no parque...?

Lá estava a inflexão novamente. Ou teria sido uma pergunta? Será que eu deveria dizer que gostaria de ir com ele? Eu estava muito enferrujada nessa coisa de paquera e, embora não quisesse interpretar mal os sinais, também não queria ignorá-los.

— Isso parece bom... ao sol, no parque... — comentei.

— Ótimo. Você tem que aproveitar; não há muitos dias de sol no Reino Unido.

Ele tinha razão; passava a maior parte dos meus dias respirando laquê e escândalo, por isso saímos juntos da *delicatessen* e nos dirigimos para o parque. Foi bom caminhar com ele; sentia-me orgulhosa de ser vista com um homem mais jovem e bem-apessoado. Não sei se era impressão minha, mas o dia parecia mais ensolarado do que antes. Mesmo os brechós soavam atraentes, e menti para mim mesma que era o sol tornando tudo muito mais brilhante, mais feliz... Mas eu sabia qual era realmente a verdade.

Quando chegamos ao parque, caminhei em direção a um banco, mas Dan queria sentar-se na grama.

— Quero um piquenique de verdade — ele disse, com petulância fingida —, e isso significa na grama.

Eu ri.

— O.k. Então, vamos fazê-lo à sua maneira.

— Quando eu era criança, fazíamos piqueniques todos os dias. Não importava onde estávamos, mamãe punha uma toalha de mesa e tínhamos sangas na praia ou no quintal, se estivéssemos em casa... Só para esclarecer, sangas são sanduíches na Austrália.

— Obrigado por traduzir... Pensei que tudo o que vocês, australianos, faziam era colocar camarão no churrasco[26]!

— Isso também — ele sorriu —, quando não estamos comendo sangas na praia.

Eu quase podia sentir a brisa do mar no meu rosto, pelo jeito como ele falou.

— Mamãe nos levaria à praia em um piquenique e correríamos para o mar, e ela arregaçaria a calça jeans e entraria na água com a gente... — Ele começou a arrancar a grama, de cabeça baixa.

— Você ainda sente falta dela, não é?

— Sim... Ela era especial. — Olhou para cima, os olhos ainda mais azuis do que eu me lembrava. — É claro que a mãe de todo mundo é especial, mas, quando ela morreu, foi como se uma luz se apagasse. Ela sempre estava cozinhando, e, ao partir, senti falta da fragrância de seu bolo de limão... um lembrete constante de que ela não estava mais lá.

Como Mandy, ali estava outra criança sem mãe cuja vida havia sido arruinada. Eu entendia como eles se sentiam; nunca tinha sentido tanta falta da minha mãe quanto nos últimos meses. Deixar Craig e recomeçar a vida era assustador, e muitas vezes eu me perguntava o que mamãe teria pensado disso tudo.

— Então... o bolo de limão é muito especial para você...!

Seu rosto mudou por um momento.

— Bem, isso é meio agridoce. Minha mãe sempre fez cupcakes de limão para o meu aniversário, pois era o meu favorito. Toda vez que sinto o cheiro das raspas de limão, é como se voltasse lá, à nossa cozinha em

---

[26] Alusão a um comercial de TV para divulgação de turismo na Austrália; em inglês, *throw a shrimp on the barbie.* (N.T.)

Sydney. O sol entrando pela janela, varrendo a mesa da cozinha, mamãe em seu avental. Eu estava sempre animado; era meu aniversário, e a cozinha ficava preenchida com o aroma dos limões, mais doce.

— Isso é uma lembrança linda. — Sussurrei para ele.

Dan colocou sua mão na minha.

Conversamos por uma hora. Ele me contou sobre sua infância nos subúrbios, em Sydney, não muito longe de Bondi, em uma casa grande com uma piscina enorme.

— Era idílico — disse, com o olhar distante. Ele me contou que seu pai estava vivo e bem, ainda morando em Sydney, onde o irmão de Dan, a esposa e dois filhos viviam. — Eu amo muito meus sobrinhos — falou, sorrindo. — E meu irmão, mas, como eu disse, não o tenho visto muito.

— Ficar um tempo juntos pode curar vocês dois. Ele provavelmente tem lembranças de sua infância, as quais pode compartilhar com você. Quando alguém morre, essas lembranças morrem também — comentei, pensando em minha própria mãe.

— Não consigo enfrentar isso ainda, mas o que você disse na outra noite sobre entrar em contato me fez pensar... e liguei para ele.

— Isso é maravilhoso, Dan.

— Sim... e você estava certa; isso tudo fez nós dois nos sentirmos muito melhor. Eu lhe disse que iria vê-lo assim que voltasse para casa. Depois de falar com ele, não me sinto tão culpado, e John me disse que eu ter ligado para ele o fez muito feliz.

Fiquei encantada por ele ter aceitado o meu conselho. Era óbvio, mas às vezes precisamos que outros apontem essas coisas para nós. Ele estava sorrindo, mas pareceu quase em lágrimas quando falou sobre sua casa e sua família.

Abri meu sanduíche de queijo de ovelha, tomate e azeitona preta e dei uma mordida.

— Humm, a doçura dos tomates secos em contraste com o salgado do queijo é uma delícia — falei, com a boca cheia.

— Ei, você está começando a soar como eu — ele disse, rindo. — Adoro combinar sabores, embora alguns nem sempre funcionem... Passei um momento difícil com hortelã e beterraba no início da semana — sorriu, mordendo o pão de nozes com queijo azul e bacon.

Ofereci-lhe uma mordida de meu sanduíche; afinal, era criação dele.

— Você não está simplesmente amando a forma como as azeitonas defumadas estão combinando com o queijo, Dan?

Ele riu.

— Pode apostar, *baby*!

Ficamos em silêncio por um tempo, apenas o canto dos pássaros, o som das crianças brincando no tanque de areia nas proximidades e um céu azul, muito azul, decorado com um par de pequenos flocos de nuvens brancas.

— Espero que tenhamos um bom verão — falei finalmente, olhando para o céu, recebendo o calor suave do sol da primavera no rosto.

— Teremos, sim. Vai ter que ser — ele falou, suspirando.

Terminei meu sanduíche e me deitei de lado, apoiando a cabeça no meu cotovelo sobre a grama. Dan estava perto, fazendo o mesmo, de frente para mim... e não me importava como isso devia parecer para quem passava.

— Eu sempre quis ter o meu próprio café — comentou. — Um pequeno local moderno com uma padaria em algum lugar perto do porto de Sydney... servindo *muffin*, doces, ovos e tudo mais no café da manhã. Queria passar meus dias assando bolos e pães de minha própria especialidade. Quando decidi passar o verão aqui no Reino Unido e aconteceu de a minha tia Jen abrir uma *delicatessen*, isso pareceu ser obra do destino... Ou talvez ela só tivesse pena de mim.

— É um bom treino para o seu próprio negócio — falei, sorrindo.

Ele assentiu com a cabeça.

— Você veio para cá com... alguém? — perguntei.

— Sim. Você. — Ele olhou em volta, fingindo estar confuso.

— Ah, engraçadinho. Quero dizer se tem alguém com você aqui no Reino Unido?

— Eu só vejo você aqui.

E eu só consigo ver você, pensei.

Ele olhou para baixo, começou a brincar com os pedacinhos remanescentes da casca de seu sanduíche, depois pensou melhor e abandonou-os para os pássaros.

— Eu vim ao Reino Unido com a minha namorada... Ela é minha "ex" agora.

— Desculpe-me.

— Não, está tudo bem... Nós... nós não queríamos nos amarrar e... eu conheci outra pessoa.

— Ah.

Eu estava atordoada. Não levou muito tempo para ele fazer estrago nas Midlands. As pessoas se comportam de forma estranha umas com as outras atualmente, fazendo sexo após algumas horas de encontro e, em seguida, dizendo adeus e recomeçando, logo depois, de onde pararam. O mundo tinha mudado, mas quem disse que sabíamos mais? Acho que elas estavam certas, sem o risco de terminar com uma hipoteca e um homem que você não ama, durante vinte e dois anos, como eu fiz.

Conversamos um pouco mais sobre a sua casa, e então passamos a falar sobre os livros *Jane Eyre* e *Tess of the D'Urbervilles*, e nos perguntamos se o que aconteceu com Tess era realmente algo destinado a acontecer.

— Acho que ela fez algumas escolhas bem ruins — falei. — Não tenho certeza se acredito em destino. — Percebi nos últimos meses que, em última análise, conduzimos nosso próprio navio.

— Sim, mas não é sempre que fazemos escolhas ruins... Às vezes, a vida pode acertar-lhe com uma bola em curva e eliminar suas escolhas. Minha mãe não teve escolhas; ela estava apenas entregue ao seu destino, e meu irmão também. Isso me fez perceber cedo como ninguém está totalmente no controle de sua vida e do caminho que segue. — Ele reuniu os pacotes e os amassou firmemente. Pela primeira vez, reconheci algo como raiva nele.

Não falei nada.

— E é por isso — continuou, encontrando, em algum lugar, um tom muito mais alegre e tocando meu joelho com sua mão cheia com os sacos amassados dos sanduíches — que todos nós precisamos fazer o melhor que pudermos com o que temos. E se não temos o que queremos agora... então devemos persegui-lo, antes que a bola curva apareça do céu. — De repente, ele se encheu de vida e voltou a ser o Dan despreocupado que eu conhecia.

— Minha mãe sempre disse que arrependimento é um desperdício de emoção. — Suspirei, destruída com o pensamento de minha mãe e como ela nunca tinha seguido seu próprio conselho. Ela havia permitido que o arrependimento a definisse no final, quando já era tarde demais, e eu estava determinada a ser diferente.

— Desde que tomei minha decisão de viver, viajei e já vi alguns pontos turísticos incríveis — Dan falou. — Já provei comidas maravilhosas, dormi com grandes mulheres... e, sim, de forma realista posso nunca conseguir tudo da minha "lista de coisas a fazer", mas quero minha lista de ressentimento bem curtinha.

Assenti. Dan era de um outro mundo, que eu desconhecia. Ele via as coisas de uma maneira completamente diferente, embora compartilhássemos os mesmos sonhos e ideais, e aceitei com alegria suas conversas desafiadoras e novas perspectivas de um mundo distante de espelhos barrocos do salão de beleza e tinturas malfeitas.

Talvez eu fosse apenas mais uma em sua lista de "grandes mulheres" com quem dormir e depois abandonar... E daí se eu fosse? Será que isso importava? Nosso tempo juntos seria curto, pois ele partiria em questão de meses.

— Então, arrependimentos... você tem algum? — perguntou.

Mais uma vez fui tocada pelo seu interesse por meus sentimentos, minhas esperanças e até decepções... Ninguém nunca tinha feito esse tipo de pergunta para mim antes. Deus, por onde começar?

— Infelizmente, tenho uma lista arrependimentos enorme — falei suspirante —, e está ficando maior a cada dia.

— Por que você não muda isso? Por que não joga fora os seus arrependimentos e começa uma lista de coisas a fazer antes de morrer? — ele perguntou, as pontas dos dedos tocando suavemente as minhas por entre a grama.

— Sempre associei esse tipo de lista com morte... Prefiro pensar nela como minha lista de vida.

— Gosto disso. — Ele sorriu. — Sim... uma lista de vida. — Ele brincou com as palavras, que pareceram lhe agradar. — O que está em sua lista de vida, Faye?

— Tudo bem... Meu primeiro item é um terraço em Nova York, a cidade debaixo de mim, com um homem de boa aparência na minha frente, dançando e bebendo champanhe. Também quero ver um pôr de sol em Santorini, aprender a patinar no gelo, perder dez quilos, andar de Vespa por Roma, fazer um desejo na Fontana di Trevi, nadar nua no mar e, desde que conheci você, ainda adicionei um desejo à minha lista de vida. — Sorri para ele. — Quero ver suas ondas em Bondi... aquela oliveira de que você falou na Toscana; quero sexo sob as estrelas e... ah, em um milhão de outros lugares.

— Você quer dizer que deseja visitar um milhão de lugares ou fazer sexo em um milhão de lugares? — perguntou, brincando.

Olhei para Dan, e a velha Faye teria corado e ficado de língua presa, mas a nova Faye era confiante. Quis dizer que eu queria visitar um milhão de lugares, mas me ouvi dizendo:

— Sexo; quero ter sexo em lugares diferentes... sob cada maldita estrela.

Ele olhou ao redor como se estivesse inspecionando a área para ver se havia algum local adequado, e nós dois começamos a rir.

— Há algumas coisas na sua lista nas quais eu acho que poderia ajudá-la... — Ele deu um sorriso malicioso.

— Sim, mas por onde começar?

— Acho que sexo sob as estrelas é um bom começo. — Ele moveu a mão por sobre a minha, muito suavemente. Alfinetes e agulhas atingiram o meu braço... Era *frisson* sexual ou eu estava prestes a ter um ataque cardíaco induzido pelo desejo.

— Sexo em lugares estranhos... E qual é a sua lista? — perguntei, para acalmar a onda de calor que subia pela minha garganta e, sem dúvida, fazia em meu decote aparecer uma erupção vermelha inconveniente.

— Quero aquele café em uma lanchonete no porto de Sydney — ele disse, sorrindo. — Acho que haverá uma fila para o meu bolo de limão... Você viria e compraria alguns, Faye?

— Sim, certamente estarei na fila — respondi, com uma voz um pouco ofegante. — O dia que eu riscar Bondi da minha lista, vou direto pela costa até o seu café.

— Eu também gostaria de voltar para Santorini. — Ele olhou para mim. — Só que dessa vez gostaria de ver o pôr do sol com alguém que amo. — Dan olhou para baixo e começou a arrancar a grama novamente. — Eu me pergunto se algum dia vamos conseguir realizar os nossos sonhos.

Eu estava perdida. A erupção estava agora subindo para o meu rosto e eu não queria nada mais no mundo, a não ser estar com ele no pôr do sol. Tentei me recompor.

— Espero que possamos viver pelo menos alguns deles. Estou determinada a dançar naquele terraço em Nova York, de um jeito ou de outro...

— Sim, mas esse é o problema quando se é um sonhador: nunca se sabe quando as coisas estarão prontas para viver esses sonhos. — Ele olhou para mim, os olhos indo direto para dentro dos meus, e eu derreti.

— Seguir o seu coração não deve significar abandonar seus sonhos — eu disse, inclinando a cabeça para encontrar os olhos de Dan — porque, às vezes, o nosso coração nos leva a lugares com os quais nunca tínhamos sonhado.

Ele me olhou diretamente e eu não conseguia pensar direito.

— Será que o seu coração lhe disse para vir e me encontrar hoje...? — perguntou.

Concordei com a cabeça, e ele me beijou, sua língua empurrando suavemente mas com firmeza em minha boca. Meu estômago explodiu com pequenas estrelas, e as mãos de Dan envolveram minha cintura, puxando-me para mais perto dele.

Eu nunca quis ninguém como o queria naquele momento. Eu era uma geleia em seus braços. O beijo foi como uma enorme escavação de algo do meu passado, uma lembrança vaga de ser jovem, de ser eu mesma. Tinha 15 anos de novo, e estava sendo beijada pela primeira vez.

Sentamo-nos juntos na grama, ambos querendo mais, ambos sabendo que não poderíamos ter mais... Não ali na grama em plena luz do dia. Mas continuamos a nos beijar como se o resto do mundo tivesse sumido. Não vi nem ouvi mais nada.

Então me afastei dele.

— Não sei o que está acontecendo aqui, Dan. — Ele estava olhando para mim, sorrindo e perplexo ao mesmo tempo. — Desculpe, eu devo ter soado realmente estúpida. É só que sei que você provavelmente já tem um monte de mulheres em sua vida, mas só quero que saiba que você é lindo. Você me faz sentir tão feliz, tão diferente e... estou falando demais de novo, não é?

Ele riu.

— Gosto de ouvir você falar; nunca ouvi ninguém falar como você. Amo seu sotaque e as coisas engraçadas que você diz... mas, sim, você está falando demais. — E me beijou novamente.

— Humm, bem, isso só sai desse jeito — eu disse, sentindo a necessidade de me defender quando terminamos outro beijo incrível.

Ele se inclinou para trás, descansando no cotovelo.

— Então, o que faz você achar que tenho um monte de mulheres na minha vida?

Dan colocou a mão de leve e discretamente no meu braço e ficou movendo-a carinhosamente para cima e para baixo em um movimento suave. Ninguém mais podia ver; era apenas entre nós, e foi a coisa mais erótica que eu já experimentei.

— Bem, você é muito atraente... e parece à vontade com as mulheres. E tinha uma namorada e terminou com ela porque estava saindo com outra pessoa, e...

— Epa... espere aí. Eu disse que tinha encontrado alguém; não estava *vendo* outra pessoa... Foi por isso que Gabby e eu terminamos. Quando conheci essa outra mulher, percebi que não estava certo... entre Gabby e mim.

— Então, você não estava vendo a outra mulher naquela época?

— Você não sabe?

— Como eu saberia?

Ele sorriu e se inclinou para mim novamente. Não tinha certeza se meu coração aguentaria outro beijo; estava a ponto de explodir e deixar restos de uma geleia humana sem forma por toda a toalha de piquenique. Mas, como já havia percebido, a minha força de vontade para com Dan era como minha força de vontade para com os alimentos: sabia que era ruim para mim quando se aproximavam da minha boca, mas era incapaz de resistir.

Então, nós nos beijamos novamente, segurando-nos um ao outro enquanto nos deitávamos lentamente de volta na grama, nossos lábios colados, nossas cabeças juntas na luz do sol. A mão dele estava na minha coxa, e eu estava em outro planeta. Era uma Faye Dobson diferente: uma viajante do mundo, filósofa, leitora de livros, apaixonada pela primeira vez na vida por Dan, o delicioso cara da *delicatessen*, que, na verdade, me escutava e se importava com o que eu pensava.

— Faye, você terá uma noite livre na semana que vem? — perguntou. — Poderíamos riscar algo em sua lista.

Meu estômago deu um salto.

— Ahn, é, sim... — Tudo em que eu conseguia pensar era na minha lingerie, em meus seios imperfeitos, em minhas coxas nuas, e se qualquer um deles estava à altura de uma noite sob as estrelas.

— O.k., vou buscá-la depois do trabalho... Vou ensiná-la a andar de *skate*.

Até aquele momento, eu sabia o que estaria fazendo em um dia qualquer, nos trinta anos seguintes, mas olhando para ele na luz do sol, com os olhos brilhando, pensei: "Não me importo com a próxima semana, o próximo mês; quero estar com você agora, pelo tempo que puder". Eu estava intoxicada por ele e, no espírito de dizer "sim" sem arrependimentos, sentia-me pronta para me tornar acessível e ter meu coração partido. Estava apenas descobrindo que o amor não tinha nada a ver com rendas brancas e promessas, que às vezes acontecia quando menos se esperava, com alguém que você nunca imaginara ser possível. E não tinha que acabar em casamento, ou mesmo em um relacionamento estável. Éramos duas pessoas apenas estando juntas... Ele estaria ali somente até o outono... mas quanta alegria poderíamos compartilhar até lá.

12

Um fim de semana perdido e encontrado

Sue estava planejando passar alguns dias com um amigo seu em Londres, no próximo fim de semana, saindo no sábado depois do trabalho. Ela não estaria em casa até segunda-feira à noite e, como Emma já tinha ido embora e Dan estava no Norte, visitando parentes australianos com os quais tinha perdido contato há um longo tempo, eu tinha o fim de semana só para mim. Sentia-me ansiosa por estar sozinha. Esse tempo para relaxar e pensar era muito bem-vindo.

Fiquei grata à Sue, mas não tive muita paz na casa dela, com minha amiga entretendo seus acompanhantes, e com sua yoga de celebridade no tapete em frente à TV. Eu também tinha ido da indiferença de Craig para comigo e com o que eu fazia para um policiamento obsessivo de Sue por mim. Apreciava a sua preocupação, mas, se eu pegava um livro, Sue via isso como sinal de depressão e imediatamente tentava me sufocar com vinho e muita conversa: "Não queremos você largada pensando demais em si própria", ela diria. Mas isso era exatamente o que eu queria.

Então, naquele fim de semana, apesar de sentir falta de Dan, realmente ansiava por uma leitura tranquila, a minha própria música, e minha própria comida, comigo mesma. Eu estava imaginando a felicidade de tudo isso junto enquanto esperava minha cliente ter seu cabelo lavado e assistia a Julie Sharples (corte e penteado de quarta-feira, e escrava sexual de seu namorado) sendo transformada em uma noiva princesa.

— Mandy está fazendo minha maquiagem — Julie assentiu, com entusiasmo. — Ela faz uma maquiagem de olho esfumaçado linda; estou fazendo uma ornamentação na vagina também; uma Vegas, que é uma pista de pouso feita com joias. Mandy faz umas maravilhosas... Dave mal pode esperar.

— Aposto que ele não pode — falei, sorrindo. Dada a propensão de Julie por bondage, aquela seria uma noite de núpcias inesquecível.

Apesar de sua bebedeira, *sexting*[27], palavrões e vida promíscua, Mandy era muito artística quando se tratava de algo criativo, e suas ornamentações de genitais tornaram-se lendárias. A maquiagem facial também era muito boa; uma vez ela perguntou se podia experimentar alguns produtos novos em mim e, quando terminou, ninguém podia acreditar como eu estava diferente e mais jovem.

— Vibrador — Sue gritou, por sobre o cabelo enrolado de Julie.

— O quê? — gritei de volta.

— Mandy deu a ela um vibrador de presente de casamento — ela sibilou. Revirei os olhos enquanto Sue se desculpava e corria para mim, toda lábios apertados e mãos hesitantes.

— Se você tiver oportunidade, dê uma conversadinha com ela e diga-lhe para não ficar agitando o negócio pelo salão. Gayle Jones vem esta tarde, e ela não vai querer Mandy empurrando um foguete desenfreado em seu rosto.

---

[27] *Sexting* é a contração de *sex* e *texting*, um anglicismo que se refere à divulgação de conteúdos eróticos e sensuais por meio de celulares. (N.T.)

— Pelo que ouvi, Gayle teve coisa pior enfiada em seu rosto — falei.

— Gayle tem classe; ela só faz isso com milionários e jogadores de futebol, Faye. Eu não quero que ela se sinta ofendida.

Balancei a cabeça. Tudo fazia perfeito sentido no mundo de Sue, se não no meu, e, uma vez que tinha encerrado o trabalho com minha cliente, subi até a sala de Mandy e passei adiante o pedido de Sue. De qualquer maneira, eu queria verificar como Mandy estava, já que nesse fim de semana era o aniversário da morte de sua mãe, e ela não tinha descido para nos ver como fazia normalmente. Era sempre um momento difícil para Mandy, e eu queria ter certeza de que ela estava lidando bem com isso.

Quando entrei no Spa, ela esperava Julie, o "presente" embrulhado e com fitas ao lado. De cabeça baixa, Mandy lavava as esponjas de maquiagem.

— Você está bem, amor? — perguntei.

— Sim. Tudo bem.

— Você sabe que pode falar comigo se quiser, Mandy — falei suavemente.

— Obrigada. Você sabe como é... só derruba você, no dia do aniversário de morte e nos aniversários e nos Natais... Droga, cara, todos os dias realmente.

— Eu sei, amor. Você não vai ficar sozinha neste fim de semana, não é?

— É. Flick está indo embora com o namorado e papai com Andrea, então eu poderia muito bem sair, encher a cara e esquecer tudo isso.

— Essa não é a solução, não é mesmo?

— Não... mas o que mais tem lá? Ninguém está nem aí, assim eu poderia muito bem sair de vista e dar uma boa chorada.

Meu coração doeu por ela. Pensei em Emma e em onde ela estaria se eu não estivesse por perto. Não há ninguém como a nossa mãe; eu era uma mulher adulta com a minha própria filha, e ainda assim sentia falta da minha mãe.

— Na verdade, Mandy, eu ia lhe pedir um grande favor — comecei. Ela sentou-se, ansiosa por ouvir, ansiosa como sempre por ajudar. Mandy realmente tinha um coração de ouro. — É só que... Sue vai embora para a casa de sua amiga em Londres hoje à noite, e eu vou ficar sozinha. Odeio ficar sozinha, e queria saber se você se importaria de vir me fazer companhia... na casa da Sue?

Ela corou com prazer.

— Faye, você não precisa nem pedir. Eu estarei lá, amiga. Vou levar alguns DVDs. E vou fazer suas unhas também, você quer?

— Ah, obrigada, Mandy, você não tem ideia de como estou aliviada. Eu estava com medo de ficar sozinha — menti. — Vou pedir comida para viagem e pegar uma garrafa de vinho. Posso?

— Iupii! — Ela pulava batendo palmas como uma criança e meu coração se derreteu.

Então Mandy se levantou e correu para mim, abraçando-me tão forte que senti lágrimas brotarem. Sua cabeça estava no meu pescoço, e ela sussurrou no meu ouvido:

— Eu vou cuidar de você, Faye. Você não terá que ficar sozinha. Estarei sempre aqui.

Balancei a cabeça e abri a porta para voltar ao térreo com um nó na garganta.

— Irei com você e buscarei a noiva — disse, de volta à sua alta voz Mandy de costume, de braços dados comigo, descendo as escadas da mesma forma que Emma fazia.

— Ah, eu quase esqueci. Sue disse para não acenar o presente de casamento de Julie na cara de todas as clientes VIP... Ah, e, por favor, não provoque a Camilla para não a termos inadvertidamente fazendo alguma coisa com o negócio; ela não vai saber o que é e nós não queremos um incidente.

— Ah... Eu não tinha pensado nisso. E se alguém dissesse a Camilla que era um massageador de cabeça e que ela foi escolhida para massagear a cabeça de todas as clientes com ele? Você é um maldito gênio, Faye. Isso seria hilário pra cacete.

— Não, Mandy.

— Ah, que pena. Está tudo bem para você, Faye; você não precisa de um vibrador, agora que está pegando aquele australiano. — Ela praticamente gritou.

— Não estou!

— Ora, admita, Faye... Você está dando um velho e bom trato no Dan da *delicatessen*...

— Chega! — Sue estalou. — Você pode parar de falar sobre Faye transar com o homem da *delicatessen* na frente das clientes, por favor, Mandy?

— A Faye está transando com aquele cara da *delicatessen*...? — A noiva começou.

— Pelo amor de Deus. Eu só queria que todos se importassem com sua própria vida. EU NÃO ESTOU TRANSANDO COM O CARA DA *DELICATESSEN* — gritei, mais alto que os secadores... que tinham, exatamente naquele momento, acabado de ser desligados, quando o cara da *delicatessen* entrou.

Uma onda de profundo constrangimento e expectativa silenciosa varreu o salão de beleza. O único som era Mandy, abafando o riso.

Dan tinha ouvido claramente o meu desabafo e estava de pé contra o balcão, defensivamente agarrando *O Grande Gatsby* contra o peito como um escudo. Caminhei com dificuldade em direção a ele, todo mundo olhando por debaixo de bobes e toucas. Sue levantou uma sobrancelha no espelho para sua cliente e continuou com o corte.

— Eu só ia deixar isto... Pensei que poderia estar em sua lista de livros. — Ele sorriu sem jeito.

— Obrigada. Eu... eu não estava falando então... sobre transar com você... se você pensou que poderia ser... isso? — falei, chacoalhando a cabeça, querendo me enterrar bem fundo.

— Está tudo bem, Faye... De verdade.

— Sim, mas eu odiaria que você pensasse que eu tinha falado sobre... dito para todo mundo ou mesmo pensado em... qualquer parte... de você.

— Você deveria parar de falar agora — sussurrou, inclinando-se em minha direção.

— O.k. — Olhei para o livro quando ele o passou para mim, e um sorriso secreto passou entre nós.

O salão inteiro estava observando por debaixo dos cabelos, e eu queria morrer.

Então ele ergueu as sobrancelhas, levantou a mão em um gesto de saudação e saiu.

Voltei pelo salão sentindo-me nitidamente doente. Houve época em que eu gostara de compartilhar a minha vida com as garotas do salão, lamentando-me por Craig, preocupando-me com a Emma e reclamando sobre o custo do aquecimento central. Mas agora eu via o salão como uma intromissão na minha vida. Dan era especial para mim; ele era a primeira pessoa, há muito tempo, com quem eu me importava, e também representava um trampolim para um novo futuro, mais emocionante, estivesse ele por perto ou não. Olhei ao redor do salão de beleza, e pela primeira vez me senti uma observadora; a tintura lituana de cabelo, a busca incessante de Sue por um amor on-line e a necessidade de Mandy por aprovação faziam parte da minha vida, mas fiquei imaginando se, em breve, não fariam parte do meu passado.

Essas amigas me ajudaram a crescer e tornar-me a mulher que eu era, e seu amor e apoio haviam me ajudado a reunir a coragem para dar os primeiros passos e abandonar o meu casamento infeliz. Graças a elas, eu estava me movendo para frente, mas a parte triste era que, para realmente embarcar em uma nova jornada, eu teria que deixá-las para trás.

* * *

Terminamos tarde naquela noite. Mandy fez um ótimo trabalho em Julie, e ela estava linda para o casamento, assim como as damas de honra que tinham descido as escadas após a "sessão" com Mandy, de cabelos em pé e rostos em estado de choque. Eu podia imaginar a que essas jovens e inocentes mulheres tinham sido submetidas naquela tarde no *The Heavenly Spa*, mas uma coisa era certa: elas nunca mais seriam as mesmas.

Mais tarde naquela noite, enquanto Mandy e eu aproveitávamos um frango *tikka*[28], dois sacos tamanho família de pastilhas de chocolate e uma garrafa de vinho branco, ela me contou sobre sua mãe.

— Ela era linda, Faye. Eu me lembro dela me perseguindo pelo

---

[28] Frango *tikka masala* é típico da cozinha hindu, muito popular no Paquistão e na Índia. (N.T.)

jardim, e eu ria tanto que não conseguia correr, e ela me alcançava e me fazia cócegas. Eu devia ter uns 5 anos. Há momentos em que eu não consigo realmente me lembrar do rosto dela, mas ainda posso sentir seu perfume e as cócegas que ela fazia.

Conversamos sobre o casamento de seu pai com sua madrasta, o qual Mandy, aos 16 anos, não tinha aceitado bem.

— Eu me recusei a ir ao casamento. Eles disseram que eu passava por um acesso de raiva e que era uma adolescente problemática. Mas, Faye, mamãe tinha morrido há apenas um ano. Ainda não acredito nisso e, em seguida, meu pai se casa com Andrea, que traz seus filhos com ela. Foi o pior momento da minha vida: eu tinha perdido minha mãe, e então o meu pai — falou, suspirando.

Ninguém jamais tinha realmente ouvido ou falado com Mandy desde que sua mãe havia morrido. Ela perdera a pessoa de quem mais precisava no mundo e, então, vestira uma armadura para que ninguém jamais pudesse machucá-la novamente. E ainda havia sido rotulada de "problemática" pelo simples fato de estar de luto por sua mãe. Não fiquei surpresa por ela ir para a cama com qualquer um tentando encontrar amor e beber para esquecer.

— Eu ainda estava na escola e vivia esperando os sábados, quando podia ir até o salão de beleza para trabalhar — ela disse. — Eu me sentia segura lá com você e Sue e as clientes. Adoro sair em férias, mas sinto falta do salão e de todas vocês... E às vezes tenho horror dos domingos e das segundas-feiras, quando o salão está fechado e tenho que ficar em casa. Não diga a Sue, mas às vezes eu ia até lá à noite, quando estava fechado... Recentemente fiquei a noite toda no spa depois de uma briga com Andrea.

Derramamos algumas lágrimas e depois assistimos a *Sex and the City* e ficamos maravilhadas com o que a vida seria se vivêssemos em

Nova York. Contei a Mandy meu sonho de dançar em um terraço sob as estrelas.

— Poxa, Faye, você deve mesmo fazer isso, cara — ela disse, segurando as mãos de excitação. — Posso vê-la em um longo vestido, cabelo solto, batom vermelho, um pouco de rímel nos cílios superiores, dançando sob aquelas estrelas... elegante de morrer.

Sorri. Ela, na verdade, pensou que pudesse acontecer... eu em uma cidade grande em uma vida diferente. Mandy não riu ou viu as falhas; só aceitou porque acreditava que eu poderia fazê-lo, se realmente quisesse. Afinal, talvez não fosse um sonho tão estúpido, e, se Mandy acreditava em mim, por que eu não poderia?

— Então, Faye, você precisa pensar na sua aparência.

— Preciso?

— Sim... Você tem que começar a usar maquiagem, comprar roupas novas. Você tem que parar de dizer: "Não olhe para mim; sou casada", e dizer: "Ei, garotos... venham pegá-los". — Ela estava agitando os braços no ar e sacudindo os seios.

Ri com a ideia.

— Não tenho certeza de que posso fazer o que você faz, Mandy — disse suspirante, rasgando o segundo grande saco de pastilhas de chocolate. Amontoei um punhado delas, jurando que morreria de fome no dia seguinte e sabendo que não o faria, mas essa era a única maneira de desfrutar chocolate sem culpa.

— Faye, você é linda... Você poderia ter qualquer um.

— Ora, talvez alguns anos atrás, Mandy, mas fiquei grávida e casei e tudo parou. Sei que a estou sempre avisando sobre beber muito e fazer sexo com estranhos, mas pelo menos você se diverte. Quando tiver a minha idade, não terá arrependimento algum. Só um monte de boas lembranças — falei, minha boca cheia de pastilhas laranja de chocolate. Eu odeio as de cor laranja. — Só gostaria de ter saído com mais caras quando era mais jovem, vivido um pouco, você sabe.

— Faye, do que você está falando? Você ainda é jovem.

Fiz uma careta.

— Bem, bastante jovem. Você ainda pode viver isso e conhecer pessoas. Está saindo com Bruce, não é? E ele é um pouco de tudo de bom. Veja, você está recebendo sua magia, Faye... Não as teve nos seus 20 anos porque você estava guardando para agora — ela disse, sorrindo.

Concordei com a cabeça. Eu gostava disso.

— Agora que você é solteira, poderia fazer uma ornamentação genital.

— Eu? — A velha Faye se rebelava contra a ideia, mas a nova Faye continuou: — Por que não?

—Vou prestar meu exame dessa técnica na segunda-feira à tarde, mas a minha maldita modelo desistiu...

— Você precisa de uma modelo para a maquiagem? — perguntei, prendendo a respiração enquanto aguardava a resposta, perguntando-me o que eu estava prestes a dizer. — Eu poderia fazê-la?

— *OMG*, Faye... Sério?

Concordei com um movimento de cabeça.

Ela remexeu em seu *kit* de beleza e me ofereceu uma mão espalmada de falsas joias brilhantes.

— Nós vamos cobrir sua paisagem feminina com joias de valor inestimável.

— O.k. — Vacilei um pouco com o pronome "nós" na frase ao falar sobre o processo de maquiagem. "Nós" invocou uma imagem de Mandy, Flick e seu amigo Big Jess agrupados em torno da minha "paisagem feminina" colando diamantes como se fosse a porra de um encontro para fazer artesanato.

— Elas são muito bonitas, não são? — falei, tomando uma das joias de Mandy e segurando-a contra a luz.

— Você não vai se arrepender, Faye. Os homens amam essa decoração vaginal.

— Não vou fazê-la para um homem — falei, levemente indignada. — Estou fazendo isso por mim.

— Uau... Dá-lhe, menina. Faye, você está se transformando em uma tremenda papa-anjo! — ela gritou, agarrando a garrafa de vinho e esvaziando-a em nossas taças.

— Uma tremenda papa-anjo? Sim, eu acho que você está certa — concordei, sorrindo.

13

Uma virilha reluzente e um futuro cintilante

Na noite de segunda-feira, eu me encontrava deitada em uma cama própria para embelezamento na universidade local onde Mandy estava fazendo seu exame de Beleza Avançada. Eu queria uma reluzente "Avenida Vegas"[29], em oposição à mais recatada e sem decoração "Pista de Pouso"[30]; afinal, se eu me aventurava nisso, que fosse feito o melhor possível. Bastante animada, já estava deitada na cama de beleza, enquanto Mandy misturava produtos antes de mergulhar na borda do meu biquíni e gritar:

— Oh, meu Deus! Quando foi a última vez que você se depilou?

— Só me depilo para as férias — falei, envergonhada.

— Bem, agora você é solteira, e precisa estar sempre pronta — disse, olhando para minhas coxas e sacudindo um dedo. O trabalho que dava ser uma mulher solteira exigia mais tempo do que eu imaginava, com depilações regulares, bronzeamentos artificiais, pedicures e esfoliação de celulite para que eles não se assustassem quando as luzes se acendessem. Eu não

---

[29] A autora refere-se a Vegas Strip, que corresponde a uma parte do Las Vegas Boulevard na qual se localiza a maioria dos hotéis e cassinos da zona leste de Las Vegas. (N.T.)

[30] Em inglês, *Landing Strip*, uma alusão aos pelos pubianos aparados em uma linha estreita. (N.T.)

conseguia imaginar como essas bravas garotas recém-solteiras encontravam tempo para os dez minutos obrigatórios com o "coelhinho furioso".

Era como começar em uma nova escola e precisar de uma lista de equipamentos e uniformes necessários, e a cada dia era uma revelação, quando mais equipamentos eram adicionados à lista. Eu só esperava que essa decoração vaginal fosse de baixa manutenção e, se eu chegasse a fazer sexo com Dan, não acabasse deixando um cartão de visita cravejado de joias em seus lençóis amarrotados.

Mandy me disse que tinha que me depilar em primeiro lugar, e que eu deveria relaxar e descansar. Mas, virgem como era nesse tipo de coisa, eu não sabia o que esperar, então estava um pouco tensa, especialmente com Mandy xingando e dando risada entre as minhas pernas. O "comportamento de cabeceira" dela deixava muito a desejar, e, como quando Mandy aplicou a cera quente eu gemi um pouquinho, ela riu.

— Você acha que isso dói? Espere só até eu arrancar... Isso sim vai doer pra cacete!

Só posso comparar o método brasileiro de depilação de Mandy a derramar gasolina na vagina, esperar alguns segundos e, em seguida, jogar um fósforo aceso nela. De acordo com a Examinadora de Beleza (um membro totalmente pago da equipe Olímpica do Marquês de Sade), "o método brasileiro testa a habilidade do técnico, proporcionando uma tela em branco para a arte".

Eu não podia gritar ou chorar ou me contorcer de dor, porque Mandy talvez fosse reprovada no exame, então eu me agarrava à cama e fazia careta o tempo todo. Culpando os produtos químicos pelos meus olhos lacrimejando, disse à examinadora que meus choramingos eram apenas eu cantarolando, mas, como falei mais tarde para Mandy, o processo de fato doía mais que a dor do parto.

A etapa seguinte foi a "aplicação das joias", o que realmente não era doloroso, embora fosse uma tortura psicológica assistir a Mandy em minha virilha agora latejando com um par de pinças, adesivo de qualidade medicinal e um saco de *glitter*.

— Estou fazendo um desenho especial só para você com cristais de verdade. Ai, ficará uma loucura! — Mandy falou entusiasmada das minhas partes baixas. Eu tinha ficado bastante animada com a perspectiva de um ornamento, mas a dor cobrara o seu preço, e nunca me senti mais vulnerável do que quando ela cuidadosamente posicionava cada joia, rosnando feito um tigre.

Depois de noventa minutos torturantes, que pareceram três anos, Mandy olhou e anunciou:

— Está concluído! — Isso certamente pareceu o fim. A agonia do ardor tinha virado agora apenas um simples sofrimento, mas podia ver o desenho brilhando de onde eu estava, e levantei minha cabeça, reuni um sorriso de dor e um atordoado:

— Está lindo.

— Bom como uma xícara de chá? — Mandy ironizou. Sim, era exatamente como o parto.

A amiga de Mandy, Trish, chegou mais perto e olhou para baixo. Usava uma maquiagem laranja e seus cílios eram tão longos que juro que fizeram cócegas na minha carne, quando ela os varreu por toda a minha virilha.

— Graurrr — ela fez, agitando suas longas unhas azuis como garras, o que não fazia qualquer sentido, mas, também, muito do que Mandy e seus amigos faziam não tinha sentido algum.

A examinadora apareceu de trás da cortina como algo saído de um drama médico, inspecionou-me, emitindo sons de desaprovação e tomando notas como se eu tivesse acabado de passar por uma grande cirurgia. Mal podendo esperar para ir embora, assim que ela diagnosticou como "excelente" e sumiu por trás da cortina, pulei da cama.

— Podemos ir agora, Mandy? — chamei-a do meio de uma conversa com um grupo de garotas. Eu só conseguia pensar em mergulhar minha vagina enfeitada de cristais em um banho muito frio.

— Fica fria, Faye. Ela mal pode esperar para ir para casa e exibir sua periquita brilhante, não é? — Ela riu para as meninas.

— Não. Mandy, na verdade, estou com dor — bufei, tentando não pensar na minha ardente "paisagem feminina", que emanava mais calor do que o sol.

— O.k.; eu só preciso arrumar meu equipamento — disse, marchando de volta para mim —, e então nós vamos sair. Você está bem?

Meneei a cabeça, enquanto cautelosamente entrava em minhas calças largas.

— Obrigada, Mandy. Parece adorável, pelo que pude ver, de cabeça para baixo.

Já fora do prédio, caminhávamos pelo estacionamento e, apesar da sensibilidade e dor, senti excitação. Olhando para mim, ninguém diria que minha vagina estava coberta de cristais; quem poderia imaginar que Faye Dobson faria uma ornamentação desse tipo? Eu estava me surpreendendo. Nunca tinha feito isso quando era casada; Craig não era dado a nada extravagante ou diferente. Se eu tivesse uma decoração vaginal assim quando nos casamos, e ele tivesse visto esses cristais, pensaria que estava tendo alucinações.

— Então, que homem de sorte vai ver a decoração primeiro, Faye? — Mandy perguntou, quando chegamos ao carro.

Eu entrava cautelosamente.

— Bem, quem sabe? — eu disse rindo, então gemi enquanto sentava suavemente no meu banco. — Tantos homens, tão pouco tempo.

Coloquei meus óculos de sol, liguei o carro e passei meu novo batom vermelho usando o espelho do próprio carro.

— Você está com boa aparência, amiga — Mandy sorriu. — Acho que poderia passar por 35 anos... e seu jardim feminino brilhante vai explodir a cabeça dele. Vai, menina!

* * *

No trabalho, no dia seguinte, minha vagina com cristais foi a conversa do salão de beleza, e Sue decidiu que seria bom para a publicidade das habilidades de Mandy mostrar aos clientes o que ela tinha feito.

— Vá lá em cima com Faye e dê uma olhada na mágica do cristal dela — falou, o que a fez soar como uma madame e me fez sentir como uma prostituta. Recusei-me, é claro, mas ambas, Sue e Mandy, constrangeram-me como se eu tivesse algo a esconder, por isso, depois de muito assédio, eu lhes permiti tirar uma foto.

Mandy logo tirou várias "fotos" de minha decoração vaginal e me deixou em paz, ainda que as mostrando a quem perguntasse. Todas as clientes engasgaram com admiração e comentaram sobre o quão talentosa ela era, enquanto Sue fazia várias reservas por conta do meu "triângulo reluzente".

Mais tarde, quando o sr. York, um dos conselheiros locais, veio para seu corte de cabelo, o comentário de abertura de Sue foi:

— Você já viu uma vagina decorada, Bill?

Ciente do que estava por vir, antes de começar a sessão de fotos, saí do salão e fui dar uma volta; tinha que impor um limite.

Sentia-me como uma observadora novamente e questionando tudo. Onde mais no mundo colegas de trabalho tiram fotos de sua vagina e as mostram aos clientes? Eu amava todas elas, mas minha vagina ser o centro das conversas do salão era mais um motivo para fugir.

Eu havia percorrido um longo caminho desde a tranquila Faye, que ia para casa todas as noites para um casamento sem amor e linguiça e purê, até a mulher solteira com uma virilha brilhante e um futuro ainda mais brilhante. Sorri secretamente e me perguntei o que o futuro guardava para a nova Faye Dobson.

14

Tudo pode acontecer!

Era um dia quente de abril, o ar fresco e leve com a promessa de verão, e pela primeira vez em muito tempo eu estava excitada com o que ele traria. Não houve quinzena anual em Weston-super-Mare[31], nem equipamentos superaquecidos, nem domingos intermináveis assistindo a Craig curar produtos de linha branca, com a imposição das mãos como um encanador evangelista. Não havia mais certezas, e eu tinha me apaixonado por essas três pequenas palavras: *Tudo pode acontecer*.

Para a maioria das pessoas, os sinais do início do verão eram novos brotos, folhas nascendo e canto dos pássaros, mas no "Cachos e Tintura" era a remoção de cabelos no chão, as luzes, os bronzeamentos artificiais e pedicures brilhantes para a praia.

Mal podia me conter, tão excitada e nervosa estava por ir patinar no gelo com Dan. Sorri e acenei para as minhas clientes, que falavam sobre seus filhos, suas férias, e eu não ouvia sequer uma palavra. Envergonha-me dizer que também não me importava com quem fez o que em seus

---

[31] Referência a um resort à beira-mar ao norte de Somerset, Reino Unido. (N.T.)

cabelos ou por quê. Tudo em que conseguia pensar era em Dan e eu dançando um bolero no gelo como Torvill e Dean[32].

Isso estava na minha lista porque eu só havia ido a uma pista de patinação no gelo algumas vezes na minha vida, e todos os outros pareciam deslizar sem esforço enquanto eu me agarrava histericamente ao alambrado. Sempre tive muito medo de que, por ser dura demais, quando eu finalmente criasse coragem para me aventurar no gelo, minhas pernas iriam voar debaixo de mim e eu acabaria como uma pilha toda amassada. Olhava para meus amigos, invejando sua elegância e graça no chão escorregadio; no entanto, enquanto eles conversavam e deslizavam, eu apenas ficava trombando com os alambrados, empurrada por ali. Por conseguinte, todos os meus amigos ficavam dando voltas, rabos de cavalo ao ar, pernas lisas e balançando, e eu ia parar na sala de primeiros socorros recebendo curativos. Questionei se seria uma decisão sábia a de ir a uma pista de patinação com Dan. Eu queria realmente que ele visse minha deselegância e falta de coordenação?

À medida que Dan me ajudava na pista, eu me agarrava a ele como um polvo, insistindo que ficasse comigo e não me largasse sozinha, sob quaisquer circunstâncias. Ele, muito calmo e gentil, claramente se sentia à vontade nos patins, mas meus nervos levaram a melhor sobre mim, e endureci assim que ele me afastou do alambrado. Em vez de ser impaciente ou desaprovador, ele apenas sorria, guiando-me suavemente com ambos os braços por entre aquele brilho mortal.

— Você vai ficar bem. Relaxe, Faye, você está muito tensa. Qual a pior coisa que pode acontecer?

— Concussão? Inchaço do cérebro, coma profundo e então... a mor-

[32] Casal de patinadores que ganhou medalha de ouro nas Olimpíadas de 1984. (N.T.)

te? — sugeri, enquanto minhas pernas começaram a ir em direções diferentes. — *Argh...* Pare! Tire-me daqui! — gritei, vendo crianças pequenas passando por mim patinando tranquilamente. Afastei-me de Dan e dei um impulso em direção ao alambrado, quase o derrubando para fora da pista. Foi provavelmente a exibição mais desajeitada já vista ali, mas ele ainda estava sorrindo. Após alguns segundos de recuperação, olhei em volta e o vi do outro lado, acenando para mim. Sorri e tentei acenar de volta, o que inadvertidamente me levou a separar as pernas, e duas crianças tiveram que me apoiar por baixo de minhas axilas e me erguer de volta para a segurança do alambrado.

Esperando desesperadamente que Dan não tivesse testemunhado esse circo, eu o vi a distância, entre a multidão de patinadores. Ele estava voando ao redor da pista, muito rápido e intenso, e ainda assim bem relaxado e descontraído. Nada o intimidava, quando ele deliberadamente mudou de sentido, patinando rumo à multidão que vinha em sua direção, desviando e abaixando, só evitando por um triz os outros patinadores. Tive que fechar meus olhos, esperando ver um amontoado de pessoas no gelo. Não conseguia olhar, pois era muito assustador, e quando, depois de várias voltas completas, ele parou ao meu lado ofegante, com o rosto vermelho e frio, eu estava quase no mesmo estado.

— Meu Deus, Dan... você só ficava indo e... Como é que você faz isso?

— Estava tentando mostrar para você como isso é divertido. É emocionante. Você só tem que relaxar.

— Está brincando. — Eu estava dizendo, balançando a cabeça e andando como um robô, quando ele me levou... bem, me *forçou* a voltar para o gelo. Então segurou firmemente em torno da minha cintura, colocando-me perto do alambrado, mas continuou falando, dizendo que estava bem, enquanto me guiava lentamente por uma volta. Depois de alguns minutos, eu começava a me sentir um pouco mais calma, só gritando se alguém passava muito rápido ou esbarrava em mim. Continuamos devagar por um tempo, até que eu pude sentir que, devagar, ganhamos velocidade.

— Já foi o suficiente. Quero sair — eu disse secamente.

Mas ele apenas falou:

— Tudo bem. Foi uma boa diversão. — E nos impulsionou para o frio no meio da multidão.

— Pare! — gritei, quando senti minhas pernas me levando mais rápido, e os braços de Dan segurando-me apertado.

— Mais rápido! — ele gritou, rindo, impulsionando-nos e passando pela multidão de patinadores, e então no meio deles, enquanto eu gritava de novo. Logo percebi que gritar não estava funcionando; só o fazia ir mais rápido, então calei a boca e me agarrei ainda mais forte nele. O frio penetrante chicoteava pelo meu cabelo, agulhando meu rosto, tirando meu fôlego, à medida que ele me levava em alta velocidade. Gritei quando aumentamos ainda mais a velocidade e chegamos a um ponto em que pensei sinceramente que estava prestes a cair e morrer. Então, de repente, fiquei eufórica, como se algo estivesse me levantando bem acima da multidão, acima do gelo, e minha respiração desacelerou. Senti um delicioso arrepio correr pelo meu corpo. O frio do gelo, a velocidade, o medo e estar agarrada a Dan me encheram de uma euforia que eu nunca havia sentido antes. Como uma criança em um passeio no parque de diversões, meu coração estava na minha boca e eu comecei a gritar de novo... Dessa vez para ir ainda mais rápido.

* * *

Mais tarde, enquanto tomávamos chocolate quente e comíamos cachorro-quente no Café do Ringue, sentei-me perto dele, ainda assustada, excitada e grudenta, mas feliz.

— Não acredito que fiz isso — falei, enquanto ele pintava meu nome com ketchup em seu cachorro-quente. — Você é louco — afirmei, sorrindo e olhando para ele com as duas mãos ao redor do copo plástico para aquecê-las. Os fundos de meu jeans estavam encharcados do gelo, e minhas mãos, vermelhas.

— Eu disse a você que podia fazê-lo; só tem que *acreditar* que pode.

— Por alguns momentos não tinha certeza se sairia viva de lá, mas obrigada... por me ajudar a riscar algo da minha lista — falei.

— O prazer foi meu — redarguiu. — Agora coma seu cachorro-quente porque quero riscar outra coisa da sua lista de vida hoje à noite.

Acenou com as chaves do carro para mim; ele havia pedido emprestado o carro de sua tia para irmos ao ringue de patinação.

— Como?

— Você vai ver. — Ele estendeu a mão, eu a peguei e saímos correndo e rindo como crianças para o estacionamento. Dan começou a dirigir e, após cerca de vinte minutos, estávamos em uma estrada secundária, e ele parou perto de um enorme campo amarelo brilhante de canola. Era início da noite, a luz estava sumindo e Dan baixou o vidro, inclinando a cabeça para trás. — É tão tranquilo aqui. Adoro isto, a paz.

O ar estava denso com o silêncio, e, a somente alguns quilômetros da autoestrada e da vida atarefada, estávamos realmente sozinhos no nosso próprio casulo. Ele levantou a cabeça e, vagarosamente, quase hesitante, inclinou-se para mim, passou um braço pelas minhas costas, o outro pela minha cintura. Beijamo-nos lentamente; em seguida, sua mão deslizou sob a minha camiseta, e eu juro que ele deve ter sido capaz de sentir meu coração batendo no meu peito. Assim como com a patinação, tudo começou lento e suave, mas foi acelerando, de repente mais urgente e apaixonado. O resto do mundo sumiu quando voltei ao gelo novamente, ofegante, calafrios explodindo por todo o meu corpo. Depois de um curto tempo, quando eu não podia aguentar muito mais, ele se afastou e, olhando nos meus olhos, sussurrou:

— Vamos lá; está na hora de riscar outra coisa de sua lista.

Saímos do carro e ele me levou por um portão, através de um campo menor de grama alta. Agora já estava escuro e um pouco frio, e Dan parou e se deitou na grama.

— O quê? — eu perguntei, rindo.

— Olhe lá para cima. Posso ver a Ursa Maior — ele disse, suspirando.

Lentamente me sentei. A grama estava fria, mas ele estava quente quando me deitei ao seu lado. Olhei para cima para ver as estrelas em um céu muito escuro.

— Uau... Eu nunca tinha visto tantas — disse.

— Aqui não há poluição luminosa. Eu queria que fosse perfeito para você. — Ele se virou para mim, e começamos a nos beijar de novo, devagar, em perfeita sincronia, sua mão quente agora sob meu sutiã, meus seios enchendo sua mão. Os beijos de Dan se encaminharam para baixo, cobrindo meus seios. — Só olhe para essas estrelas — sussurrou vagarosamente, com voz rouca e lânguida.

Rolamos no chão frio, rindo, beijando, a grama fazendo cócegas no meu rosto e nas minhas coxas, enquanto ele lentamente baixava minha calça jeans. Despida da cintura para baixo, no campo, as estrelas acima de mim, nem uma alma ao redor, senti que estava me banhando na Fontana di Trevi. Ele beijou meus seios, minha barriga, descendo devagar pelo meu corpo; eu estava olhando as estrelas e o rosto dele se encostava à minha virilha. Não conseguia acreditar que aquilo estava acontecendo. Eu enrijeci um pouco, como se estivesse de volta ao ringue de patinação. Nunca sentira nada assim antes; um milhão de pequenas explosões, enquanto as mãos de Dan acariciavam meus seios e... Oh, Deus, ele estava me lambendo suavemente, e eu andava rápido no gelo, pela Itália em uma Vespa em alta velocidade, nadando nua, todo o meu corpo submerso no mais intenso prazer. Logo ele estava dentro de mim, em movimentos rápidos, sem esforço, e eu olhava as estrelas e agarrava Dan firmemente enquanto acelerávamos pela noite. Quando acabou, eu estava lá, olhando fixamente para as estrelas e pensando: *Faye Dobson acabou de fazer sexo em um campo... sob um milhão de estrelas.*

Continuamos deitados, lado a lado, então eu disse:

— Obrigada por tornar realidade dois dos meus desejos.

— Tudo bem... Foi um ato de altruísmo. — Ele se virou para mim, beijou minha testa e me aconchegou em seus braços. — Ei, você é uma revelação, Faye Dobson. — Elc fez um gesto em direção à minha decoração brilhando à luz do luar. — Você é cheia de surpresas, não é?

— Ah, sou... Ando cheia de surpresas ultimamente. — Sorri na estrelada e densa escuridão.

15

Uma tremenda papa-anjos em gelo muito fino

Naquela noite, cheguei à casa de Sue em um estado quase delirante. Não entrei em muitos detalhes, mas ela adivinhou o ponto principal.

— Então, você fez sexo com ele? — Essa foi sua fala de abertura enquanto eu cambaleava pela porta, ainda embriagada de prazer.

Assenti com a cabeça e ela sorriu.

— Vi o jeito que ele olhou para você, quando entrou no salão com aquele livro... E sabia que era uma questão de tempo antes que vocês dois tivessem um conhecimento "carnaval" — falou, suspirando. — E Sagitário é um ajuste perfeito para Leão. Eu lhe disse, Faye, você precisa ler o seu horóscopo... Está tudo lá sobre você encontrar um sagitariano e fazer grandes mudanças.

— Ele é maravilhoso, mas é apenas um caso de verão — falei, enquanto ela nos servia outra bebida. — Só espero que eu seja um pouco mais do que um caso de uma noite. — Devagar estava chegando lá, mas ainda assim a velha Faye ia aparecer ocasionalmente para lançar dúvidas e diminuir minhas expectativas; ela estivera presente um longo tempo; não iria desaparecer em uma noite.

— Você não poderia ir à Austrália com ele? De acordo com Rory

Bland, "astrônomo" das estrelas, Leão está indo encontrar seus sóis crescentes na quarta casa, e você pode vir a gastar algum tempo em lugares distantes... e há surpresas no horizonte.

— Não tenho ilusões, e pela primeira vez não vou estragar tudo por me preocupar com o que vai acontecer em seguida. Ele é quase dez anos mais jovem do que eu, e a última coisa de que precisa é de uma mulher divorciada mais velha para se amarrar.

— Você pode passar por mais jovem, e não percebe como é atraente, Faye. Meu Ken sempre dizia que você era um pedaço de mau caminho.

Sorri.

— Obrigada, Sue. — Dado o baixo padrão (Ken transaria com qualquer coisa que tivesse pulsação), isso não era exatamente lisonjeiro, mas apreciei o sentimento.

— Você está certa. Não importa o que aconteça, divirta-se, amor... Você merece; aproveite cada minuto enquanto durar. Eu e Mandy andamos preocupadas, Faye, mas nas últimas semanas você esteve mais parecida com o seu velho eu.

Ela estava certa. Eu me sentia mais como meu velho (mais novo) eu. Dan tinha me trazido de volta à vida, despertando novamente meu amor pelos livros, inspirando uma paixão pela comida e por cozinhar, e agora o sexo... Oh. Meu. Deus. O sexo. Para citar Mandy, quem diria que eu poderia ser "uma tremenda de uma papa-anjos"?

Antes de ir para a cama naquela noite, peguei o cartão-postal do terraço de Nova York em minha bolsa e olhei-o por um tempo, recostada nos travesseiros, imaginando o som do saxofone tocando durante o anoitecer. Eu ainda queria dançar naquela cobertura, mas, enquanto isso, ainda havia outras coisas a serem realizadas na minha lista de vida. Sorri internamente por ter riscado "aprender a patinar no gelo" e o recentemente adicionado "sexo sob as estrelas", dois desejos cumpridos, muitos para cumprir... nadar nua, a Fontana di Trevi, o passeio de Vespa por Roma e um pôr do sol em Santorini. Finalmente adormeci às 5 horas da manhã no quarto de hóspedes de Sue, segurando o cartão em meu peito e sonhando com um terraço, bem no alto da cidade de Nova York.

No trabalho, no dia seguinte, conseguia apenas pensar em Dan, na escuridão, na grama sob minhas coxas nuas, na respiração dele no meu rosto.

Eu não havia me alimentado e apenas cerca de uma hora de sono também não ajudou, mas me sentia tão desperta, tão viva. Por volta das 14 horas, como houve uma pausa entre minhas clientes, fui até o andar de cima para fazer um café e pensar na noite anterior.

Mandy apareceu na porta.

— Meu corpo me odeia agora... — disse, abrindo a caixa de saquinhos de chá.

— É mesmo? Por quê?

— Duas palavras... não, três... bem, algumas, na verdade. — Ela se inclinou sobre a bancada de frente para mim, enquanto se concentrava no número de palavras. — Bebidas grátis, Kat cara de bosta beijando o cara que eu estava a fim, eu dando voadoras nela pela rua.

— Meu Deus, querida. Isso soa como uma noite e tanto. Você está bem, não está? — perguntei.

— Sim, vou sobreviver. Sue me contou que você teve uma noite boa, não é?

— Ah, ela contou? Bem, realmente gostaria que ela não discutisse a minha vida sexual com todo mundo. O.k., então eu fiz sexo no campo... E, sim, foi bom. Foi bom pra cacete. Feliz?

— Uau... aí, Faye! Ela não disse nada sobre você fazer isso no campo... Só disse que você teve uma noite legal na pista de gelo.

— Ah... Sim... patinação. — Eu e minha boca.

— De toda maneira, estou feliz que você finalmente tenha se soltado. Você costumava ser um pouco tensa, você sabe, e Bruce, definitivamente, liberou você. De qualquer forma, diga a ele que precisa de uma noite de folga de suas ostras da mata; eu e Sue vamos levá-la para uma noite das garotas. — Ela cantou essa última parte e gesticulou com o dedo de forma quase ameaçadora para mim.

Um calafrio desceu pela minha espinha. Já tinha estado antes nessas noites das garotas com Mandy, e nada de bom vinha delas. Se você gostasse de competições de camisetas molhadas, coquetéis obscenos e jogos de sexo, provavelmente desfrutaria as noites das garotas de Mandy, as quais geralmente acabavam com o rosto dela enfiado em um *kebab* na calçada; e isso não era um eufemismo... Ou era?

— Você está agendada amanhã à noite para se *divertir*, de modo que possa descansar só na manhã de domingo. E vai precisar desse descanso porque vai ficar *doidinha*, senhorita. Eu e Sue vamos nos certificar disso.

As palavras foram ditas no meu rosto como um ultimato e, antes que eu pudesse protestar, ela tinha feito o chá e ido embora. Era adorável da parte delas esse suporte à minha condição de solteira, com uma saída para noite das garotas, mas o que aconteceu com uma noite desse tipo em casa? Eu queria cremes de beleza facial e comédias românticas e grandes banheiras de sorvete Ben & Jerry, na segurança das decorações suaves de Sue feitas sob encomenda. Eu não queria ser rebocada pelas boates da região enquanto Mandy exibia seus seios e me entupia de álcool até que eu não soubesse meu nome.

Sorri para mim mesma. Era minha culpa; eu ficava dizendo para todo mundo que queria uma vida social, que não cometeria o mesmo erro de antes, desistindo da minha vida por um homem. Mandy e Sue ansiavam que eu mantivesse minha nova independência e, embora as garotas fossem loucas e Mandy pensasse que *O Grande Gatsby* era o nome de um coquetel, elas sempre foram sinônimo de uma boa diversão.

Naquela noite, quando Sue e eu esperávamos Mandy, compartilhamos uma garrafa de vinho *rosé* em um bar chamado The Med.

— Sue — falei, servindo um segundo copo da primeira garrafa para cada uma —, você está feliz? Quero dizer, você acha que algum dia você poderia ser... de novo?

— Considerando o divórcio e a Annie Aeroflot e toda a minha...

— Decoração? Sim... — acrescentei, adiantando a conversa antes que ele se dissolvesse batendo de novo no assunto das almofadas roubadas e dos bandôs saqueados.

— Não tenho a pretensão de "ser feliz", amor. Só tento passar cada dia sem cometer suicídio ou assassinato. Isso é tudo que importa, não é? Querida, ninguém é feliz o tempo todo, ou os outros são?

— Não, mas às vezes queremos saber se isso está direito. Passamos nossas vidas à procura de algo e, muitas vezes, nem sequer sabemos o que estamos procurando... Então temos uma risada no trabalho, uma noite legal fora, um *curry* no fim de semana e, antes que percebamos, estamos de volta na maldita roda de hamster.

— E o que mais há?

— Não sei... Apenas admiro as pessoas que realmente abraçam a vida em seus próprios termos... perseguem arco-íris, simplesmente não aceitam o *status quo*, rejeitam uma existência das 9 às 17 horas.

— Está se referindo às pessoas que trabalham no turno da noite, amor?

— Não, falo de algumas pessoas que não vivem, trabalham e esperam envelhecer no mesmo lugar em que nasceram. Elas conhecem outros países, coisas diferentes, conhecem pessoas novas, e, se estão insatisfeitas, vão embora... espíritos livres.

— Eu não gosto dessa ideia; você não saberia o que está fazendo ou para onde estaria indo a seguir.

— Esse é o ponto, Sue. Ficamos atolados. Quando somos jovens, queremos a segurança e a proteção do casamento; queremos ser resgatadas das discotecas e dos homens maliciosos, e viver em boas casas com carros e em segurança com os maridos. Mas depois você enfrenta os 40 e tudo parece diferente, como se estivesse perdendo alguma coisa maior — disse, tomando um grande gole de vinho espumante gelado.

— Eu só quero a minha antiga vida de volta — afirmou Sue, desanimada.

— Posso entender isso; todos queremos o que não temos. Mas o tempo muda as pessoas, e eu me sinto muito inquieta. Era diferente quando Emma estava crescendo. Havia sempre coisas para fazer, algum lugar aonde ir, alguém para quem se tinha que fazer tudo. Fui engolida pela vida de minha filha e pelo seu futuro, mas, quando ela saiu de casa, tudo parou... tão de repente como tudo havia começado. Eu estava por conta própria, e em meus 40 anos, e pensei: para onde é que a minha vida vai?

— Bem, agora você e Craig estão separados, e você está em um novo relacionamento; pode começar de novo.

— Sim... Mas sinto como se tivesse me conhecido vinte anos mais tarde, e eu não sei mais quem sou... Como se eu tivesse me perdido no caminho.

— Acho que me perdi por volta de 1996. — Sue suspirou. —

Imagino que Ken e o salão tenham sido a minha "Emma". Coloca-se muito de si mesma em outras coisas, em outras pessoas, e não sobra nada para você mesma, no final de tudo. — Ela segurava sua taça de vinho pelo bojo e olhando para o líquido claro como se fosse uma bola de cristal.

— A crise da meia-idade tem muito a responder. — Suspirei e engoli mais vinho. Ocorreu-me que seria sábio parar de beber agora. Eu estava sentindo falta de Dan daquela forma que você sente quando teve alguém por um tempo demasiado e está nos estágios iniciais de um novo relacionamento. Era tudo tão novo, frágil e tão emocionante! Eu não precisava de álcool para me deixar alta, mas Sue foi pedir mais e, balançando em seu assento, sua voz se elevou; ela estava no caminho certo.

Ao redor no bar, as fotos de paisagens do Mediterrâneo, oceanos azul-turquesa e praias de areias claras pareciam acenar. Eu queria mergulhar naquelas águas de um azul intenso e pores do sol... Ah, os pores do sol. Ouvir Dan falar sobre a vida em Sydney e viagens pela Europa tinha aberto um catálogo mental, que eu, agora, constantemente folheando na minha cabeça. Falei para mim mesma para deixar disso... *Pare de nos imaginar naquelas piscinas, olhos de um azul infinito olhando para mim.* Desde aquele primeiro beijo, eu havia despejado Kevin Bacon e Brad Pitt; mesmo Ryan Gosling fora para o banco de reservas; eles simplesmente não podiam competir. Para onde quer que eu olhasse, tudo o que eu podia ver era Dan.

Sue estava me observando, tomando um gole de vinho, mas sem dizer nada.

— O que foi? — perguntei.

— É só o jeito como você tem estado recentemente. Você está mais feliz, mas às vezes a quilômetros de distância. Está apaixonada, não está?

— Acho que não... — Menti.

— Bem, não importa, mas, diabos, eu estou orgulhosa; você não está deixando a grama crescer sob seus pés — disse, entre risos. — Manteve aquela *delicatessen* ativa, aparecendo lá todos os dias para um pouco de salsicha...

Então ambas caímos na risada. Sue desabou no chão. O vinho *rosé* tinha agora oficialmente tomado o controle.

Imediatamente me levantei para ajudá-la a ficar em pé. Sue sempre bebia de estômago vazio. Ela me dissera uma vez que tinha que ficar magra para quando Ken voltasse; ele odiava mulher gorda, e ela não queria que seu peso ficasse entre eles. *Que merda ele é*, pensei, lançando-me para ela no meu estado de embriaguez.

— Vamos lá, Sue, não posso levar você sozinha — eu disse, mas não conseguia colocá-la sobre seus pés; ela estava muito bamba e muito mais pesada do que parecia. Comecei a arrastá-la pelo chão, na tentativa de levá-la até a porta da frente e para fora a fim de que respirasse um pouco de ar fresco.

Tendo chegado à porta aberta, inclinei-me através dela, tentando ajudar Sue a sair para a noite a fim de pegar um pouco de ar. Ainda era muito cedo, mas, como parecia que Mandy tinha nos esquecido, eu estava ansiosa para pegar um táxi de volta para que pudesse deitar-me e pensar em Dan.

— Ai, que porra é essa? — Veio uma sequência de letras em uma voz alarmada. Eu olhei para cima para ver Mandy e "suas garotas" dançando em nossa direção em shorts minúsculos, bronzeados laranja e sobrancelhas que eram tão longas e independentes que imaginei que deviam ter sua própria página no Facebook. — Ei, vocês duas começaram a festa sem mim? — ela gritou, com indignação fingida. Eu nunca tinha ficado tão feliz em vê-la.

— Mandy, nos dê uma mão. Sue acabou de desmaiar; não consigo levantá-la. Vou ter que levá-la para casa — pedi, como se precisasse de uma explicação, enquanto eu a arrastava pelo chão como um tapete enrolado. Mandy e seu bando se dirigiram para nós, mas não antes de se insinuar a vários transeuntes com lampejos de seus seios como se fosse uma saudação tribal antiga.

Elas se posicionaram ao nosso lado e, sem dúvida, por terem lidado com esse nível de coma alcoólico todas as noites, as garotas a encaminharam. Elas logo pegaram Sue usando a técnica dos bombeiros para carregá-la, Mandy gritando e unindo os braços com uma amiga, com Sue caída entre elas como uma boneca de pano. Desviei meus olhos uma segunda vez, incapaz de olhar enquanto minha querida amiga mais velha estava sendo chacoalhada ao longo do caminho ao som da melodia *Rude Boy*, de Rihanna.

— Vou chamar o táxi do Terry para nos pegar — Toyah gritou, mais alto que o coro de Mandy. — Não podemos levá-la até sua casa — acrescentou, com senso e lucidez surpreendente para uma bêbada multitarefa a quem eu só podia assistir com admiração. Ela estava segurando Sue, ligando para o táxi e exibindo para um grupo de homens ainda jovens seu traseiro com uma tanga, tudo ao mesmo tempo. *Respeito*, eu pensei, perguntando-me se nada disso seria exigido de mim se eu entrasse de novo no mundo dos solteiros.

Assim, depois de muita gritaria e gargalhadas de Mandy e companhia na calçada, "Terry, o táxi" parou e todas nos empilhamos nele. Sua frase inicial foi pedir educadamente que não "vomitássemos" ou "brigássemos" em seu carro, um pedido que nunca recebera antes de um motorista de táxi, nem depois.

— *Scruples*! — Mandy gritou, por debaixo de uma muito sonolenta Sue.

— É isso aí — concordou Toyah e outra garota com cabelo superdescolorido e sem sutiã, provavelmente a abominável Flick (*piercing* no nariz, tatuagem de batom, fraqueza por pênis infláveis).

— NÃO! — gritei. — Sue e eu não vamos. Desculpe, Mandy, mas já tivemos o suficiente. — Irritei-me porque agora tínhamos que rodar por toda a cidade para deixá-las na boate *Scruples* antes de irmos para casa.

Viajando pelos arredores da cidade na parte de trás do táxi de Terry, encontramos com todos os tipos de atividades noturnas. As garotas não estavam apenas caindo fora de casas noturnas; elas lançavam-se pelas calçadas uma após a outra como *Lemmings*[33] brilhantes e barulhentos. Eu desviei quando rapazes deixaram cair suas calças e outros desabaram em montes bêbados... duas garotas andavam pela rua, agarradas uma a outra, cambaleando pela noite. Eu as observava apreensiva, sempre uma mãe, e preocupada com a segurança delas. Pensando em Emma, esperava que ela não fizesse brincadeiras desse tipo no meio da rua. Mas tinha minhas dúvidas.

Então eu o vi por entre a multidão, claro como qualquer coisa: Dan, do lado de fora de uma adega de vinhos. Reconheci o cabelo loiro, o jeito como estava encostado... Eu conhecia aquela postura muito bem, os ombros ligeiramente caídos, a inclinação da cabeça. Meu coração veio parar na minha boca, e considerei seriamente pular do táxi em movimento ou, pelo menos, abrir a janela para lhe acenar. Ele dissera que ia se encontrar com amigos para beber e, de repente, queria que ele visse que eu era jovem, cheia de vida e que saía em um sábado à noite também. Então... alguém se moveu, e meu coração quase parou. No meio

[33] *Lemmings* é um videojogo de plataforma *puzzle* cujo objetivo é levar os bichinhos (*lemmings*) até a saída do nível, que se assemelha a uma porta. (N.T.)

da calçada lotada, eu a vi... uma mulher jovem e bonita. Os braços de Dan estavam ao redor dos ombros dela, o queixo apoiado em sua cabeça, os corpos próximos. Fiquei com o coração na garganta enquanto o táxi acelerava pela noite. E, depois que eles se foram, com a rapidez de um raio fulminante, tudo tinha mudado.

Meu coração parecia um balão, dilatado com água que alguém tinha acabado de estourar com um alfinete. Como pude ser tão estúpida? Eu me senti fraca e, uma vez que já tínhamos passado por eles, lentamente baixei o vidro para ter ar e espaço. Tinha que lidar com a situação. Uma noite tínhamos feito sexo sob as estrelas, e agora ele estava com outra pessoa. Claramente tudo era apenas um jogo para ele; outra noite, outra conquista. A culpa foi minha; eu queria essa nova vida e toda a alegria e agonia que vinha com ela... *Bem, aí vem a agonia*, pensei, como uma grande onda da Praia de Bondi. É claro que ele via outras garotas; nenhum de nós havia dito que éramos exclusivos; de onde fui tirar essa ideia? Ele era bonito e carinhoso, e gostava de mim... mas alguma vez tivemos uma conversa sobre exclusividade? Ele disse que gostava de mim, mas eu percebia que provavelmente era "uma" namorada, não "sua" namorada. As pessoas hoje em dia são assim, sem compromisso, sem amanhã. Nada tinha sentido, e eu fora ingênua e estúpida. Ele era um gato, em seus luminosos 30 e poucos anos, em um país diferente, onde as mulheres, provavelmente, atiravam-se para ele. Dormir com ele fora um formidável momento para mim... mas isso não significava que fora para ele também. Dan era um cara legal, e, no meu estado altamente vulnerável e hormonal, entendi tudo errado e presumi que significava mais.

Que ridículo. Estava me comportando como uma adolescente. Não conseguia parar de pensar neles dois, e, apesar de muito doloroso, tive que me forçar a aceitar como eles pareciam "adequados" juntos... e como eu não me encaixava em seu mundo. Fiquei repassando tudo isso na minha cabeça, sentindo a agudeza da dor. Apesar de a visão ter sido rápida, a mente havia fotografado a cena e a mantinha piscando na minha cabeça. Como uma foto em preto e branco que se vê em um anúncio de revista para o perfume de uma marca, a altura de ambos combinava perfeitamente, os corpos esbeltos, ambos bronzeados... agora ambos "instagramados" na cabeça para sempre. O único consolo para minha agonia se referia ao fato de eu ter estado morta por dentro por tanto tempo que toda essa dor era um sinal de que eu estava viva, o que era quase melhor do que não sentir nada, como vivi por anos.

* * *

Acordei na manhã seguinte com uma ressaca terrível e o coração em pedaços. Fui trabalhar e passei o dia apenas aparentemente fazendo meu trabalho. Dan mandou uma mensagem perguntando: "Está livre esta noite?", e tive que me impedir de escrever de volta perguntando: "Por quê? Sua namorada está ocupada?".

Às 18 horas saí vagando pela calçada ainda iluminada pelo sol e caminhei lentamente, passando pela *delicatessen*. Ela fechava às 17 horas, então não esperava vê-lo, mas ouvi sua voz me chamando. As extremidades dos meus dedos formigavam. Eu não tinha cedido à fantasia de um coquetel com Kevin, Ryan ou Brad durante semanas, mas, talvez, todo o recente turbilhão emocional houvesse me afetado mais do que eu tinha imaginado. Cristo, as fantasias tinham assumido a realidade, e, em vez de astros de Hollywood, podia ouvir a voz de Dan na minha cabeça. Eu estava realmente em apuros agora. Mas lá estava a voz de novo, inconfundível em seu sotaque australiano, tão diferente... Ou, como Sue havia comentado depois que o conhecera no salão, "muito extinto".

Eu me virei para vê-lo correndo atrás de mim, vindo da direção da *delicatessen*.

— Oi. Eu estava só olhando, quando vi você. Recebeu minha mensagem de texto? — perguntou, sem fôlego, mas aparentemente feliz em me ver.

Balancei a cabeça, sem saber o que dizer. Eu queria perguntar com quem ele estava na noite passada, mas me senti soando como um clichê e reagindo como uma mulher traída.

Ao vê-lo com a garota tudo tinha mudado para mim, mas seu sorriso e jeito simples sugeriram que nada havia mudado para ele. Desviei os olhos para o tráfego movendo-se lentamente pela rua. Eu não podia sorrir; mal podia falar. Ele esperava meu abraço, meu "olá" efusivo, mas me senti fechada, meus braços cruzados em uma tentativa de autoproteção. Nós tínhamos sido amantes, o que significava tudo para a tola de meia-idade, eu, mas o que isso significava no mundo dele?

Fomos caminhando devagar, lado a lado. Eu não conseguia respirar, e ele me perguntou se meus músculos doíam após patinar; um duplo sentido; estava falando sobre o sexo também.

Mexi a cabeça.

— Não, eu estou bem. — Eu estava monótona, recusando-me a reconhecer o duplo sentido, a intimidade de nosso segredo compartilhado. Chegamos aos portões do parque, e eu os atravessei, presumindo que Dan estava se dirigindo para o mesmo lado e iria entrar comigo, mas ele parou.

— Faye? Você está bem?

— Sim... Estou bem. Vou dar um passeio no parque — falei, tentando soar imperturbável e casual, o que não era algo que eu fizesse bem.

— Mandei uma mensagem para ver se você estaria livre esta noite. Eu quero cozinhar para você. Eu sei que foi em cima da hora, mas Jen não está em casa.

— Não sei, Dan...

— Ah... Tudo bem se você não está... quer dizer... se... — Ele parecia confuso. Agitei os ombros. Não sabia o que dizer. — Tem alguma coisa a ver com a outra noite? Eu e você... foi cedo demais?

— Não.

— Então, qual é o problema?

— Não sou como você — desabafei. — Não consigo dormir com alguém e, em seguida, ficar com outra pessoa. Achava que sabia o que eu queria, mas não sei. Eu mesma não sei e não sei também se ficarmos juntos lhe deu uma impressão errada. Sei que eu disse que não me importo com o amanhã e que só quero o "agora", mas para mim isso não significa que me sinto bem em transar com todo mundo. Não quero múltiplos parceiros.

— Você não tem que ter múltiplos parceiros. — Ele meio que riu, esperando que o acompanhasse.

— Não estou falando de mim! — rebati. — Estou falando sobre a esteira transportadora de mulheres que você parece ter.

— Do que você está falando? — Ele tocou no meu braço, realmente preocupado, parecendo realmente confuso.

— Vi você... ontem à noite na cidade, com uma garota, abraçando uma garota... uma jovem... garota. — Apesar de determinada a não chorar, estava achando isso difícil. Eu tinha mudado, não tinha? Essa era a nova Faye que dava ordens; ela era sexy e estava no controle... Não devia perdê-la agora.

Dan olhava para mim como se eu fosse louca.

— Garota? Eu estava com um... ah... ontem à noite. Era a Gabby; você deve ter me visto com a Gabby.

— Não sei com quem foi, mas você estava com os braços em volta dela, encostados um no outro... o que está perfeitamente bem. É um mundo livre, você pode fazer o que... o que você quiser... mas eu... fiquei surpresa com minha própria reação. Não podia acreditar naquilo, vocês dois se abraçando e...

— Sim, suponho que estávamos... Entendo como pode ter parecido. Ela estava chateada, um pouco bêbada; um cara a tinha dispensado e... eu e Gabby trilhamos um longo caminho. Ela é só uma amiga, Faye.

— Ela é só uma amiga? Você sempre abraça seus amigos daquele jeito? Pareciam mais que amigos para mim, Dan...

— Sim. Ela é minha "ex", mas isso não significa que não possamos ser só amigos agora. Eu falei para você, nós nos separamos assim que chegamos aqui. É difícil esquecer. Viemos para cá juntos... Éramos, tipo, grudados um no outro.

Isso fez sentido, ou uma espécie de sentido.

— Olha, você pode beijar, e abraçar, e dormir com quem você quiser... mas eu não consigo lidar com isso se estivermos juntos.

— Faye, você entendeu tudo errado. Sim, provavelmente estava com os braços em volta dela; é isso o que fazemos. Éramos amigos antes de ser amantes, e agora somos amigos de novo.

— Isso tudo parece tão... solto, como cordões de sapato desamarrados, amantes em um minuto, amigos no seguinte. Como você consegue passar por essas mudanças tão grandes?

— Penso que talvez seja porque... nunca tinha me apaixonado.

— Você pode dizer isso agora, mas vendo-o na noite passada com os braços em volta dela...

— Então por que você não veio e gritou comigo? Se tivesse feito isso, teria visto que eu a estava confortando. Falei para você que tínhamos rompido depois que chegamos aqui...

— Sim, porque conheceu outra pessoa. Parece que você tem muitas paixões e partidas. Mas eu não consigo fazer isso. Não foi a isso que eu me propus... — Comecei a chorar. — Estou com 42 anos e não posso competir com mulheres mais jovens e mais atraentes. Meus seios estão mais flácidos e... não posso lhe dar filhos... não que a gente vá ter filhos... quer dizer...

— Oh, querida. Normalmente peço um relatório ginecológico das mulheres *antes* de sair para um encontro, e nessas ocasiões leio se elas são férteis e aptas a procriar, como e quando, então você pode imaginar meu desapontamento. — Ele estava tentando brincar, mas, como na primeira vez com o chapéu de panda, chorei ainda mais.

— Sou quase dez anos mais velha que você. O que você está... fazendo comigo?

— Pare! Faye, pensei que tivesse entendido! Expliquei para você aquele dia no parque que tinha acabado com a Gabby porque havia conhecido alguém. Você não entendeu? Esse alguém era *você*.

Ai, meu Deus. Quando perguntei se estava "vendo" a mulher por quem ele tinha deixado Gabby, ele disse: "Você não sabe?", o que me pareceu um tanto esquisito naquela vez. Tinha desconsiderado isso, e o beijo que se seguiu praticamente apagou tudo o mais.

— Faye, não me importa qual a sua idade e não me proponho a machucar pessoas. Terminei com Gabby depois de tomar cerveja com você. Deveria ter sido só uma cerveja, mas, depois daquela noite, soube que tinha sido mais que isso. Fiquei pensando em você, senti sua falta, um fio de seus cabelos ficou preso na minha jaqueta e o guardei... Estranho, eu sei, e até um pouco assustador — ele riu —, mas a questão é nunca tinha guardado o cabelo de ninguém.

— Provavelmente não; você está certo; isso é assustador — respondi, com um meio sorriso.

— O jeito de me escutar e como senti que podia me abrir com você sobre minha família, minha vida, nunca tinha feito isso antes. Mulheres mais novas, mais "quentes", como você falou, não querem saber sobre a genética da minha família, sobre a morte de minha mãe, minha culpa pelo meu irmão... Não há um mundo de risadas nisso tudo... Mas você ouviu, você se importou.

Entendi naquele momento que tinha me enganado completamente com aquela cena da rua, e estava surpresa em ver quão desesperado Dan estava para provar que nada acontecera. Abri meus braços e nos abraçamos.

— Sinto muito. Desculpe-me; realmente pensei que você... tive as piores vinte e quatro horas da minha vida, pensando que não se importava... que eu era apenas mais uma com quem você transou.

— Sinto muito que você tenha passado por isso, mas tenho amigas que são garotas... garotas bonitas, e com algumas eu fiquei. Não quero mentir; no passado provavelmente teria dormido com uma ou duas mulheres ao mesmo tempo, e chamava isso de "uma sobreposição", enganando a mim mesmo que era certo. Mas agora, com você, Faye, nunca mais.

Afastei-me e, segurando-o de leve na distância do comprimento do braço, olhei diretamente em seus olhos.

— Sei que você tem um monte de amigas, mas sou de um mundo diferente. Era casada até poucos meses atrás e não tenho amigos do sexo masculino, por isso vou demorar um pouco para me acostumar. Não quero cortar suas asas, Dan... Mas, se vamos continuar a fazer sexo, ele tem que ser exclusivo, mesmo que seja apenas por uma semana.

— Eu também quero isso. Não posso suportar a ideia de você com qualquer outra pessoa. Nunca senti isso antes também. — Dan estendeu a mão para a minha, e eu deixei seus dedos se enrolarem cautelosamente nos meus.

— Tá bom... Sem sobreposições? — falei.

Ele concordou e nos beijamos, lá ao brilho do sol de fim de tarde, com as pessoas passando por nós. Pareceu tentadoramente inoportuno e totalmente inadequado, o que o tornou ainda melhor.

— Então. Tudo certo com a gente... você e eu? — perguntou.

— Sim... Acho que sim. Mas, somente para entender, onde está Gabby agora?

— Ela está longe, na Escócia, e então deixará a Europa. Temos alguns outros amigos que estão viajando, e ela está indo com eles. Decidi ficar aqui.

— Mesmo?

— Sim. Falei para você... eu meio que conheci alguém. — Ele riu, pegando-me pela cintura e beijando meu pescoço.

Estava dividida entre me sentir muito aliviada e muito estúpida. Eu tinha competido com Glenn Close no prêmio de maior mulher traída do mundo, mas ele também me fez perceber o quão vulnerável eu estava. Nunca deixou de me surpreender como a companhia de Dan despertou sentimentos há muito esquecidos. Ciúme, prazer, aprendizado sobre amar e confiar em alguém novamente eram sentimentos que haviam se perdido, enterrados em anos de casamento e maternidade. Agora, no entanto, redescobria pedacinhos de mim, peça por peça, livrando-me das areias do tempo, da obrigação, do dever e da culpa, e acreditando em mim de novo.

— Então você vai vir, hoje à noite? — sussurrou, em meu cabelo.

— Sim — sussurrei de volta, minha própria voz rouca de desejo.

Despedimo-nos e andei sozinha até em casa, querendo pular e agitar meus braços no ar, mas ciente de que ficaria um pouco estranho. Havia algumas coisas que eu provavelmente ainda não podia fazer. *Não devia fazer*. Tirei o cartão-postal de minha bolsa e olhei para aquela foto e imaginei quem me acompanharia quando eu finalmente estivesse naquela cobertura na cidade que nunca dorme. Ousaria mesmo esperar que pudesse ser Dan?

* * *

Sue estava tão animada quanto eu quando ela chegou em casa do trabalho e me viu experimentando roupas.

— Está tudo dando certo para você, amor. — Ela sorriu, observando como uma mãe orgulhosa como eu havia pintado minhas unhas em uma bonita cor de pele. Não pintava as unhas desde o verão anterior, em parte porque, como cabeleireira, era inútil; o esmalte saía com toda a rotina de lavar cabelos e também porque ninguém nem percebia, muito menos eu.

Ao longo das últimas semanas, risquei outra coisa da minha lista de vida sem realmente tentar, que era perder dez quilos. Sue disse que era "a dieta do divórcio", e ela tinha feito o mesmo quando se separou de Ken. Calculei que fosse o amor e a vida caótica também, mas, o que quer que fosse, eu podia agora me espremer no velho jeans de Emma, e tinha comprado recentemente uma nova camiseta azul-clara, que Sue e Mandy disseram me fazia parecer "menos desmazelada".

Eu me surpreendi quando disseram isso.

— Costumo parecer desmazelada? — perguntei.

Elas assentiram.

— Mas você recomeçou. Deixar Craig tirou dez anos de você, amor.

— Esse é o único problema de ter um homem mais jovem — Sue disse, enquanto fazia meu cabelo naquela noite. — Você precisa ficar atenta, amor; um estilo casual e ousado... mas não como uma mulher mais velha vestida para parecer mais nova.

— Essa é a última coisa que quero. Gostaria de tê-lo conhecido quando era dez anos mais jovem — disse, suspirando.

— É, mas então ele teria 23 anos, amor, e isso é muito jovem mesmo para você... ladra de berço. — Nós rimos disso, mas doeu um pouco. Para onde eu estava indo com esse cara? Ele partiria para casa em dois meses, a milhares de quilômetros de distância, e, mesmo que considerássemos um futuro juntos, a diferença de idade seria importante. Sei que ele brincou quando eu disse que não podia dar-lhe um filho, mas ele era tão jovem! Um dia, ele podia querer um bebê; ele podia querer uma família, uma esposa jovem e tudo que isso implicasse.

Então decidi não ver as coisas por esse lado. Toda essa situação não ia ser um problema porque nós dois seguiríamos caminhos diferentes em breve. Resolvi afastar todos os pensamentos negativos da minha mente, enfiá-los na mala com as fotos antigas, a lista de vida e o vestido de seda escarlate.

Sue tinha levantado meu cabelo em um leve coque "bagunçado", e me emprestou um colar de contas de vidro azul para combinar com a camiseta.

— Pareço bem? Ou como uma desmazelada de 40 e alguma coisa?

— Pare de se colocar para baixo. Já lhe disse, você é linda — ela gritou, esguichando metade de sua garrafa de perfume "Flower Bomb[34]"

---

[34] Interessante notar que o perfume é apresentado comercialmente como uma fragrância cheia de magia, a porta de entrada para um mundo maravilhoso. (N.T.)

em cima de mim. Eu não podia espirrar que eu ria, ou rir que eu espirrava; isso destruiu o meu rímel e acrescentou ainda mais "bagunça" ao coque do meu lindo estilo de cabelo.

Eu não me importava. Eram 19h50, e não ia perder mais do meu precioso tempo brincando com o meu cabelo quando havia tanta vida para viver. Eu não sentia necessidade de me produzir ou fazer jogos com Dan; antes de mais nada, éramos amigos e, além disso, ele parecia gostar de mim como eu era... cabelo bagunçado, vida no limbo e filtro permanentemente desligado.

Parei na grande casa vitoriana com terraço na rua arborizada, surpresa por nunca ter estado ali antes, já que ficava a apenas uns oitocentos metros de distância da minha casa... ou da minha antiga casa. Era uma bela noite de verão; os pássaros cantavam nas árvores, e fui invadida por uma sensação incrível de liberdade, minha cabeça e meu coração cheios de promessas quando subi os degraus, um sorriso no meu rosto e uma garrafa de um bom vinho do Ken debaixo do braço.

Dan abriu a porta, o rosto iluminado quando me viu. O cheiro de tomate quente e alho flutuava pelo corredor, somando-se à recepção calorosa. Foi perfeito, um belo momento de expectativa e infinitas possibilidades que guardaria para sempre. Eu frequentemente penso naquela noite; como uma pedra no meu bolso que eu secretamente acariciava sentindo sua superfície lisa, revivendo a lembrança por entre os meus dedos.

A casa era adorável. Tetos altos, rodapés escuros, grandes janelas arejadas, ilustrações modernas, estantes salientes de livros e um gato grande e fofo no meio de um sofá macio com ecléticas almofadas de todas as cores e formas espalhadas (Sue não teria aprovado; nada combinado). Dan gesticulou para que fôssemos para a cozinha.

— Venha e observe o artista em seu trabalho — disse, com a mão na base das minhas costas, a respiração no meu pescoço. Era cedo, mas eu já me sentia enfraquecida pelo desejo e mal podia me concentrar no cardápio da noite para olhar o seu belo rosto com a barba por fazer. Ele falou sobre os tomates em conserva, galinha caipira e ervas italianas, mas eu só queria beijar cada pedacinho de seu rosto e ir descendo.

Coloquei minha garrafa de vinho de lado e ele a pegou, sorrindo e estudando o rótulo.

— Ah, eu não sabia que você era um especialista em vinhos.

— Ah, é só um que eu tinha lá — disse, sorrindo. — Humm, que cheiro bom... Há algo doce também? — perguntei, cheirando o ar como um porco procurando trufa.

— Sim. Eu estava nostálgico pela casa, então fiz os bolos de limão de minha mãe.

Meu coração se derreteu.

— Suponho que suas namoradas supermodelos não comam bolo quando você as convida para o jantar.

— Não. Elas só querem um talo de salsão e depois sexo em cima da mesa; tudo tão previsível... — Ele fez uma careta de desaprovação.

Sorri.

— Você está brincando, não é? — Ele riu e confirmou com a cabeça. — Oh, Deus, aquela coisa mais cedo... Fui muito possessiva, não fui? Não quero que você pense que eu sou... eu não sou uma perseguidora. Quer dizer, se você fez sexo em cima da mesa, eu não me importaria. Não quero dizer que eu não... não quero dizer que eu não faria sexo em cima da mesa, eu... Eu só quis dizer...

— Faye, chega — falou, rindo. — Coma um pouco deste pão e pare de falar sobre sexo o tempo todo; você está obcecada. — Ele revirou os olhos fingindo aborrecimento, e dei risada.

Sentamo-nos em uma extremidade da grande mesa de madeira da cozinha e comemos pão de nozes caseiro com azeite e vinagre balsâmico. O pão estava quente e cheio de nozes, a cozinha, cheia de panelas e potes de ervas e especiarias, e eu queria ficar lá para sempre. Ladrilhos de terracota cobriam as paredes, e o ar tinha o aroma do Mediterrâneo: acentuado, lima-da-pérsia, o saboroso perfume de ervas e alho. O vinho era tinto e encorpado, e tomei um gole enquanto ele colocava as travessas de salada, arroz e um aromático frango sobre a mesa.

— Isso está uma delícia. Você é tão talentoso — falei, pegando grandes bocados de comida. Minhas emoções estavam se espalhando pelo ambiente e, depois de ter sentido fraqueza e vertigem durante o dia todo, fui invadida por uma súbita onda de fome. Sentia-me muito bem com Dan, e, quanto mais eu comia, mais falávamos, e a tensão em meus ombros parecia diminuir junto com meu cansaço. Nunca poderia me sentir cansada ao lado de Dan.

— Fico feliz que você goste da minha comida. É igual a quando você cria um grande penteado ou uma nova cor; como qualquer artista, queremos que as pessoas apreciem nosso trabalho, seja ele grande ou pequeno — ele disse, estendendo a mão por cima da mesa, tocando a minha.

Observando Dan comer e conversar, ocorreu-me naquele instante que o que ele me mostrou, mais do que qualquer coisa, foi respeito. Considerava-me boa mãe, sensata, engraçada, e até respeitava meu trabalho. Não estava me depreciando ou ridicularizando a minha carreira, mas comparando o que eu fazia com o trabalho de um artista, e eu nunca tinha pensado nisso nesses termos antes. Estava certo: meu trabalho envolvia criatividade, e era difícil conseguir o efeito certo para uma determinada cor, o corte perfeito para minha cliente. Talvez fosse o vinho, mas a minha Beyoncé interior estava em movimento, com aquela vontade de dançar sobre a mesa novamente. Por que somente agora sentia essa euforia? Por que tinha levado tanto tempo para perceber que a vida poderia ser desse jeito e que nunca é tarde demais para descobrir sua própria essência, o que você está procurando... e o que você ainda pode se tornar?

Depois que tínhamos comido, Dan preparou uma fornada de bolos de limão perfeitos e carinhosamente os colocou, um por um, em camadas em uma bandeja. Eles estavam tão bonitos, e eu estava tão emocionada por ele tê-los feito só para mim, que não quis estragar a arrumação.

— Vou comer um mais tarde — prometi.

— Não deixe passar o momento, Faye... Se o fizer, ele pode nunca mais voltar. Vá em frente... Pegue um enquanto pode — disse, arrancando um bolo de limão da pirâmide que se inclinou sobre a mesa. Gentilmente esticou o macio e perfumado pedaço de limão para os meus lábios, e abri a boca lentamente para deixá-lo entrar, minha língua formigando com o limão e açúcar, todo o meu corpo zumbindo com ele. Dan me observou e lambeu os próprios lábios, a boca quase repetindo os movimentos da minha enquanto partia um pouco mais, de novo empurrando o pedaço suavemente entre meus lábios. Eu lambia a palma da mão dele, e minha boca ficou salpicada com açúcar.

Dan sorriu. Levantou-se e pegou a minha mão, ajudando-me a me levantar, limpou os pratos da mesa com um braço para abrir um espaço. Então colocou as mãos em volta da minha cintura e me colocou sobre a mesa, beijando-me, forçando delicadamente seu corpo entre os meu joelhos.

— Deveríamos estar fazendo isso? Quero dizer, sua tia... Quando ela vai chegar aqui?

— Não sei... e não me importo — sussurrou, com as mãos sob a minha camiseta, acariciando meus seios enquanto levei minha mão em direção ao zíper de sua calça jeans, acariciando a protuberância em seu denim.

— Ela tem inquilinos também. — Ele beijou meus seios. — Qualquer um deles poderia entrar a qualquer momento. É... muito... muito perigoso. E... muito, muito excitante.

Eu me senti com 16 anos, preocupada em ser surpreendida no sofá por nossos pais. Lentamente me deitei na mesa, respirando fundo. O ar se misturou com raspas de limão e açúcar, e ele estava puxando gentilmente o meu jeans para baixo.

— Você é tão linda... — suspirou.

Agarrei-me às suas costas fortes e magras. As coxas firmes dele estavam agora entre minhas pernas; não consegui resistir e em segundos fazíamos sexo na mesa da cozinha. *Oh, meu Deus*, pensei, *sou como uma estrela pornô*; *só estou fazendo isso, em qualquer lugar e em toda parte esses dias. Essa sou realmente eu?* Os pedaços de bolo de limão como preliminares nos excitou, e, poucos momentos depois, ele explodiu enquanto eu gemia em êxtase.

Estávamos sobre a mesa, membros entrelaçados um do outro, e eu ainda espantada com o que Dan me fez sentir. Nunca fora assim antes. A velha Faye Dobson não teria tido relações sexuais em *sua própria* mesa da cozinha, e muito menos na de qualquer outra pessoa.

— Esqueci seu tigre... — eu o ouvi dizer. Abri os olhos e lentamente voltei a mim.

— Oh... O quê? — Ele estava gesticulando em direção à minha decoração vaginal. Eu tinha me esquecido disso também. Na verdade, durante o sexo, eu também tinha me esquecido dos meus seios livres, do envelhecimento das coxas e da barriga de mãe. Ele me fez sentir jovem e bonita novamente.

— Não pude vê-la direito no escuro na outra noite, mas está muito bom, realmente detalhado — ele disse, seus dedos acariciando as joias. Então Dan olhou para mim. — Por que um tigre?

— Um tigre? O que quer dizer? — Só tinha visto a decoração de cima; como odiava meu corpo, evitava me olhar nua em um espelho de corpo inteiro. Sentei-me e, do meu ponto de vista bastante desconfortável, tentei distinguir a forma de cabeça para baixo, então entendi a piadinha de Mandy: não era um tigre; era um puma[35].

— Eu me perguntava por que todo mundo rosnava vendo isso... — falei.

— Todo mundo? Todo mundo? Para quantas pessoas você já mostrou isso, Faye? — ele perguntou.

— Um monte... Mandy tirou uma foto.

— Jesus, suas amigas safadas estão lá fora, não é? — Ele estava brincando novamente.

— Não... foi para o *book* dela. Não diga mais nada ou vou continuar falando — eu disse, rindo. — É uma longa história... e eu não quero que você pare para ouvir... Eu... falando sobre a minha... decoração.

Ele estava gentilmente me empurrando de volta para baixo e se movendo sobre meu corpo para beijar minha boca, e então nós fazíamos sexo de novo, só que dessa vez no chão da cozinha. Contorcíamo-nos ali, e eu me perguntava por que nunca feito sexo em um chão de cozinha com um rapaz mais jovem antes, pois era *muito bom*. E a velha Faye estava contando à nova Faye que a tia de Dan, Jen, podia

---

[35] Puma, em inglês, *cougar*, também é uma gíria relativa a pessoas que buscam relações sexuais com homens mais novos. Do duplo sentido da palavra veio a brincadeira de Mandy. (N.T.)

pisar em cima deles a qualquer momento, e a nova Faye respondeu ofegante: "Eu sei, mas é isso que o torna tão perigoso e... muito... muito excitante".

* * *

Ficamos deitados no chão por um tempo, mas comecei a achar que estávamos testando a sorte com a perspectiva de ser pegos enquanto fazíamos sexo, e isso fazia o momento perder sua força luminosa. Eu realmente não queria "tia Jen" pisando em seu sobrinho nu no chão com a cabeleireira local, que tinha acabado de deixar o marido.

— Eu nunca tinha feito sexo em uma mesa de cozinha — disse, assim que nos sentamos e reunimos juntos as nossas roupas.

— Você não viveu. — Dan me beijou.

Sorri e saí de seus braços, recolhendo minhas roupas em volta de mim. Então fomos para a sala e nos sentamos abraçados em um sofá.

— Nunca tive relações sexuais com ninguém, a não ser com Craig — sussurrei.

O braço dele estava em volta de mim e ele acariciava meu cabelo.

— Sua separação foi difícil? — perguntou.

— Ele é o pai da minha filha. Temos uma história compartilhada. Eu o amei por um tempo... do meu jeito, mas não era um tremer de terra, amor de almas gêmeas. Estava grávida e queria o bebê... mas nós nunca devíamos ter casado.

— Isso é triste.

— Sim, é, mas não posso me arrepender, porque isso seria como me arrepender de minha filha, e ela é minha melhor conquista, o amor da minha vida e meu grande orgulho.

— Você é linda, Faye... Abriu mão de muita coisa: faculdade, todos os seus sonhos de viagem, viver no exterior... o terraço em Nova York.

— Sim, e daquele pôr do sol em Santorini...

Eu ainda estava em seus braços, e Dan me aninhava a ele, beijando minha testa.

— Esse é o próximo item na sua lista? — perguntou. — Ver um pôr do sol em Santorini?

— Um dia... Mas agora eu gostaria de um outro bolo de limão — retruquei. Meu tempo com Dan era limitado. Eu não ia a lugar algum enquanto ele ainda estivesse no Reino Unido; queria estar com ele até o último segundo, quando enfim pegasse o voo de volta para a Austrália.

Ele saiu da sala e eu me vesti lentamente, feliz com a oportunidade de me espremer na calça jeans de Emma sem ser observada. Quando pus as pernas e fiquei me agitando para cima e para baixo para entrar no jeans, agradeci o fato de Dan não estar por perto para ver. Ele voltou com um *cupcake* em uma bandeja, exatamente quando eu tinha acabado de fechar o zíper.

— Oba, um *cupcake* pós-sexo — falei, pegando a bandeja e cruzando as pernas no sofá. Dan ficou me olhando, sorrindo. — O que foi? — perguntei, atacando o úmido e cheiroso bolo de limão com toda a minha concentração e empurrando um pedaço daquela delícia cítrica em minha boca.

Ele veio em minha direção no sofá e abriu a boca. Neguei com a cabeça.

— Isto é bom demais para compartilhar. — Virei de costas para ele, que então tentou me agarrar, ou ao bolo, mas acabei vencendo-o.

— Mas eu pensei que, como acabamos de compartilhar nossos

corpos... poderíamos compartilhar um bolo! — ele disse, tentando me agarrar pela cintura ao estilo do *rugby* no sofá.

— Você está brincando. Sexo é uma coisa... mas bolo é um assunto muito diferente — falei, rindo com a boca cheia de migalhas cítricas enquanto ele me fazia cócegas. Continuei com o delicioso confeito de limão, o amargo-doce fazendo minha mandíbula doer, a massa úmida leve e quebradiça. Lutei com ele para pegar a última migalha do prato, e Dan fingiu surpresa.

— Caramba! Você não estava brincando... sobre comer tudo sozinha!

— Brincando? Dan, se vamos ver mais um ao outro, preciso estabelecer algumas regras básicas. Eu amo pratos de louça bonitos, queijos continentais, folhas italianas de tempero e pães artesanais rústicos, e qualquer coisa que sua mercearia tem para oferecer. Mas, se queremos ter uma boa convivência neste verão, quero que comecemos com honestidade total. Sim, amo comida fina, mas também adoro *junk food*, e, quando estou desesperada por resolver alguma coisa, sou conhecida por ir à loja da esquina e me entupir de pão branco, batatas fritas, chocolate e bolo. Ou seja, juntamente com a minha política de "não partilhar", esteja preparado: às vezes, eu me comporto como uma vadia na cozinha.

— Ah, é...? Eu já vi isso agora.

Dei um soco em seu braço.

— Sempre soube que os australianos eram grosseiros — brinquei, e começamos a lutar com as almofadas da tia Jen, o que levou a mais beijos. Não podia acreditar no quão confiante eu era com ele; eu o desejava o tempo todo e, apesar do adiantado da hora e do fato de que sua tia poderia aparecer a qualquer momento, eu o queria novamente. Quem sabia que Faye Dobson era assim? Eu não.

Corri meus dedos pelo braço de Dan, que se sentou para que pudesse olhar para mim.

— Lembro que pensei, quando a vi pela primeira vez, que você não parecia com ninguém que eu já tivesse conhecido. Você é tão diferente, com o seu bronzeado, e seu cabelo loiro, e seu sotaque encantador. — Dan olhou nos meus olhos, acariciando meu rosto enquanto falava: — Pensei que você era especial também. Você é linda, mas tenho percebido que é muito impaciente e faminta. Quero dizer, você tem um grande apetite pela vida... bem, e por bolo. — Ele se sentou mais bem acomodado, de frente para mim no sofá, com as pernas cruzadas, um braço em cada um dos meus ombros, mais sério agora. — Acima de tudo, amo sua honestidade... Você não faz jogos; o que você vê é o que você recebe; amo isso. Provavelmente estamos sendo estúpidos começando algo que ambos sabemos que vai ter que acabar... mas não me importo; só quero ficar com você.

— Eu sou uma menina crescida... Sei que você vai ter que ir para casa um dia, mas não vamos falar sobre isso. Vamos apenas aproveitar ao máximo o nosso tempo juntos, mesmo sombreado pelo fato de que nós dois sabemos que um dia vai acabar. É agridoce, como o bolo de limão.

— Você é uma otimista irritante que gosta de encobrir os maus pedaços e fingir que está tudo ótimo, não é? — Concordei com a cabeça. — Bem, isso é bom, porque também sou assim.

Ele se abaixou e me beijou um milhão de vezes. E tudo que pude experimentar foi amor e sabor de limão.

16

Você ouve uma música e tem que dançar!

— Eu gosto de Cuba — comentei uma tarde, cerca de uma semana após o sexo na mesa de Jen. Estávamos deitados juntos no sofá de Sue. Ela tinha ido a um encontro com um passeador de cachorros e, embora eu esperasse que fosse um sucesso, os sinais não eram bons, se não por nada mais, porque ela realmente não tem um cão.

— Sim, Cuba é adorável — Dan disse, suspirando. — Daiquiris, mulheres bonitas, música descontraída... Amei Cuba.

— Há algum lugar aonde você não foi? — perguntei.

— Bem, provavelmente. Jamais gostei de ficar em um lugar por muito tempo.

— Estive no mesmo lugar fazendo a mesma coisa por muito tempo — falei, deitada nos braços de Dan, acariciando sua coxa. Havíamos acabado de fazer sexo selvagem no sofá, e eu estava me sentindo um pouco sonolenta. Porém, como Dan tinha tirado o dia de folga especialmente para ficar comigo, senti que deveria aproveitá-lo ao máximo. — Vamos fazer algo emocionante! — eu disse, sentando-me.

— Acabamos de fazer.

— Não, quero fazer algo completamente inapropriado para uma mulher da minha idade.

— Acabou de fazer.

— O.k. Pare com isso. Pense em alguma coisa.

— Não sei... Voar para Cuba, pôr um *piercing* no seu mamilo, tatuar meu nome no seu peito?

— Humm... Não tenho certeza sobre seu nome no meu peito, mas sempre quis fazer uma tatuagem — revelei, sentindo um friozinho na boca do estômago.

— Tá bom, então vamos lá. — Ele se levantou e vestiu sua camiseta.

— Agora?

— Por que não?

— Porque isso não é algo que se faça em uma tarde de segunda-feira. Temos que pensar sobre essas coisas. Não posso simplesmente ir e fazer uma tatuagem.

Ele se agachou.

— É claro que você pode. Já lhe falei para parar de ignorar as coisas. Ninguém "pensa" sobre uma tatuagem; é como quando você ouve uma música e... tem que dançar... sabe?

— Você fez isso?

— Sim. Fiz a minha por impulso; simplesmente tive vontade de fazer quando estava bêbado uma noite na Tailândia. E daí fiz. Se você não fizer isso agora, nunca fará.

— O que Emma pensaria de mim bêbada e fazendo uma tatuagem na minha folga? — perguntei.

— Ela pensaria: "Minha mãe é a gata mais descolada que conheço". — Levantou-se. — Venha; vamos fazer isso. Você precisa parar de se preocupar com o que os outros pensam. Faça o que é certo para *você*, não para Emma, ou para Sue... ou mesmo para mim. Faça o que *Faye* quer... e pare de julgá-la.

— Eu me julgo?

— Sim, a maior parte do tempo. Pare de se torturar, Faye. Se você quer fazer alguma coisa, confie nos seus instintos, sinta-se bem fazendo o que é certo para *você* e simplesmente faça.

Dan estava certo, e eu queria fazer a tatuagem. Seria um símbolo de minha liberdade recém-descoberta, de minha nova abordagem de vida. Uma tatuagem ia ser divertida e jovial, e eu me sentiria bem comigo mesma. Na verdade, tinha que parar de me julgar e de me preocupar com o fato de minhas escolhas afetarem a vida dos outros. Ia fazê-la, e acabar com aquela conversa sobre tatuagem antes que mudasse de ideia.

— Então tá. Vamos lá — falei, dando um pulo e pegando minha bolsa.

Uma hora depois, em um bar, e com um nível elevado de dor, lá estava eu, bebendo uísque puro. Era também a orgulhosa dona de uma pequena e bonita tatuagem de um *cupcake* de limão no meu ombro esquerdo.

— Eu me sinto... muito louca — comentei, fazendo uma careta quando o ardor do uísque bateu em minha garganta.

— É isso aí, você é uma porra-louca — Dan disse rindo, então pediu outra dose para nós.

— E eu ainda não acabei — retruquei, admirando minha linda, apesar de muito dolorida, tatuagem no ombro. — Dan, estou me sentindo simplesmente *muuuuito* bem. É como se eu estivesse dormindo, e tivesse acabado de acordar. Por que nunca tinha feito essas coisas antes? Por que esperei tanto tempo? Devia ter feito isso tudo quando tinha 18 anos!

— Talvez você não estivesse pronta naquela época, mas quer isso agora, menina, e, com toda certeza, está conseguindo... E quem liga para a idade quando consegue? Tudo depende de estrelas colidindo... E acho que você viveu uma colisão estelar. — Reconheci que ele estava certo. — Então, qual é o próximo item na sua agenda? — perguntou.

— Bem, não sei. O que resta na minha lista? É nadar nua... Quero ir embora, ver outras coisas... Mas não quero deixá-lo, não quando nosso tempo é tão limitado.

Como eu, ele era um sonhador. Eu sempre sufocara esse meu lado com Craig, que ria de meus planos e de minhas ideias tolas, obrigando-me a aprender a escondê-los dele. Mas Dan e eu levávamos as loucuras um do outro a sério, porque ambos entendíamos como era querer tudo, e de imediato. Não havia regras com Dan. Fizemos sexo ao ar livre, durante a noite toda, e ficamos bêbados no meio da tarde... Foi hedonismo puro, tudo era possível, e adorei. Na Austrália, ele costumava fazer mergulho atirando-se de um penhasco, e acho que estava sempre procurando o próximo penhasco, o mais alto, e eu estava agora bem atrás dele na fila.

* * *

Mais tarde tomamos café no quintal de Sue olhando as estrelas, um cobertor nos envolvendo, para nos manter longe do frio da noite.

— O que acha de você e eu conhecermos aquele pôr do sol em Santorini juntos? — Olhei para ele. — O fato é que alguns dos meus amigos acabaram de ir até lá, para ficar algumas semanas. Era para eu ter ido com eles, mas quis ficar aqui com você... um pouco mais.

Meu coração se encheu como um balão e coloquei minha mão na dele; não fazia ideia de que ele havia abandonado uma visita a Santorini para ficar comigo. Ele colocou sua outra mão sobre a minha. Foi muito bom.

— O lugar é do pai do meu amigo Ben, um enorme apartamento com montes de quartos que estão lá exatamente hospedar quem quer que seja. O que você acha?

Sorri hesitante, sem certeza sobre "os amigos". Planejava um feriado sozinha com Dan. Não desejava ficar em uma residência comunitária com geladeira compartilhada, como nas casas de estudantes de Emma. Então, novamente, não queria parecer velha e com medo de algo novo. *Esta é a nova Faye, e ela é legal*, eu lembrei.

— Parece maravilhoso — disse, afinal as acomodações eram grátis, nenhum de nós tinha montes de dinheiro e o importante é que estaríamos juntos em um lugar lindo.

— O.k., vamos fazer isso. — Dan mandou uma mensagem de texto para Ben na hora, e, quando rapidamente recebeu a resposta, sorriu triunfante. — Ele está dizendo que nós temos que ir para lá. — Virou-se para olhar para mim — Porque é um lugar muito romântico.

Derreti.

Seu telefone soou novamente. Ele o pegou e um grande sorriso se espalhou pelo seu rosto.

— Ben acabou de verificar, e os voos para Santorini saem às quartas-feiras.

Peguei meu celular.

— Que datas você tem em mente? — perguntei, olhando para a tela.

— Quarta-feira.

— Sim, mas que quarta-feira?

— Depois de amanhã, quarta-feira.

— Não... Não posso fazer isso.

— Por que não?

— Não posso simplesmente ir para Santorini daqui a dois dias; tenho um trabalho e há Emma, e trabalho, e... coisas para fazer.

— Como o quê? Sue vai lhe deixar tirar algumas semanas de folga, e Emma já é adulta e tem sua própria vida. Ela vai ficar bem. O verão está acabando...

— Não posso simplesmente sair por quinze dias e não...

— Quinze dias? Não adianta ir tão longe para ficar só quinze dias... Estava pensando em um mês, talvez seis semanas? Ben e os rapazes estão planejando voltar da Grécia para Oz[36], e eu poderia fazer o mesmo. Poderíamos passar o resto do verão juntos em Santorini, Faye. Pense só como seria lindo: você, eu e o pôr do sol. Então eu poderia sequestrar você e levá-la de volta para casa comigo — brincou animado.

— Dan, não há nada que eu vá amar mais do que passar o verão com você em algum lugar quente, bonito e longe de tudo... Sonho com isso, mas...

— Faye, não diga "não" de novo. Você não disse que usou desculpas para não fazer coisas por toda a sua vida? Bem, aqui está sua chance de riscar mais dois itens de sua lista...

— Dois?

— O pôr do sol e... fazer sexo no oceano?

— Era nadar nua no oceano.

— Eu só exagerei.

Sorri. Ele era tão engraçado e bobo, e impulsivo. Acenei com a cabeça.

— Sim. Está certo; deixe-me trabalhar nisso.

---

[36] Oz é uma gíria australiana, referindo-se a uma redução da palavra Austrália. (N.T.)

De repente, Dan colocou os braços em volta de mim.

— Estou feliz com você — sussurrou em meu cabelo, subindo as mãos pelos meus braços. Então olhou nos meus olhos e apertou sua testa contra a minha. — E eu acho que estou me apaixonando por você.

A nova Faye tinha se apaixonado um pouco também, mas não estava pronta para dizer isso a ele porque a velha Faye a estava incomodando com horários de voos e o que colocar na mala e como contar a Sue que estaria fora, em férias, por pelo menos um mês. Então ela levantou a questão mais urgente: um guarda-roupa de férias e a necessidade desesperada de comprar um suprimento de novas calças para um mês.

* * *

— Sue, de todas as cinquenta coisas para fazer antes de morrer, não fiz nenhuma — comentei no dia seguinte, quando comecei a fazer o meu pedido de várias semanas de folga. — Eu nunca passei a véspera do Ano-Novo na Times Square, jamais caminhei pela Trilha Inca, nunca senti o borrifo de Niagara Falls, ou mesmo assisti aos fogos de artifício explodindo sobre o Sydney Opera House. Passei minha vida cortando cabelo, fazendo fofoca, sonhando, sentada, sonhando, sentada na frente da TV e culpando Craig, quando o tempo todo isso dependia só de mim. Foi por minha culpa que nunca fiz nada disso, de mais ninguém. Então, Sue, quarta-feira vou para Santorini e não sei quando vou voltar.

Ela ficou surpresa e, uma vez que se recuperou do choque e percebeu que Camilla poderia cobrir minha ausência, mostrou-se encantada.

— Tenho um livro de frases em grego de quando Ken e eu fomos para Corfu — ela disse. — Você vai precisar dele, porque os gregos têm uma palavra diferente para tudo.

Uma vez que eu havia resolvido tudo com Sue, não tinha como voltar atrás.

Durante minha pausa para o café, liguei para Emma e contei-lhe sobre minha partida urgente. Ela lidou bem com isso.

— Vá, mamãe — ela disse, e só queria que minha filha estivesse ali para que pudesse abraçá-la. Expliquei-lhe a respeito de Dan, dizendo-lhe que éramos grandes amigos e que não sabia o que iria acontecer depois, mas ela estava dez passos à frente. — Mãe, sei que é mais do que isso. Eu lhe disse, eu vi o jeito como ele estava olhando para você. Para ser honesta, sinto-me melhor que você esteja indo com um cara e não por conta própria. Pelo menos sei que ele vai cuidar de você.

Emma parecia mais feliz do que nunca. Ela tinha um emprego em um *wine bar* perto da universidade, quando não estava estudando, e me contou tudo sobre os clientes loucos e como ela fizera amizade com outras pessoas que trabalhavam lá. Dan estava certo: Emma ficaria bem se eu saísse por um tempo. Ela tocava sua vida, e eu era uma grande parte dela, mas agora eu precisava ficar em segundo plano e seguir a minha própria vida.

— Você está bem, de verdade? — perguntei-lhe, a culpa ainda se infiltrando em todas as conversas que mantínhamos. — Sobre eu ir embora, quero dizer, depois de seu pai e eu...

— Sim, estou bem, mãe... Só aproveite bastante.

— Sei que Dan provavelmente não é o que você tinha em mente para mim, mas realmente gosto dele, Em. É engraçado, temos todos esses sonhos sobre o homem ideal, alguém que seria o certo para nós, aí aparece alguém com quem você nunca se imaginou. E então não pode evitar. Nem sempre é o homem certo no momento certo, ou até mesmo no lugar certo — suspirei —, mas você simplesmente sente... certo.

— Sei o que você quer dizer, mãe. É sobre o que lhe faz feliz — continuou Emma, animada. — Falando nisso, também conheci alguém. — As palavras borbulhavam; sua excitação era tangível.

— Ora, isso é maravilhoso, querida. Quem é ele? — A felicidade de Emma era mais importante do que a minha e, se tudo estava indo bem para ela, isso só iria melhorar a minha própria alegria.

— É um cara do *wine bar*. Seu nome é Phil. Mãe, ele é maravilhoso, tão diferente dos outros garotos.

— Estou muito feliz por você, Em... Então me diga tudo sobre ele. O que ele está estudando? — perguntei, encantada com a notícia.

— Ele é... não na universidade, mãe. Ele é o gerente do *wine bar* onde estou trabalhando...

— Ah. — Não consegui disfarçar minha decepção. — Pensei que ele era como você, que trabalhasse em tempo parcial, enquanto...

— Ele é muito bonito e inteligente, e engraçado, e... tem 30 anos.

— Trinta? — Eu não sabia mais o que dizer.

— E não quero que você fique toda preocupada, mas ele tem uma criança, um filho... com uma ex-namorada.

Meu coração se afundou.

— Emma, ele é nove anos mais velho que você, e tem um filho...?

— Sim... um menino adorável. Não estrague isso, mãe.

— Não vou estragar... Sempre esperei que você encontrasse alguém da sua idade, alguém na universidade... com quem poderia compartilhar as coisas... viagens, livros e...

— Bem, como você disse, mãe, a pessoa por quem você se apaixona nem sempre é o modelo de homem que preenche todos os critérios na hora certa. Às vezes é apenas certo... não é? Phil não é a pessoa por quem pensei que fosse me apaixonar, não mais do que você pensou que se apaixonaria pelo hippie surfista Dan. E, só porque eu tenho 21 anos, isso não torna essa paixão menos intensa ou mesmo mais fácil de resistir a ela... ou menos "certa".

Ela me venceu ali. Quem era eu para questionar suas escolhas? E, se desse certo e eles fossem felizes, então ótimo. Se não desse, então era tudo parte da rica tapeçaria da vida, como minha mãe costumava dizer. Emma teria que fazer como todos nós e encontrar seu próprio caminho... Como quando era uma menina e queria andar na "corda bamba" ao longo de uma parede, e eu a deixei fazer isso, sabendo que eu sempre estaria lá para pegá-la.

— Você me disse uma vez que não deveria ter casado com o papai, e que foi infeliz, mas deve ter sido feliz uma vez. Quando falei com o papai, ele disse que ambos apenas mudaram... e que a pessoa de quem você precisa aos 20 nem sempre é a mesma de quem você precisa aos 40.

Fiquei surpresa com isso. Um novo Craig, vivo e liberado, apareceu diante de mim... sensível, compreensivo, filosofando sobre a vida. Eu tinha certeza de que Emma estava se manifestando em favor dele.

— Nunca vi esse lado de seu pai.

— Talvez você não estivesse procurando, mãe.

Emma estava certa; eu havia parado de olhar e escutar, parado de me importar, e, uma vez que isso aconteceu, nunca ia ver o outro lado de Craig, só o que eu esperava ver. Craig estava certo, ele tinha sido "o único" para os meus 20 e alguma coisa, transmitindo-me a segurança de que eu precisava com o meu novo bebê. Mas eu, aos 40 e poucos, precisava de alguma coisa mais excitante e imprevisível.

— Oh, Emma, a vida é tão complicada... Se tivéssemos uma bola de cristal ou se as previsões "astronômicas" de Sue fossem mais confiáveis... — Suspirei.

Emma riu.

— Pobre Sue. Ela ainda está se logando a cada manhã para descobrir que tipo de homem o dia vai trazer? Não seria ótimo saber, ou pelo menos ter uma pista?

— Sim — respondi, rindo. — E invejo a fé cega de Sue, mas isso não nos permite saber o que o futuro nos reserva. Ele pode nos impedir de fazer coisas...

Pensei em como estamos sempre fazendo escolhas em nossas vidas, e em como às vezes elas são certas e às vezes não. Às vezes, a escolha é só de um sanduíche diferente para o almoço... e às vezes é muito maior, e nós temos que dar um salto gigante rumo à escuridão para descobrir se era para nós. E eu não me preocupava mais em saber para onde as coisas seguiam porque eu sabia, agora, que a alegria se centrava exatamente em descobrir.

17

O loiro *Baywatch*[37] não lituano

Na noite anterior, voamos para Santorini; pesquisei na Internet as belas pessoas que passeavam pela ilha, preocupada com o que vestir. Queria desesperadamente fazer parte e me ajustar ao mundo de Dan. Seus amigos estariam lá e poderiam ter namoradas, e eu só sabia que elas seriam jovens, magras e lindas. Eu colocara na mala algumas camisetas e alguns shorts, mas minhas roupas eram todas velhas e sem graça, e até mesmo um pouco grandes para mim.

Financiar minha viagem não foi problema; há anos vinha armazenando um pouquinho a cada mês, e meu dinheiro "de fuga" estava esperando na minha poupança. Sempre disse a mim mesma que o dinheiro poderia ser utilizado para o casamento de Emma, mas era como se em algum lugar, lá no fundo, sempre soubesse que precisaria dele para partir um dia. Eu tinha mantido o cartão do banco na minha mochila junto com minhas outras coisas, o precioso cartão-postal, a agenda e o vestido de seda escarlate. Estava levando tudo comigo, junto com as fotos de Emma e de minha mãe.

---

37 Referência à série televisiva *Baywatch*, no Brasil, *SOS Malibu*, sobre salva-vidas que patrulhavam as praias lotadas de Los Angeles, na Califórnia. (N.T.)

Externamente me sentia feliz, mas remanescentes da antiga Faye por vezes borbulhavam em meu interior, e houve momentos em que não tinha mais certeza de quem eu era. Mesmo agora, com a perspectiva de riscar da minha lista o pôr do sol de Santorini com o homem mais maravilhoso que eu já conhecera, um arrepio de medo floresceu em meu peito. A velha Faye conjecturou se suas novas sandálias não seriam muito deselegantes. Ela se preocupava com o que aconteceria no final das férias e com o que os amigos de Dan pensariam dela. Será que a veriam como um deles, ou apenas como uma mulher mais velha e desatualizada, invadindo seus trinta e poucos anos de existência? Porém, a questão mais urgente de todas: trouxera calças suficientes? Sorri para mim mesma; estava prestes a voar para um dos lugares mais românticos do mundo, com o homem que eu amava, e tudo que a antiga Faye podia pensar era em calças.

Tínhamos que chegar ao aeroporto às 7 horas da manhã do dia seguinte e, apesar de seu medo de aeromoças ruivas, e também do ódio que sentia por elas, Sue tinha se oferecido para nos levar.

Dan havia acabado de ligar para organizar os arranjos finais, e eu estava prestes a ir para a cama a fim de tentar dormir um pouco, quando a campainha da porta tocou. Olhei para Sue.

— Só pode ser Mandy e Camilla — ela disse, abrindo a porta. Fiquei intrigada; tinha me despedido delas mais cedo e não imaginava que estivéssemos esperando-as.

Sue as deixou entrar, e elas foram para a sala de estar. Mandy carregava um enorme saco plástico preto de lixo por cima do ombro, e, quando o atirou ao chão, como um corpo morto, anunciou:

— A equipe de maquiagem já está no prédio.

— E parece que não chegamos nem um minuto mais cedo — Camilla acrescentou por trás dela, com uma risadinha elegante.

Aparentemente, uma noite de maquiagem para Faye estava prestes a acontecer, e Mandy ameaçava me deixar "muito sinistra" para o meu primeiro voo para a Grécia.

— O que tem nesse saco de lixo? — perguntei, preocupada que ela também estivesse fornecendo brinquedos sexuais para a minha viagem. Ela e Sue estavam tão ansiosas para me dar consultoria de intimidades que não teria me surpreendido com um saco de coelhos furiosos *e* ovos do amor. — Desconsiderando o fato de eu não me sentir pronta para surpreender Dan com uma série colorida de brinquedinhos de cama — que fariam a minha bagagem exceder o limite de peso — eu disse com preocupação.

— Não, não são brinquedos sexuais — Mandy suspirou —, mas eu tenho vontade de me socar porque Ann Summers fez uma venda e poderíamos ter conseguido para você todos os tipos de coisas para suas férias. Não, isso é um saco cheio de roupas de verão. — Começou a esvaziá-lo no sofá. — São da sua Emma. Ela me contatou pelo Facebook e disse que você precisaria de algumas roupas para as férias, pois nunca foi para fora do país, e ela tinha muitas. Como sua filha pensou que você talvez não quisesse voltar até sua antiga casa, então eu e Camilla fomos até lá e Craig disse: "Peguem o que quiserem".

— Poxa, obrigada Mandy, obrigada Camilla. — Sensibilizada, liguei para Emma para agradecer. — Você vai ligar para mim, Em, não vai?... Se precisar de alguma coisa, ou se quiser que eu volte, pego o primeiro avião.

— Mãe, para com isso. Vou ficar bem. Só curta uma viagem maravilhosa... E tenha certeza de que ele cuide de você.

Sorri.

— Já sou bem crescida para cuidar de mim mesma, Em.

— Humm... E não vá ficar chamando todo mundo de amiga e dizendo OMG, mesmo que seja de brincadeira, o.k.?

— Não, Emma, não vou.

— E não sei o que a "biruta" da Mandy pegou no meu quarto, mas, se ela pegou aquela calcinha dourada, por favor, NÃO permita que lhe fale para vestir usá-la.

— O.k. — Eu ri com o pensamento.

— Ah, e, mamãe...?

— Sim?

— Manda ver, menina!

Desliguei o telefone, prometendo enviar uma mensagem de texto quando chegássemos. Camilla e Mandy estavam agora lutando com a tenda de bronzeamento, e Sue misturava uma tintura não lituana para o meu cabelo. Conversavam e riam e, embora estivesse pronta para seguir em frente, sentiria falta delas também.

— Vinho? — Sue perguntou, disparando de volta para a sala segurando quatro taças por suas hastes e uma garrafa debaixo do braço.

Mandy agora vasculhava o saco de lixo preto para me ajudar a escolher as roupas certas para a minha viagem. Emma tinha roupas demais, e nem reconheci algumas delas, as quais provavelmente nunca havia usado, pois, tão preocupada que era com moda, não ia querer ser vista nem morta usando qualquer coisa uma segunda vez. Enquanto Sue esfregava um clareador no meu cabelo, Mandy classificava as roupas do saco de lixo, gritando:

— Vestidos de verão, camisetas, jeans, calças brancas curtas e... Oh. Meu. Deus! Faye, você vai *adorar* isto! — Ela estava radiante segurando no alto a calcinha dourada minúscula.

* * *

As meninas trabalharam duro, clareando o meu cabelo, fazendo manicure e pedicure, e também bronzeamento artificial. Quando terminaram, fiquei espantada com a transformação e me admirei no espelho.

— Você parece alguém de *Baywatch* — disse Sue, ajeitando meu cabelo comprido e loiro como uma mãe em um concurso de princesa.

Naquela noite, fui para a cama feliz. Eu tinha virado a força destruidora da minha vida para outro lado e, assim, havia conseguido muito nos últimos meses. Mas eu não agira sozinha, contando com o apoio de amigas maravilhosas, de uma filha que me entendeu e de um novo homem na minha vida, o qual me ouvia e cuidava de mim. Era muito sortuda.

Na manhã seguinte, acordei e terminei de arrumar a mala. Meu cabelo estava muito mais loiro, e o bronzeado, bastante intenso; assim, o que se parecera com um bronzeado de sol na noite anterior, pelas névoas do vinho e da luz elétrica, na manhã seguinte estava muito diferente. Meus travesseiros ficaram laranja, assim como meu rosto. Eu parecia uma boneca Barbie queimada demais e, mesmo depois de três banhos, ainda ostentava a aparência alaranjada.

No andar de baixo, Sue fez ovos mexidos e suco de laranja para mim, e, apesar de estar com o estômago embrulhado de excitação e medo, agradeci e me sentei.

— Esse bronzeado vai suavizar e você vai gostar do clareamento, uma vez que ele se tenha fixado — disse calmamente, colocando um copo de suco de laranja na minha frente. — Coma, amor. Esse suco de laranja é um pouco "acídico", mas quem sabe quando você vai comer? Levou quase uma semana até eu e Ken encontrarmos algum lugar que fazia ovos e batatas fritas em Corfu... É tudo *talamalamata e humis*.

Pegamos Dan e, tão surpreso quanto *ele* ficou ao ver a minha nova aparência Technicolor, *eu* também fiquei ao ver que ele só estava carregando uma grande mochila e vestindo o jeans e a camiseta que estava usando dois dias antes. Eu levava uma enorme mala nova, e, claro, a mochila rosa contendo minhas coisas preciosas.

— Pensei que você estava planejando ir direto da Grécia para Oz? — eu disse, um vislumbre de esperança formando-se em meu coração (talvez ele fosse voltar comigo para o Reino Unido antes?)

— Sim... Vou direto para casa, mas sempre viajo com pouca coisa. — Ele sorriu.

A casual e descontraída abordagem de Dan para tudo estava se esfregando na minha cara. Não se preocupava tanto com o futuro, com o que podia ou não acontecer; estava realmente vivendo o momento, embora ainda não tivesse atingido o ponto de "Dan". Eu estava levando coisas demais para apenas algumas semanas; ele, no entanto, havia viajado meio mundo com uma mochila e viajaria de volta da mesma maneira. Sorri para mim mesma; Dan claramente nunca estivera fora com uma criança ou mesmo vivera minhas dúvidas com relação à quantidade de calças que eu tinha.

No aeroporto, abracei Sue, sabendo que ela era minha melhor amiga e sentindo-me grata por tê-la em minha vida. Sue havia me ajudado em alguns momentos difíceis, e eu seria sempre grata a ela. Nós duas derramamos algumas lágrimas quando eu disse que iria vê-la novamente, ainda que sem certeza de quanto tempo ficaria fora. Qualquer coisa maior do que uma quinzena parecia um período incrivelmente longo para mim e Sue, em nosso mundo que era o pequeno salão. Dan a abraçou e agradeceu, e, em seguida, começou a caminhar lentamente para a área de embarque, deixando-nos ter algumas palavras a sós.

— Aproveite ao máximo e abrace tudo que puder. Não diga "não", como sempre faço — ela sussurrou. — Vá em frente, Faye... E consiga tudo, qualquer que seja a coisa que você queira, garota.

Fiz uma cara triste, como tendo entendido, e soprei um beijo para ela.

— Você faz isso por nós duas, amor — gritou. Sue era uma boa amiga, uma pessoa verdadeiramente muito boa. Ela merecia mais. E eu esperava que ela ainda pudesse encontrar isso.

Então me encontrei com Dan, que colocou o braço em torno de mim enquanto caminhávamos.

— Menina, mal posso esperar para estar sozinho com você em uma praia sob aquelas estrelas. — Ele sorriu e nós entramos na escada rolante, cegamente em direção à nossa próxima aventura.

18

Táxi para "Fate"

Chegando a Santorini, a primeira coisa que senti, assim que saímos do avião, foi o calor incrível cintilando na pista. O sol escaldante reverberava nas paredes. O céu, de um azul profundo, não oferecia nenhuma nuvem como abrigo, e a terra seca, nenhuma sombra.

Embora Dan tivesse sugerido pegarmos um ônibus do aeroporto em Fira para Oia, já que ficava a apenas uns dez quilômetros, Sue havia insistido em reservar e pagar um táxi como presente seu, para nos pegar direto no aeroporto.

— Você vai se sentir uma merda quando sair daquele avião e pisar em terra firme. — Ela tinha avisado. — Vai estar como o balão da Goodyear, e a última coisa de que precisará será uma viagem de ônibus, meu amor.

Eu ainda não tinha pensado nos efeitos da pressão da cabine sobre a minha pele envelhecida, e quase desejei que Sue não tivesse me informado de tal metamorfose ocorrendo no ar. Mas, chegando à alfândega, eu poderia tê-la abraçado por sua previsão. Sentia-me cansada, tornozelos inchados, como previsto, assim como meu rosto, apesar dos borrifos exagerados de água de colônia, que tinham alarmado tanto a Dan quanto ao cavalheiro à minha esquerda no avião.

No aeroporto, eu nunca havia me sentido mais feliz em ver alguém, e queria beijar George, da Ella Táxis, que estava segurando uma placa com o meu nome... Bem, o que ele realmente dizia era: “Táxi para Fate”, e isso me fez sentir um pouco estranha, lembrando-me de como era importante essa viagem em minha vida, e do quão longe eu tinha chegado.

Era quase uma hora de viagem do aeroporto para Oia, e o trajeto foi de tirar o fôlego, assim como as paisagens. Dan e eu nos sentamos juntos na parte de trás, de mãos dadas e apontando a bela paisagem um para o outro, através das janelas do carro. O caminho montanhoso incluía estradas difíceis e estreitas, cortadas no alto do vulcão Caldera, sem barreiras, apenas uma queda abrupta, e, apesar da beleza espetacular, a possibilidade de queda nunca se afastou dos meus pensamentos. O táxi ia rápido, guinando, e eu realmente temia pela minha vida, mas Dan adorou. Ele gritava em voz alta, inclinando-se para fora da janela, agitando os braços e aos berros para o céu azul sem fim.

Quando chegamos a Oia, era uma tarde de verão escaldante. O sol estava alto no céu sem nuvens, e, assim como os cartões-postais, as edificações brancas de cúpula azul criaram uma linha grega do horizonte perfeita, emoldurada pelo anil brilhante.

O táxi foi embora, e nós dois ficamos em êxtase, o calor em nossos rostos e as malas em nossos pés.

— Santorini é uma cratera vulcânica chamada de Caldeira — explicou Dan. — Oia é construída na encosta da Caldeira, e por isso é tão íngreme. Olhe como estamos no alto... Deus, amo esse lugar. — Eu o olhei sob o céu perfeito, enquanto ele se virou lentamente dando uma volta e absorvendo tudo. Dan sabia muito e eu adorava ouvi-lo, e, mesmo ali, o azul do céu e as paisagens espetaculares não eram concorrência; eu ainda tinha que afastar meus olhos dos dele enquanto falava.

De pé no chão inclinado, tudo parecia tão frágil e como um tipo de conto de fadas, os edifícios com buganvílias precariamente empoleiradas em terreno rochoso, com vista para o azul impressionante do mar. Subindo o morro, agarrei a mão dele, as pernas bambeando no terreno irregular. Olhei por entre os edifícios para ter uma visão do mar de cobalto, e paramos alguns segundos para ver a formação de espuma branca deixada por uma pequena lancha ao longe. Nunca vou esquecer aquele primeiro momento, olhando para além da terra, o Egeu sem fim, calmo, impassível, imutável e, ainda assim, em completo contraste, de modo que tudo ali em terra parecesse tão frágil. Uma rajada de vento, e eu tinha certeza de que todas as luminosas edificações e igrejas de açúcar de confeiteiro cairiam para dentro da caldeira, levando-nos com eles; pó branco, cúpulas azuis e corações despedaçados.

Dan tirou as instruções de sua mochila enquanto eu rodava minha mala enorme ao longo das pedras do calçamento. Não havia nenhum sinal de vento; tudo quieto e silencioso nos arredores da pequena cidade. O único som era do meu coração batendo.

Virando na primeira rua estreita, de repente apareceu uma multidão de turistas, todos se deslocando para o pôr do sol daquela tarde. Eles entravam e saíam de pequenas lojas que vendiam de tudo, desde joias de alta qualidade até mel local, e nós passeamos entre eles, olhando os cardápios das tavernas e planejando nossa próxima refeição. Prometemos que visitaríamos os bares com cobertura, protegidos do sol por elegantes velas brancas de iates, decorados com esculturas modernas, fontes de água e muita gente bonita com caras tinturas de cabelo e enormes óculos escuros de grifes.

Paramos alguns minutos para verificar as instruções e recuperar o fôlego, e o declive e o calor me deixaram tonta.

Debrucei-me sobre Dan, sentindo sua energia, sua paixão pela vida, enquanto seus braços me envolviam protetores, como se ele percebesse minha centelha de medo naquele novo e estranho território. Seus olhos estavam sempre nos meus, seus braços, sempre prontos, e, em nosso próprio refúgio privado, pensei em como ele era presente, de uma forma emocional e física. Dan era o mar calmo e azul para meu, às vezes, frágil mundo de pernas para o ar.

Enquanto caminhávamos, ele pegou minha mão, conduzindo-me pelas calçadas quentes e íngremes, parando de vez em quando para admirar algo em uma vitrine ou compartilhar uma vista para o mar através de um vão entre as luminosas construções brancas. Seguimos as instruções, virando à esquerda ao longo das pequenas ruelas de paralelepípedos, chegando então a um conjunto de apartamentos caiados apoiados uns sobre os outros, como um jogo gigante de blocos de construção brancos. Andamos um pouco mais e, finalmente, encontramos uma porta azul brilhante.

— É esta — ele disse, batendo forte à porta. O calor atingia minhas costas, em antecipação do que essa nova experiência traria, e a proximidade dele fazia meu coração bater acelerado. Nós esperamos. Como ninguém atendeu, ele bateu de novo, minha alegria transformando-se lentamente em decepção a cada batida. Depois de mais alguns minutos, decidimos caminhar um pouco na rua para ver se encontrávamos qualquer outra moradia com uma descrição semelhante, mas, assim que nos viramos, ouvimos o som de um trinco sendo aberto lá dentro. Aliviada, rapidamente virei de volta para ver Dan de sorriso aberto e radiante. Olhei para onde seu sorriso se dirigia e não pude acreditar em quem estava de pé na soleira da porta. A loira, bronzeada e bonita Gabby.

Ela olhava diretamente para ele, enquanto eu me recompunha,

tentando não deixar registro do choque em meu rosto. Olhei para Dan, à espera de apresentações, mas ele só jogou sua mochila no chão e a abraçou. Senti, por um momento, como se ele tivesse me esquecido.

— Gabby, eu não sabia que você estaria aqui — ele disse. — Que bom ver você, cara. — Ela estava sorrindo e abraçando-o, convidando-o para entrar, e então ela me viu e seu rosto desabou. — Ah... É mesmo, esqueci, vocês duas não se conhecem. Esta é Faye — disse, conduzindo-me para sua frente até onde ela estava na porta.

Sorri e disse “olá”, e ela acenou com a cabeça, um meio sorriso nos lábios.

— Oi... Faye. — Então se virou para Dan, quase de costas para mim. — Ben foi até a cidade pra buscar cerveja, mas Nick está aqui, como de costume, dormindo. — Ela revirou os olhos e lentamente se virou, voltando para dentro da casa, gesticulando para que nós a seguíssemos.

Será que Dan sabia que ela estaria ali? Ele parecia realmente surpreso ao vê-la. Dissera que Gabby estava em algum lugar na Europa, mas ela obviamente tinha decidido que era ali que ela devia estar. Eu não a culpava; era um lugar muito bonito, mas certamente as coisas ficariam um pouco estranhas agora, comigo ali também. Não estava no meu país, não estava acostumada a viajar e, certamente, não estava acostumada a relações entrelaçadas entre mochileiros australianos.

Cristo, eu esperava que isso não fosse um plano elaborado para um *ménage à trois*, e eu fosse a última a saber. Se fosse esse o caso, Sue estaria contando essa história pelos próximos anos no salão de beleza, e Mandy gostaria de acrescentar suas próprias ressalvas fictícias envolvendo pistas de pouso e *piercings* íntimos. Eu quase podia ver o choque no rosto de Sue quando lhe dissesse quem nos deu as boas-vindas.

Gabby estava segurando a porta aberta para mim; Dan tinha ido na frente, e eu me senti muito desconfortável lutando para passar por ela com minha mala. Definitivamente tive a sensação de que Gabby não estava feliz em me ver, e a mim não agradava a ideia de dormir sob o mesmo teto que ela. Quem poderia saber o que ela faria para mim, na calada da noite, enquanto eu dormia desprevenida em meus pijamas novos M&S[38]? A julgar pela forma como me cumprimentou, achava que ela se esconderia no meu quarto com uma maldita faca de cozinha antes que a primeira semana acabasse.

— Deixe sua bagagem aqui no hall — disse, sem sorrir. Pus minha nova mala grande, estúpida e formal no chão com relutância, junto da mochila de Dan, temendo que, se a deixasse em qualquer lugar perto de Gabby, ela poderia abri-la e destruir todo o conteúdo.

Andando na frente, as longas pernas morenas em um minúsculo short jeans, Gabby nos mostrou um cômodo grande e arejado. Ela estava grudada em Dan, guiando-o pela casa (e para longe de mim?) até a sala de estar, bagunçando o cabelo dele, rindo e simplesmente feliz em vê-lo. Fui atrás, sentindo-me deslocada, como se tivesse sido enviada até lá para uma entrevista de emprego.

Fiquei na porta da sala de estar enquanto ela falava com Dan sobre Ben e Nick, terminando cada frase com: "Você não sabe como ele é?". Suas referências eram exclusivas; ela queria me deixar de lado, e eu não poderia entrar na conversa mesmo que tentasse. Será que eu estava exagerando? Eu tinha ficado um pouco preocupada demais com o local onde Dan estava, e precisava relaxar um pouco. Dan demonstrava

[38] Referência à loja Marks & Spencer, a maior rede de lojas de departamento no Reino Unido. (N.T.)

muita felicidade, então decidi ignorar as minhas preocupações e compreender tudo aquilo. Ele só estava radiante pela companhia de um dos seus "amigos", ambos falando com o mesmo sotaque australiano, ambos parecendo que tinham chegado a uma praia depois de uma vida sob o sol. Não pela primeira vez desejei ser dez anos mais jovem, sem um bronzeamento laranja e uma mala de viagem pesadona comprada com pontos de cartão de loja.

Enquanto conversavam, eu olhava em volta, observando os grandes sofás macios e as latas de cerveja espalhadas. Uma cortina de musselina branca flutuava com a brisa do mar através de uma porta que dava para o que supus ser uma varanda. No ar fresco, grata pelo refúgio do calor e da luz ardente, encostei-me em Dan, cansada do voo, mas também me sentindo um pouco ameaçada e reivindicando meu direito de propriedade. Olhando para frente, de repente dei um pulo e soltei um gritinho quando um dos sofás pareceu se mover.

— O que foi aquilo?

As pontas dos meus dedos formigavam enquanto eu observava com horror, imaginando que havia outros seres humanos, ou seja, um casal de gays estirado no sofá dormindo. Gabby e Dan riram do meu choque, mas ela riu mais alto e por mais tempo. Não foi tão engraçado.

— Ora, Faye... que exagero — ela disse, balançando a cabeça como se eu fosse a maior piada. — Acho que ele se chama Jim... Nós o pegamos a noite passada; ele não tinha onde ficar. E você sabe como o Nick é: ele abriga qualquer um. — Outro sorriso e sinal de entendimento entre eles. Eu queria dizer: "Não, eu não sei como é a porra do Nick, mas sei que as mulheres arrogantes, mesmo australianas, podem estar em risco com um maldito vagabundo em sua casa de férias". Cristo, eu esperava que houvesse uma tranca em nosso quarto. "Jim" poderia levar todos os meus cartões de crédito, nos matar em nossas camas e estar no próximo barco para Atenas.

Devo ter parecido horrorizada, então Gabby aproveitou minha confusão para usar um pouco mais de seu vínculo boêmio com Dan.

— Ei, não se preocupe, Faye — ela me disse, enquanto olhava para Dan. — Jim é um gatinho. — E saiu andando, acariciando a cabeça dele e rindo. Dan apenas sorriu, completamente imperturbável e, sem querer, fornecendo a Gabby outro momento de participação exclusiva.

Observei-a acariciar o estranho adormecido com as costas da mão, mas com os olhos fixos apenas em Dan. Afinal, eu não era paranoica; ela ainda estava interessada nele e fazendo-me sentir uma intrusa. Gabby era a primeira pessoa que eu conhecia do mundo de Dan, e pela primeira vez eu realmente questionei minha presença lá com ele. Senti-me velha, defasada, fora da realidade e tola. E estava começando a me perguntar em que me permitira entrar, e se o amor de Dan iria durar e ser suficiente para nos manter ali no exterior.

Permaneci com as minhas costas contra a parede de refrigeração, imaginando o que fazer a seguir. Gabby foi até a cozinha e Dan piscou para mim e a seguiu. Eu fiquei onde estava, incapaz de me mover. Ouvi os dois falando um pouco e, quando voltou, ele estava carregando duas garrafas de cerveja gelada. Ele, parecendo sonolento e mais delicioso do que nunca, me entregou uma garrafa e passou o braço em volta do meu ombro, em um gesto reconfortante que significou muito para mim. Quaisquer dúvidas que eu tivesse começaram a derreter quando enterrei minha cabeça no peito dele, inalando o cheiro doce de sua transpiração, enquanto meu coração batia tão alto que me perguntava se eles podiam ouvir.

Coloquei meu braço em torno dele, feliz por tê-lo de volta junto a mim, desejando que Gabby nos dissesse onde iríamos dormir para que pudéssemos nos trancar e ficar a sós. Encostada na porta com sua cerveja, ela nos observava. Senti os lábios de Dan na minha cabeça, senti a brisa fresca, a cortina flutuante dançar. Eu observava o andarilho Jim dormindo... e Gabby estava olhando para mim.

Depois de um tempo, Dan puxou meu braço e, agarrando minha mão, disse:

— Vamos olhar a vista... É por aqui, Gabby? — Ela assentiu com um leve gesto, deixando para lá por enquanto, e entrou desanimadamente na cozinha, levando sua cerveja gelada e seu ar gélido com ela.

Puxamos a cortina, deixando-a para trás, e prendi a respiração com a visão de um mar quase azul-marinho costurado na bainha de um céu profundo, sem fim.

Ficamos juntos por algum tempo, abraçados e absorvendo aquilo tudo. Quando um de nós finalmente falou, foi Dan:

— Sonhei que seria assim... você e eu, em um terraço — ele disse suspirando.

— Eu também... — Hesitei. Eu queria abordar o elefante na sala, mas não tinha certeza por onde começar. — Não esperava que Gabby estivesse aqui — falei, fazendo uma cara de estranheza.

— É, pensei que ela tivesse ido à Escócia e voltaria para casa de lá. Você está bem com isso, não é? Quero dizer, ela ficou tão feliz por nos ver...

— Feliz por ver você.

— Ora, ela ainda não conhece você. Acho que vocês duas vão se dar muito bem. Ela é fácil de lidar e pode ser bem divertida, sabe?

Balancei a cabeça, em dúvida.

— Você ainda sente alguma coisa por ela? — O meu lado mais superficial não podia acreditar que Dan fosse capaz de preferir a mim a alguém como Gabby. Ela era magra, jovem e bonita, e eu não tinha ilusões: ela ganharia facilmente no departamento de olhares.

— Tenho muito carinho por ela... É apenas a Gabby, e eu sou como um irmão para ela. Ela é muito sensível, e demonstra explicitamente seus sentimentos. — *Sensível uma ova*, pensei, desejando desesperadamente não falar isso em voz alta. — De qualquer forma, temos tempo para relaxar em primeiro lugar, antes de ver o pôr do sol — ele disse, pegando minha mala e chamando-me para segui-lo.

Levei minha mala pelo corredor enquanto Dan abria a porta do quarto.

— Acho que este é o nosso — comentou, guiando-me para dentro. Era fresco e agradável, pintado de branco, com um piso de madeira branqueada e uma grande janela com vista para o mar. Havia uma enorme cama de ferro no meio do quarto, e fui até ela, correndo a mão ao longo do puro lençol branco. Era perfeito, e fui tomada por uma onda de felicidade, determinada a não deixar que ninguém estragasse isso para nenhum de nós.

Peguei a mão dele, puxei-o para mim e nos beijamos, caindo em cima da cama, incapazes de resistir um ao outro por um segundo a mais. Em pouco tempo minha camiseta estava sobre a minha cabeça, o queixo barbado de Dan esfregando-se contra o meu rosto e meus seios, enquanto ele puxava minha roupa e a mim para si. Deitei-me e ele se moveu suavemente para cima de mim, ainda me beijando, ambos gemendo com a paixão reprimida, aliviados por finalmente termos chegado àquele lugar. Envolvi minhas pernas em volta de suas costas estreitas e firmes, sentindo-o dentro de mim muito rápido, mas eu estava pronta... Estivera pronta para isso por toda a minha vida. Não queria que acabasse nunca... Tínhamos enfim nos encontrado, um ao outro, ali naquele lugar mágico, e isso parecia absolutamente certo. Foi tão maravilhoso que chorei.

Depois, ele me segurou em seus braços enquanto dormimos e, ao acordarmos, fizemos amor novamente e permanecemos juntos nos lençóis brancos de algodão puro.

— Podemos ficar aqui para sempre? — perguntei.

— Isso seria bom... mas não seria o suficiente.

Não queria saber quanto tempo tínhamos; só queria saborear os dias e as noites que passaríamos juntos.

— Ei... o sol está se pondo. — Ele saltou da cama como um menino eufórico e ficou na janela olhando para o céu como se estivesse esperando uma queima de fogos. Caminhei até a janela sentindo-me como se fosse outra pessoa. — Você está linda — Dan falou, de pé atrás de mim, envolvendo-me com seus braços. Tudo estava perfeito e ficamos por um tempo apenas observando o céu.

De repente, ele suspirou.

— Você acha que eu seria capaz de convencê-la a vir comigo... para Sydney?

— Quem sabe? Acho que The Sydney Opera House definitivamente poderia ser adicionado à minha lista de vida — falei, sorrindo. Fiquei impressionada com o choque da liberdade; como um tiro no braço, isso quase me tirou o fôlego. Sim... Poderia ir para Sydney se eu quisesse, se Dan me quisesse também. Poderia dizer "sim"; poderia ir a qualquer lugar, fazer qualquer coisa, pensei, olhando para o homem bonito ao meu lado naquela sala esbranquiçada perfeita, junto ao mar. Ia viver o meu verão de estreias... E eu não estava descartando nada.

Voltamos para a cama, onde assistimos aos tons de rosa esmaecido e laranja profundo manchados pelo céu de Santorini, apenas esperando para voltar à janela ao desenlace final do pôr do sol.

— Nosso próprio show particular esta noite... Eu o encomendei especialmente para você — ele disse, abraçando-me apertado.

O mar estava em chamas e o céu, inundado com ouro líquido, e permanecemos juntos por um longo tempo, como muitos amantes haviam permanecido antes de nós, vendo o pôr do sol de Santorini antes de morrer.

* * *

Os dias seguintes foram um borrão de luz de sol e felicidade. Os amigos de Dan, incluindo Gabby, sorriam ou diziam "oi" se encontrássemos com eles na sala ou na cozinha, mas, na maior parte do tempo, todos nos deixaram sozinhos. Passeamos de mãos dadas pelas ruelas de paralelepípedos, tomamos café em pequenas cafeterias nas calçadas, bebericando vinho e vendo o pôr do sol, e fizemos amor, onde e quando quisemos. Nunca cansamos um do outro ou dos espetaculares pores do sol diários, afundando-nos no calor dourado todas as noites. O sol parecia emocionalmente carregado, como a natureza estava em sintonia com os nossos sentimentos.

Abandonei minhas sandálias sensatas, pintei minhas unhas dos pés e comprei sandálias brancas. Meu bronzeado laranja foi substituído por dourado verdadeiro, e meu cabelo ficou ainda mais "loiro *Baywatch*" que nunca, parecendo bem no Reino Unido, mas ali era perfeito. Minha aparência foi mudando para combinar com o ambiente: camisas de linho brancas, camisetas, jeans desbotados cortados e uma trança colorida no meu cabelo loiro praia.

Nossos dias eram aproveitados em piscinas, praias, bares e em fins de tardes aplaudindo o pôr do sol como crianças em um show de mágica.

Eu nunca tinha sentido essa liberdade, essa felicidade; dias dourados em todos os sentidos da palavra.

Uma noite subimos em um telhado com outros turistas.

— Quero vê-lo de perto, me aproximar ainda mais dele — Dan brincou, rindo e escalando cada vez mais alto, apesar de meu medo e desejo de que ele parasse.

— Não, Dan...

Ele não me ouviu, ou não quis, e continuou indo cada vez mais alto, segurando com uma das mãos e acenando com a outra. Ele me chamava e ria, mas eu não podia sequer olhar, sentindo-me fisicamente mal e apenas querendo que ele parasse.

Lá na ilha eu estava vendo o lado selvagem e livre de Dan ainda mais. Ali ele era o cara emocionante e perigoso que se pendurava para fora da janela do táxi em estradas traiçoeiras e andava precariamente sobre os telhados. Mais tarde, quando nos deitamos juntos na cama, eu disse a ele o quanto ele havia me assustado.

— Faye... eu estava bem lá em cima. A vista era incrível. E queria que você fizesse esse tipo de coisa comigo.

Balancei minha cabeça.

— Sei que já mudei nos últimos meses, e aprendi muito sobre mim e isso me surpreendeu, mas... sou a mãe de alguém, e as mães não correm riscos.

— Você é mãe de alguém... — Ele balançou a cabeça lentamente, pensando sobre o que ia dizer em seguida. — Mas... você também é *você*, Faye Dobson. Você também não é esposa de ninguém, mãe de ninguém; só você. Não esqueça isso.

* * *

Nick ou Ben voltavam com garotas de vez em quando, sempre jovens, sempre bonitas, e sempre diferentes. Ficavam por ali de tangas e minúsculas camisetas reclamando do calor, hidratando seus corpos perfeitos e planejando a noite pela frente.

— Essas garotas são um lembrete constante da minha idade e de como é normal para um homem de 30 e alguma coisa dormir com uma mulher de 20 e poucos anos, mas não o contrário — suspirei.

— Por que não? Nós dormimos juntos — ele disse. — Você é quase dez anos mais velha que eu, e é o melhor relacionamento que já tive. — Emocionei-me. — Já lhe disse, Faye; pare com as comparações... Ninguém está julgando você, a não ser você mesma.

Dan estava certo.

— Eu só acho que essas tangas são um pouco demais aqui no nosso círculo íntimo — falei um dia para Dan, parecendo com minha mãe enquanto nos sentávamos na varanda. As garotas circulavam por ali com a bunda de fora, e a velha Faye não estava impressionada. — Eu odiaria pensar que Emma estivesse andando por aí desse jeito.

— O que há de errado com tangas? — ele perguntou, olhando por cima de seu livro. — Você deve ter alguma...

— Não... eu não poderia. Quer dizer, eu simplesmente não tenho bunda para elas.

— É mesmo? E isso importa?

— Bem, sim. Quero dizer, elas mostram a bunda, não é?

— Elas mostram... Realmente nunca pensei sobre isso. — Ele sorriu e voltou para o seu livro, e eu revirei os olhos sem acreditar.

Alguns dias depois, ficou claro, de forma hilária, que tangas para os australianos eram o que as sandálias representavam para o resto do mundo. Tinha sido um erro de tradução, outro lembrete de que Dan e eu éramos de mundos diferentes e, embora nem sempre precisássemos de palavras, às vezes a gente precisava de um guia de conversação para estrangeiros.

A única coisa com a qual eu não estava relaxada era Gabby, que tinha começado a pôr a cabeça na porta do nosso quarto para dizer "oi" e até mesmo, de vez em quando, entrar para "conversar" com Dan. Ele aceitou essa intromissão em nossa rotina, uma vez que discutiam alguns malditos livros que ambos tinham, com Dan sentado com o tronco nu, apenas uma toalha em torno dele. A situação desencadeava uma mistura de sentimentos em mim, porque me sentia invadida e, sim, admito, já que ela estava no "meu quarto", o que esperava que ela reconhecesse. Eu queria que fôssemos amigas; Gabby era claramente o eixo central ali, e Dan estava perto dela, e tornaria a vida muito mais fácil para mim se ela me incluísse em suas conversas agora e depois.

Gabby comprava comida, cerveja e contava as piadas mais ruidosas, claramente confortável na companhia dos homens. Eu invejava sua tranquilidade e sua confiança natural enquanto flutuava pelo local em um biquíni minúsculo, os quadris infantis balançando, os olhos convidando a todos. Eu tentava ser madura, mas não podia deixar de me ressentir pelo fato de ela usar seu relacionamento com os caras da casa para fazer com que eu me sentisse desconfortável. Eu não sabia se era uma ação deliberada ou apenas insensível, mas o comportamento dela ao meu redor me magoava.

Sempre que estávamos todos juntos, Gabby de repente lembrava "um dia na praia" que eles todos compartilharam na adolescência, ou um amigo em comum, "lá da Austrália". Eu estava interessada no passado de Dan, era parte dele, e, embora eu não fosse parte da história, ouvia com interesse e tentava participar, mas ela me ignorava. Não era um comportamento evidente, o que tornava mais difícil de lidar com a situação, e disse a mim mesma que estava sendo estúpida, mas sentia que ela deliberadamente me excluía, quase me incitando a fazer uma cena. Gabby era mulher que adorava a companhia de um homem, e se era por causa de Dan, ou por mim, o fato era que ela não queria outra princesa em sua torre.

* * *

Uma noite, juntamo-nos aos outros para beber. Constantemente eu fazia um esforço para conhecê-los, mas era difícil entrar no grupo, e, depois de algumas perguntas hesitantes, decidi apenas relaxar e desfrutar a companhia deles. Ninguém perguntava nada de mim, então eu apenas sorria e participava quando necessário. Os caras estavam tomando doses e cantando, e a velha Faye achava que aquilo beirava à estupidez, enquanto a nova apreciava a energia do grupo e o fato de que eles eram jovens, e felizes, sem preocupações. Eu tinha a sensação de que Ben sentia alguma coisa por Gabby e ela sabia disso; ele a olhava muito e ria de tudo o que ela dizia (e, acredite em mim, ela não era engraçada). Por sua vez, Gabby sorria sem jeito para mim agora e, depois de duas taças de vinho, senti um ligeiro descongelamento. Então, quando ela foi até o banheiro, também fui. Estava com esperança de conversar e talvez até mesmo ficar a sós com ela um pouco.

— Adoro o seu batom — falei, ouvindo a mim mesma receosa. Parecia uma criança de 10 anos de idade; por que eu estaria mesmo me preocupando com essa garota? Era um banheiro muito pequeno, e eu estava definitivamente espremida com ela. Dava-lhe uma última chance antes de eu desistir completamente e declarar indiferença, ou guerra. Tão próximas uma da outra, esmagadas na pia e no espelho minúsculos, ela não tinha escolha a não ser responder; afinal, quase nos tocávamos ali.

— É um belo tom de vermelho. — Tentei novamente, determinada a fazê-la me considerar.

— Comprei na Itália no início deste ano. Dan me disse que eu tinha de comprá-lo porque ficava muito sexy em mim. — Ela suspirou, sem sorrir. Continuou a aplicá-lo lentamente, ampliando seus lábios para preenchê-los com a cor... Eu me perguntei quantas vezes ele tinha beijado aqueles lábios e se ele o faria novamente. Os braços de Gabby estavam expostos, bem bronzeados e um pouco musculosos, indicando que ela obviamente malhava, e, com aqueles minúsculos quadris, eu duvidava de que ela já tivesse tido sua rodada de pedaços dos bolos de limão de Dan.

— Você e Dan estavam juntos... não estavam, quando você saiu de Oz?

— Sim — ela respondeu —, muito juntos. Gostaria de usar um pouco?

— Oi...?

Não estava muito certa sobre a que ela estava se referindo, então entendi que falava do batom, que não era de jeito nenhum a minha cor, mas, como senti que poderia ajudar no processo de formar um vínculo, agradeci e o apliquei em meus lábios, observando-a discretamente. Ela era cerca de oito anos mais velha que Emma, e a mãe em mim queria incentivá-la e convencê-la, mas a mulher queria dizer a ela que mantivesse distância do meu homem.

Apliquei o batom.

— Fica vermelho em mim... bem vermelho — falei, fazendo beicinho de incerteza.

— Jovem estrela quente — ela disse.

— Ah, eu não diria que pareço tão bem assim...

— Não disse isso... É o nome do batom.

— Oh. Meio vulgar, não é? Para mim, eu quero dizer... não é vulgar em você... de jeito nenhum. Eu sempre achei que o batom vermelho exige traços perfeitos... Você tem que ser uma supermodelo para usar vermelho. Não que eu esteja dizendo que você não é atraente... Bem, você não é tecnicamente uma super... modelo, mas isso não quer dizer... quero dizer...

Enfiei o batom na boca para me fazer parar de falar; só eu imaginava os insultos que meu subconsciente deixaria sair sob esse tipo de estresse. Passando o batom em frente ao espelho e vendo a nós duas, lado a lado, a comparação foi cruel. O rosto de Gabby era pequeno e suave, o cabelo, dourado e sedoso, enquanto meu rosto, ao lado do dela, era grande e pastoso, e meu cabelo não estava queimado do sol, como eu pensava, mas sim destruído pela praia. Enquanto isso, o batom vermelho era menos "jovem estrela quente" e mais "um pastel velho e frio".

Fiquei olhando para nós duas no espelho, e ela fez o mesmo, e provavelmente estávamos pensando a mesma coisa: meu rosto parecia uma versão do Espelho da Casa Maluca do dela. Pensei de novo em Dan beijando aqueles lábios perfeitos, e então me senti ainda mais preocupada.

— Ele é um cara adorável, o Dan — eu disse, entregando o batom de volta para ela. — Sei que não é para sempre... Quero dizer, ele e eu estamos juntos agora, mas sei que não pode ser... juntos para sempre. Bem, não vamos, eu quero dizer... — Não sei por que sentia a necessidade de me explicar para ela, mas eu queria avaliar sua reação.

Ela baixou a cabeça. Ah, então eu estava certa: ela era apaixonada por ele.

— Tanto faz — retrucou, fechando a bolsa. — Nunca iria durar no mundo real. É apenas um estranho caso de verão... Quero dizer, você é muito mais velha...

Fiquei surpresa. Ela estava olhando para mim à espera de uma resposta, tentando avaliar a dor que tinha acabado de me infligir, e ambas deixamos em suspenso ali por alguns segundos.

Naquele momento, duas garotas bêbadas caíram no minúsculo banheiro e fomos forçadas a sair ou nos juntar a elas no chão. O que eu realmente queria era empurrar a cabeça de Gabby na porta e chutá-la com força naquelas pernas longas e bronzeadas, mas me controlei e me afastei para deixá-la passar. Ela agradeceu com um gesto de cabeça, sem sorrir, e voltamos para o bar com frescos sorrisos vermelhos estampados no nosso rosto. Deixaria que ela levasse a melhor dessa vez, mas ela havia acabado de declarar guerra naquele banheiro. Sim, eu era mais velha, e nisso eu estava em vantagem, porque na minha longa vida encontrara gente do seu tipo um milhão de vezes, e ela não iria tirar o melhor de mim.

À medida que a noite avançava e a bebida fluía, eu me senti melhor na companhia deles e tentei não pensar no que Gabby tinha dito. Ela era uma menina má, e eu não ia deixá-la arruinar mais qualquer tempo meu na ilha, permitindo que me torturasse.

Durante toda a noite, Dan segurou minha mão, ou apoiou as dele na minha coxa, um sinal de que estávamos juntos, e não éramos apenas uma aventura, um casal real no mundo real. Apreciei a forma como Nick e Ben tinham finalmente começado a me incluir, a reconhecer que eu era parte da vida de Dan e, embora fosse recente, tínhamos a nossa própria história, curta.

— Faye, você ouviu falar da vez em que Dan quase se afogou quando sua prancha de surfe subiu sobre as ondas sem ele e o nocauteou, e ele ficou na UTI por semanas?

E então.

— Faye, você não acha que as piadas de Dan são bregas?

Senti como se estivesse conhecendo um novo Dan. Esse não era o Dan da *delicatessen* que discutia a respeito de queijos maturados, vinhos finos e *Jane Eyre*; esse era menos sóbrio, mais animado. Com seus amigos, ele falava apaixonadamente sobre pegar ondas, perseguir garotas, tocar em bandas, e parecia que sua vida fora vivida em praias e em bares, bebendo, rindo e fritando-se no sol australiano.

Apertei a mão de Dan. Eu vivia um momento maravilhoso e não queria que a noite terminasse.

Deixamos os outros por volta da meia-noite e caminhamos para a vila lentamente pelas ruas de paralelepípedos, de braços dados, parando de vez em quando para um beijo bêbado. Suspirei, olhando as vitrines, os cobertores hippies desbotados e os cachecóis pendurados em portas como uma reminiscência dos anos 1960. Fiquei imaginando quantas pessoas, ao longo de centenas de anos, tinham andado por aquelas ruas sobre o Egeu turquesa... Imaginando aonde suas vidas e amores podiam tê-las levado.

Entramos na rua da nossa vila. Ela estava mais tranquila e não havia ninguém por perto. Dan se inclinou para mim e começamos a nos beijar, ele gentilmente me empurrando contra a parede caiada. Estava frio nas minhas costas, e eu queria que ele fizesse amor comigo.

— Dan... vamos nadar — eu me ouvi dizer.

Ele riu e concordou, pegando minha mão. De repente corríamos pela cidade. Já era tarde, mas os bares ainda estavam abertos, as pessoas ainda passeavam de braços dados pelas ruas. Eu sabia que ele não ia me deixar cair. Sue tinha dito que sagitarianos eram instintivos, agiam por impulso, e Dan definitivamente fez isso. Não houve questionamento sobre como era tarde ou se era seguro ou como chegaríamos ao mar. Ele tinha simplesmente tinha segurado minha mão e partido.

Depois de uma pequena corrida, pedi que andássemos o resto do caminho para o mar, e, após cerca de dez minutos, chegamos a Goulas, uma pequena vila de pescadores perto de Oia.

— Está muito longe ainda? — perguntei, já cansada de caminhar e da minha intempestividade, questionando-me sobre a sabedoria da minha ideia impulsiva.

— Apenas mais duzentos passos — disse ele, guiando-me para baixo na escuridão em direção à praia.

Chegamos à praia, que era mais "pública" do que eu tinha previsto, com várias tavernas pequenas nas proximidades. Ele começou a se despir, mas eu desanimei.

— Nós não podemos; as pessoas podem nos ver — argumentei, ainda um pouco bêbada e rindo nervosamente.

— Esse é o ponto — disse ele, rindo. — Vamos lá, mesmo que você não tire a roupa, você está indo. — Ele me abraçou, gentilmente me derrubando no chão e enfiando a mão sob a minha camiseta, discretamente acariciando meus seios. Então devagar tirou minha camiseta, depois o jeans e a lingerie, e, embora houvesse uma ou duas pessoas na praia, corremos de mãos dadas para o oceano, nus.

Eu me senti tão viva, tão má; eu nunca fizera nada parecido, e, apesar de estar na minha lista de vida, foi mais um desafio do que um sonho. Sob as estrelas, na escuridão do mar da noite, nadamos juntos, aproximando-nos, abraçando-nos, então nos afastando, girando como numa dança. Incapaz de resistir, quando nos aproximamos de novo, envolvi minhas pernas em volta da cintura de Dan, e lá no mar, depois da meia-noite, em plena vista das tavernas, fizemos amor. Estava escuro, quente e emocionante. E era um segredo só nosso.

* * *

No dia seguinte, os outros anunciaram que estavam deixando Santorini para ir de ilha em ilha e, em seguida, voltar para casa, para a Austrália, a partir de qualquer ilha em que estivessem, quando sentissem vontade de partir. Fiquei muito satisfeita, especialmente por Dan compartilhar meus sentimentos, dizendo que estava feliz por nós podermos desfrutar um tempo sozinhos no apartamento, antes de, finalmente, nos despedirmos.

Na noite antes de partirem, todos nós jogamos pôquer juntos na varanda. Como eu não sabia jogar, apenas me sentei ao lado de Dan, acariciando suas costas e incentivando-o cegamente. Mas Gabby era uma profissional; ela conhecia todas as jogadas e teve grande prazer em ganhar de todos. Os outros caras ficaram impressionados e o demonstraram com batidas de mão e olhares de admiração, mas Dan lidou bem com isso, balançando a cabeça enquanto embaralhava as cartas. Em certo ponto, Gabby sorriu triunfante e olhou diretamente para Dan. Por um momento, perguntei-me o que ela diria, mas ela não disse nada, apenas levantou a garrafa de cerveja, sem tirar os olhos dele, e tomou um longo gole. Eu senti um pequeno arrepio passar por mim e, quando Gabby bateu com a garrafa na mesa e colocou ambos os braços em torno de Ben, ela me lançou um olhar.

Eu me virei. Ela era uma criança exigindo atenção, e eu era uma adulta que sabia como tratar meninas más e impertinentes. A velha Faye teria se sentido insegura e permitiria que ela lhe pisasse em cima; teria entregado Dan a ela em uma bandeja, com medo de conflito e confronto. Mas a nova Faye podia ver através de uma garota como Gabby. Eu não estava fazendo joguinhos bobos; era muito velha, e meu tempo ali com ele, muito curto para isso.

Ela continuou ruidosa e turbulenta pelo resto da noite, e depois, quando Dan tinha ido até a cozinha para mais cervejas, Gabby se aproximou e se sentou ao meu lado. Ela estava bastante embriagada e, embora ainda não gostasse dela, pensei que ela podia estar oferecendo o ramo de oliveira e sorrido enquanto se sentava.

— Vou cair fora daqui quando ele voltar — disse, falando com ligeira dificuldade. — Eu sei como você gosta de tê-lo ao seu lado.

Ignorei isso.

Em seguida, ela se inclinou e falou em voz muito baixa:

— Não estou brincando... mas você não é o tipo habitual dele. Dan sempre prefere jovens loiras...

— Bem, talvez ele tenha mudado de ideia desde que me conheceu e percebeu que precisa de uma mulher de verdade — retruquei, sem sorrir.

Gabby me olhou com raiva porque eu não tinha demonstrado dor ou fraqueza, e ela agora pensava no que dizer em seguida. Ela fora ferida por Dan e queria me machucar, mas eu estava mais forte do que já estivera em toda a minha vida. Não vivia mais cheia de dúvidas sobre a minha aparência e minha idade, e sabia do que era realmente capaz, e também que Dan me achava sexy e divertida.

— Isso não vai durar, você sabe... Você é velha demais para ele — ela cuspiu silenciosa, sussurrando. — Ele adora sexo, e você nunca vai aguentar. Ele não conseguia o suficiente quando estávamos juntos, não conseguia manter suas mãos longe de mim. — Um olhar de ódio e pura rebeldia havia agora em seu rosto. Gabby esperava minha resposta. Eu não disse nada por alguns segundos. Apenas tomei um gole da minha bebida, coloquei-a em cima da mesa, inclinei-me para ela e sussurrei em seu ouvido:

— Querida, tenho 42 anos e nenhum problema com isso, mas, por alguma razão, você tem. E você precisa saber que, nesses quarenta e dois anos, aprendi muito. Agora, uma das lições mais importantes que aprendi se refere a como cuidar do meu homem. E, amiga, já que você puxou o assunto, eu tenho que lhe dizer, o sexo quente no quarto que Dan está tendo comigo é, conforme ele diz, melhor do que nunca... Você entendeu isso? Do que NUNCA!

Tomei outro gole da minha bebida, como se nada tivesse acontecido, e olhei ao redor, com um sorriso agradável em meu rosto. Gabby se mostrou chocada. Nunca esperava isso de mim. Sua expressão ficou um pouco perdida, mas o fato de ela se levantar calmamente e caminhar até se sentar no colo de Ben disse tudo.

Mais tarde, quando estávamos na cama, Dan falou:

— Ei, vi você e Gabby conversando hoje à noite. Pena que aconteceu na noite anterior à partida dela, mas eu sabia que ela ia amá-la quando conhecesse você; todo mundo ama.

— Sim, acho que ela me entende agora. — E sorri na escuridão.

19

Estrelas de cinema e telhados, e o coração de Santorini

Os outros saíram cedo na manhã seguinte. Dan e eu dissemos adeus a eles e fomos direto para a cama. Eu estava muito aliviada agora que tinha o apartamento só para nós por quanto tempo quiséssemos. Poderia passear seminua e não teria mais que reprimir qualquer som de êxtase quando fizéssemos amor.

— Ei, quer riscar algo da *minha* lista de vida hoje? — Dan disse, enquanto estávamos entrelaçados nos lençóis após o sexo. — Sentei-me, inclinando a cabeça em meu cotovelo, intrigada. — Mas você tem que fazê-lo também — advertiu, rolando para fora da cama.

— Preciso saber o que é antes de concordar — eu disse, um pouco nervosa. — Pode ser sexo animal em lugar público, e não me importa se ele está em sua lista, mas não poderia fazer isso. Não tenho a lingerie — avisei, sorrindo.

— Quem disse que estaremos vestindo alguma coisa? — ele comentou, sorrindo e vestindo uma camiseta desbotada pelo sol sobre seu peito bronzeado. Eu o observei, desejando que a tirasse novamente.

— Volte para a cama — insisti. — Vamos ficar aqui e dormir para comemorar o fato de que estamos finalmente a sós.

— Temos muito tempo para dormir... Vamos lá, Faye, levante-se. Sua vida a aguarda. — Ele puxou as cobertas de cima de mim de modo dramático. Eu gritei, deliciando-me com a liberdade de fazer tanto barulho quanto quisesse agora que todo mundo tinha ido embora.

Por fim, saímos para o dia quente e nos dirigimos para Oia, onde alugamos uma moto. Eu estava meio em dúvida, pois nunca havia subido em uma antes, e, quando Dan subiu e me disse para subir atrás, fiquei horrorizada.

— Vou cair. Não posso simplesmente me agarrar atrás de você nessa moto; eu vi aquelas estradas na montanha! — Engasguei.

— Eu ajudei você na sua lista de vida. Agora é hora de me ajudar na minha — ele falou, entregando-me um capacete que prendi na cabeça, tentando manter o máximo de dignidade possível enquanto montava naquela besta quente de metal. Posso ter percorrido um longo caminho, mas coordenação motora e equilíbrio nunca foram meus pontos fortes, e tudo o que eu conseguia enxergar era a mim mesma sendo arremessada para o outro lado da estrada, na frente de um caminhão de cabras que se aproximava, ou, pior ainda, rolando pelas ribanceiras do Caldera, estatelada sobre as rochas. Não me entenda mal; eu conseguia sentir o apelo: estradas no alto da montanha, o vento no cabelo e paisagens espetaculares; isso só não *me* atraía.

Assim que tínhamos montado na moto, fechei os olhos e descansei minha cabeça nas costas de Dan, tentando desesperadamente apagar o que estava acontecendo.

— Bem, se isto está em sua lista — falei, apertando-o com força em volta da cintura —, "vamos" lá.

Ele deu a partida.

— Ah, não é isto que está na minha lista; esta moto vai nos levar para o que vamos fazer da minha lista.

— Agora fiquei preocupada! — gritei em seu ouvido, acima do barulho da moto, que de repente arrancou a uma velocidade que me pareceu como cem quilômetros por hora, deixando minhas pernas para trás.

Estava apavorada. Mas ele tinha sido tão prestativo que eu precisava acompanhá-lo nisso. Ele adorou andar de moto, gesticulando e gritando, enquanto eu esbravejava por causa das extremamente estreitas e altas estradas da montanha. Meus gritos não eram de felicidade; eram gritos de medo horripilante por eu chacoalhar na traseira da moto. Meus braços firmemente se enrolavam em volta de Dan; não havia nenhuma maneira de eu soltá-lo, e, quando ele jogou ambos os braços para cima, o meu grito que acompanhou os gritos dele de alegria deve ter feito um tremendo barulho naquelas altas e empoeiradas estradas. Meu único consolo em todo o percurso tortuoso era que, independentemente do que estava em sua lista, não poderia ser pior do que um passeio de moto pelo inferno das estradas da montanha sem obstáculos.

Mas eu estava errada.

* * *

Finalmente chegamos ao nosso destino, Amoudi Bay, e fiquei surpresa ao ver que estávamos realmente de volta a Oia, lugar próximo da baía onde ficávamos.

— Eu sei, eu sei — ele disse, vendo a conclusão no meu rosto. — Não precisávamos da moto, mas eu adoro isso e só queria nos aquecer primeiro.

Fiquei chocada demais para responder. Só queria que tudo acabasse logo. Desci da moto, mas, como a parte interna das minhas pernas doíam, cambaleei em terra firme tentando voltar a sentir meu rosto e minhas coxas. Olhei para baixo e vi que meus joelhos estavam vermelhos do sol, e também sentia agulhadas em minha testa. Ah, sim, eu ia parecer arrebatadora até o final do dia.

— Vamos lá! — Ele acenou, estacionando a moto em um pouco de cascalho e encaminhando-se para descer cinco milhões de degraus até a praia. Eu o segui, lentamente recuperando a compostura e a sensibilidade em minhas coxas. Dan estava tão animado quanto eu estava com medo e tentando desesperadamente reunir um pouco de coragem para o que estava por vir em seguida. Mas, quando caminhamos alguns degraus mais para baixo, ouvi gritos e corpos caindo na água agitada. Olhando para cima, pude ver uma borda no alto de um precipício cerca de uns seis metros para cima e alguém de pé, esperando para saltar.

— Não. Não. Definitivamente *não* — eu disse, cambaleando pelos degraus atrás dele. — Você está de brincadeira comigo? Não consigo fazer isso. De jeito nenhum — falei, balançando a cabeça vigorosamente para enfatizar minhas palavras. As pessoas passavam por nós para descer até a praia, e tive que voltar a subir os degraus por segurança, com lágrimas nos olhos e o queixo tremendo de emoção.

Ele parou no degrau e se virou para mim, gentilmente me segurando pela cintura, olhando nos meus olhos.

— Você me disse que, se soubesse há um ano todas as coisas que você ia fazer, teria dito: "Eu não posso fazer isso". Mas, Faye... você fez.

— Não é o mesmo.

— Sim. Você já fez coisas muito maiores. Isto é apenas sobre ter a confiança necessária para fazê-lo; acredite em si mesma, Faye. Você está em forma, pode escalar as rochas, e pode nadar... Apenas salte. Eu estarei bem atrás de você.

— Não posso e você está falando como um maldito *personal trainer* do Canal 4 — falei, com raiva por ele me trazer ali e me colocar nessa situação horrível. — Eu tenho medo de altura e, surpresa, surpresa, medo da morte!

Dan apenas me olhou com riso em seus olhos. Eu queria estar doente. Meus pés se arrastaram para baixo nos degraus e, de repente, eu desejava estar em qualquer outro lugar que não fosse ali. Mas relutantemente o deixei pegar minha mão e me guiar para baixo.

Finalmente chegamos à praia e tiramos a roupa para ficar só em nossos trajes de banho. Eu lhe propus que apenas ficaria na praia tomando banho de sol e vendo-o mergulhar.

— Vou apoiar você daqui — tentei —, mas não tenho realmente que fazer isso.

— Sim, você tem sim. — Ele sorriu. — Eu fiz coisas da sua lista *com* você. Patinei, fiz sexo sob as estrelas, assisti ao pôr do sol de Santorini, nadei nu... Foi difícil, mas me forcei para fazer tudo — brincou.

Revirei os olhos.

— Não é exatamente o mesmo que se atirar de pedras irregulares de uma enorme altura antes de se afogar no mar. — Eu tentava ser alegre e engraçada, o que não foi fácil de fazer, enquanto estava na fila para minha inevitável desgraça. — Enfim... o meu foi diversão... Isto é tortura.

— Discordo. Isto é diversão também — ele disse, pegando suavemente a minha mão, e, assim como na noite em que nadamos nus, corremos juntos para o mar, só que dessa vez nadamos pela baía, parando de vez em quando para uma palavra, um abraço, um "você está bem?" dele para mim. Eu estava bem com a natação; na verdade, sou uma boa nadadora, mas não tinha intenção de fazer nada além disso. Apenas observar aqueles corpos se lançando do céu, braços debatendo-se, muita gritaria e agitação seguidas por um mergulho já estava me dando tontura... e deixando-me absolutamente petrificada.

— Deve ser uma queda de uns 6 metros — eu disse, protegida pelas rochas, uma vez que se caía do pé do penhasco em uma pequena, tranquila e isolada enseada.

— É isso mesmo... Mas isso não é nada, Faye. É para iniciantes, por isso trouxe você. Mergulhei de uma altura de 41 metros em Acapulco, direto no Pacífico. As ondas quebrando... Foi fantástico...

— Pare. Você está me deixando muito enjoada — reclamei, assistindo a um jovem, de aparência atlética, que tentava subir pelo lado do penhasco para chegar até a borda.

Concordei em nadar um pouco mais e subir nas rochas e destroços traiçoeiros, e, após uma discussão muito frenética para mim e uma fala suave dele, Dan concordou que, se eu não queria, não tinha que saltar. Precisava só subir e encarar a queda.

Ele ficou atrás de mim o tempo todo enquanto meus pés descalços escolhiam o seu caminho pelas rochas úmidas, o sol batendo nas minhas costas e meu coração batendo ainda mais forte no meu peito. O que eu estava fazendo ali? Tinha enlouquecido? Uma vez no topo, ele segurou minha mão, guiando-me por todo o caminho até a borda, onde permanecemos juntos no calor e no azul, com vista para o oceano infinito. Ele ficava me dizendo que estava tudo bem, e finalmente criei coragem para olhar a espuma rodando suavemente. Eu sempre tive medo de altura, e olhar para baixo fez minhas pernas bambearem e quase perdi o equilíbrio e caí de qualquer maneira, mas Dan estava lá, segurando a minha mão.

— Acredito que você pode fazê-lo; tudo o que você tem a fazer é acreditar também.

Não havia nenhuma possibilidade de eu sequer cogitar o salto; lá estavam as rochas salientes por todo lado, e a água muito agitada e assustadora.

Afastei-me da borda.

— Não posso, Dan... Simplesmente não posso...

— Você *pode*, Faye.

— Você não entende; não sou eu... Eu não consigo fazer isso.

— Não é a Faye que *costumava* ter medo de fazer qualquer coisa na vida, eu concordo, mas essa não é você agora. A Faye por quem me apaixonei pode fazer qualquer coisa que ela quiser. Ela só tem que acreditar que pode. — Então ouvi a voz da minha mãe dizendo: "Tudo é possível, Faye. A única coisa que pode impedi-la é você mesma".

Aproximei-me alguns passos, olhei por cima da borda, ainda segurando a mão dele, ainda perto dele.

— Você está pronta?

Virei-me para ele.

— Na verdade, não.

Antes que eu percebesse, Dan fez a contagem regressiva para nós, a partir do três e, de mãos dadas, saltamos juntos, voando pelo ar, uma revigorante e excitante viagem pelo céu infinito para dentro da espuma. Bati na água em meio ao meu grito e emergi das profundezas sem fôlego, rindo e chorando, e sentindo como se eu tivesse acabado de conquistar o Everest.

— Estou tão orgulhoso de você — ele estava dizendo, abraçando-me, beijando meu rosto, batendo em minhas costas para evitar que eu continuasse a inalar mais água salgada.

— Eu também! — gritei, entre tosses.

Finalmente, quando recuperei o fôlego, nadamos até a praia principal e deitamos juntos ao sol. Tinha feito algo naquela tarde que nunca sequer imaginara que podia fazer; agora eu realmente acreditava que tudo era possível e que a única coisa que tinha me parado por toda a minha vida fora eu mesma.

— Obrigada... — murmurei, lembrando-me do que ele havia dito lá na borda. — Dan, pouco antes de pularmos, ouvi você dizer que tinha se apaixonado por mim?

Ele estava deitado ao sol, os olhos fechados, um sorriso brincando em seus lábios.

— Talvez.

Deitei-me, sorrindo para mim mesma, e adormeci na praia, sonhando com aquele terraço, em Nova York. Estava esperando na mesa, segurando uma taça de champanhe, com a cidade abaixo, as estrelas no céu, e, quando o homem apareceu das sombras para se juntar a mim, não era Kevin Bacon ou Ryan Gosling; era... Dan.

É um clichê, mas senti que éramos almas gêmeas; ele era tudo o que eu estava procurando por toda a minha vida, e começava a achar difícil imaginar um futuro sem ele. Dan parecia sentir da mesma forma, e como nosso tempo em Santorini continuava, eu me questionava seriamente sobre a possibilidade de voltar com ele para Sydney por um tempo.

Sentia uma falta terrível de Emma, mas fui capaz de conversar regularmente com ela, por telefone e por mensagem de texto, o que nos ajudou a ficar envolvidas na vida uma da outra. Ela parecia muito feliz com seu novo namorado e, embora eu egoisticamente esperasse que pudesse ter fracassado, seu relacionamento parecia mais forte do que nunca. E, se ela estava feliz, isso era o que realmente importava.

Enquanto isso, Dan e eu começamos a ter uma espécie de vida na ilha. Em agosto, comemoramos meu aniversário; ele fez um bolo de limão e me deu um colar de prata feito com estrelas. Por volta de setembro, as multidões tinham reduzido e parecia que a ilha pertencia a nós, o nosso próprio paraíso. Fazíamos compras e cozinhávamos juntos, bebíamos *retsina*[39] e comíamos frutos do mar frescos em tavernas e observávamos o pôr do sol em fúria no céu. Passeávamos pelas ruas estreitas de pedra, com edifícios de cor pastel, parando de vez em quando, abraçados e apenas *existindo*. Sentávamos na calçada de cafés para tomar café grego[40] e comer bolos quentes de canela, observando as outras pessoas seguindo com suas vidas na luz do sol brilhante. Eu via Emma nas jovens mulheres com cabelos longos e pernas morenas, com toda a vida diante delas, vozes cheias de entusiasmo sobre o que estava por vir. Sorríamos para os outros casais que andavam de mãos dadas, o sol beijando-lhes os ombros conforme eles se beijavam; o ar parecia permanentemente cheio de luxúria e expectativa.

As noites insinuavam-se com antecipação, como o zumbido em um hall de entrada de teatro, pouco antes da apresentação. Início da noite, e a estrela (pôr do sol) ainda estava se vestindo, à espera, nos bastidores, de seu momento, enquanto o público se preparava para o espetáculo. Sempre achava tão emocionante que nunca me cansava, e cada noite eu iria esperar o momento de parar o coração e os aplausos no ato final do sol.

Havia tanto a fazer, e, no entanto, tão pouco; tivemos tempo livre sem fim e ainda assim nossa vida diária foi cheia e ocupada, e feliz. Fomos passear no Atlantis Bookshop, onde, entre as prateleiras abarrotadas, encontramos todos os tipos de tesouros literários, compartilhando

39 Vinho típico grego feito com resina de pinheiro. (N.T.)

40 É um café moído com consistência de farinha, bastante concentrado. (N.T.)

trechos de poemas e belos parágrafos. Passeamos pelas lojas, bebemos nos bares e nos consideramos nativos, muitas vezes acordando cedo para aproveitar a vila antes de as multidões chegarem. Saboreamos frapês sob buganvílias, compartilhando nosso passado, nosso futuro, mas, principalmente, desfrutando o momento, algo que eu nunca fizera antes.

Um dia, alugamos uma moto novamente, e dessa vez eu me diverti nas altas e estreitas estradas da montanha, um vertiginoso quase acidente. Eu ainda tinha medo de altura, mas era de alguma forma mais emocionante, e aceitei o medo, como o prazer de receber água gelada no rosto em um dia extremamente quente. Viajamos ao longo da ilha, ficamos um tempo na praia preta em Parissa, e então pegamos um pequeno barco para Kamari, onde passeamos pelas lojas e bares. No caminho de volta naquela noite, comemos peixe fresco em uma taverna à beira-mar, e Dan me disse novamente que me amava.

Mais tarde, da estrada, vimos o pôr do sol, apenas sentados juntos, de mãos dadas, conversando enquanto a noite caía sobre nós como um cobertor quente e escuro. Sentamo-nos no alto de um penhasco na escuridão, o mar negro cercado por luzes cintilantes espalhadas pela paisagem como aglomerados de estrelas.

— Eu me sinto toda poética... como Santorini está nos oferecendo seu coração — eu disse, apontando para a vista da Caldeira se abrindo à nossa frente.

— Isso é lindo, *baby*. — Ele sorriu. — Mas eu só quero o seu coração. — Ele estava olhando diretamente para a paisagem.

Virei-me para ele.

— Isso você já tem.

Eu nunca tinha imaginado, em todas as minhas fantasias anteriores sobre estrelas de cinema e terraços, e Vespas por Roma, e piscinas em

Los Angeles, que a vida real podia ser ainda melhor. Naquele momento, eu me senti com sorte por estar viva; era tudo tão maravilhoso, mas, ao mesmo tempo, tão tênue.

— Se eu não tivesse dado um adeus ao sexo com Craig por todos esses anos, eu não estaria aqui com você agora — falei. — Então, anos mais tarde, encontrei minha mochila com a minha lista de vida nela e isso me fez pensar. Depois fui à *delicatessen* para um sanduíche e você me fez pensar ainda mais e... mais e mais — disse, suspirando.

— Sim, o efeito borboleta — ele acrescentou. — A ideia de que algo tão sutil como o bater de asas de uma borboleta pode chegar a causar um tufão do outro lado do mundo... Isso é chamado de teoria do caos.

Ficamos ali sentados por um tempo enorme em um silêncio confortável, e eu pensei em todas as pequenas coisas que tinham acontecido na minha vida... Todas aquelas asas de borboletas... Tudo levando até o agora.

20

Castelos no céu

Dan tinha cozinhado a maior parte das noites para nós dois, e eu estava aprendendo muito com ele. Ele fritou berinjelas brancas em azeite, alho e suco de limão.

— Os gregos chamam isso de maçã do amor — falou, alimentando-me na cama com garfadas suculentas, quentes e doces. Ele me mostrou como fazer torta de *feta* de Santorini, e também tortas de mel, salgadas e doces, envoltas na mais leve e crocante massa folhada. Eu nunca tinha experimentado nada tão delicioso. Comemos aquelas gostosuras quentes na varanda, com *retsina* gelado durante um crepúsculo dourado.

Pelo final de setembro, o clima esfriou um pouco, mas a água ainda estava quente para nadar, e quase todos os dias visitávamos uma pequena enseada ou alugávamos uma bicicleta e passávamos o tempo em uma praia, explorando as pequenas idiossincrasias de Oia. Tivemos grande prazer em descobrir suas belas falhas geológicas, sua vida real sob o *showbiz* do pôr do sol, construções brancas brilhantes e telhados azuis.

Uma noite, Dan recebeu um telefonema de seu pai.

— Más notícias. Os sintomas de meu irmão estão piorando.

Fiquei atordoada. Acho que, no fundo, eu sempre soubera que isso iria acontecer, e só esperava que fosse após o término do verão; era muito cedo para mim.

— O que você vai fazer? — perguntei, sabendo qual seria sua resposta.

— Não tenho nenhuma escolha; não posso deixá-los lutar em... Preciso estar presente de uma maneira que não pude para minha mãe. Eu era mais jovem então, e não conseguia lidar com aquilo, mas sou adulto agora.

Nenhum de nós queria considerar a separação, e tínhamos conversado vagamente sobre ficar até meados de outubro, até nosso dinheiro acabar, mas isso iria acelerar o fim para nós.

Naquela noite, sentamo-nos lá fora, sob as estrelas, falando sobre um tempo no futuro, quando Dan estaria livre e poderíamos ir à Itália, ver a *Fontana di Trevi* e passear com aquela Vespa pelas ruas. Falei que tinha que ser verde-pistache, e ele disse que não haveria problema e que também tínhamos que visitar a Toscana e uma cidade medieval murada de Siena, chamada San Gimignano.

— Fui até lá há alguns anos; ela tem uma praça incrível... arquitetura gótica e um castelo com torres realmente altas. De longe, parecia um castelo no céu. — Ele estava empolgado.

— Castelos no céu — falei, suspirando. — É isso o que estamos construindo aqui, Dan? — perguntei.

— Não... É real. Vamos fazer essas coisas um dia.

— Dan, já sei que você terá que voltar para casa o quanto antes... Pelo que você me contou sobre a doença, John vai precisar de apoio físico, e também emocional...

— Sim, você está certa. Está na hora de eu aparecer.

Balancei a cabeça.

— Sem dúvida. Você tem... Nós dois queremos desesperadamente fazer todas as coisas de que falamos, ver todos aqueles lugares maravilhosos, mas não somos só nós, não é?

Ele assentiu.

— Não... Eu sempre acreditei que, para ser feliz, bastava ser livre, que não importava como a minha liberdade afetava qualquer outra pessoa, só importava buscar minha própria felicidade. Mas estar com você me fez perceber que o importante não sou só eu... nós — ele falou.

O fim do nosso tempo juntos parecia tão repentino, tão definitivo.

— Faye... isso não tem de significar o fim para você e para mim. Volte para Oz comigo! Poderíamos começar uma nova vida juntos lá, abrir aquele pequeno café juntos. Você é uma grande cozinheira, seríamos uma equipe incrível. E Emma poderia vir nas férias...

Era tudo muito sedutor, a ideia do sol eterno e Dan. Ele ainda incluiu Emma no cenário, o que fez ficar ainda mais atraente. Flertei com a ideia, que ficou girando um pouco em minha cabeça, e senti aquela nova euforia que veio com a consciência de que poderia fazer qualquer coisa que quisesse.

— Sim... Poderíamos mesmo, não é? — eu disse, acalentando a ideia.

Ao longo dos dias seguintes, conversamos sobre a possibilidade de eu ir para Sydney com ele e, quanto mais falávamos, mais real ela se tornava. Comecei a imaginar uma vida lá, e, como ele tinha falado sobre o sol, as praias e a vida, pude me ver recomeçando lá, com ele. Então, em uma manhã, recebi uma mensagem de Emma. Dan e eu estávamos comendo iogurte grego e mel na cozinha, quando li o texto.

— Oh, pobre Em. Ela e Phil terminaram. Ela deve estar muito triste — falei, suspirando. Foi mais um dia quente, e planejávamos uma caminhada e um mergulho em uma das belas enseadas azuis, mas agora eu só queria falar com Emma e confortá-la. Olhei para Dan. — Ela realmente se importava com Phil. Ele vai machucá-la agora, mas, a longo prazo, tenho que dizer que provavelmente foi melhor. Quando é jovem, você não percebe como é importante estar com alguém que partilha suas... paixões. Não me refiro a sexo... Quero dizer, como você e eu; amamos livros e comida, e poderíamos preencher toda a nossa vida com eles. Pelo que Emma disse, eles não tinham muito em comum.

Tentei ligar para ela, mas não consegui, por isso fui até a cidade para tentar obter sinal. Quando finalmente consegui, ela não atendeu e tive que deixar uma mensagem e preocupar-me pelas próximas horas por ela estar chateada e eu não estar lá para conversarmos. Consegui me manter firme dizendo que ela era uma mulher adulta agora e poderia lidar com esse rompimento, sem afagos da mamãe... Mas me senti mal por estar em outro país; quando ela precisava de mim, eu não estava nem mesmo do outro lado do telefone para ela. Ao mesmo tempo, convencendo-me de que tinha finalmente me livrado da culpa e obrigação e, mesmo adorando Emma, precisava aproveitar ao máximo os últimos dias em Santorini. Também estava pensando seriamente em meu próximo passo, e, se estivesse bem para Emma, eu iria com Dan e riscaria o Sydney Opera House à noite da minha lista; ele disse que iria fornecer os fogos de artifício.

Ele sabia que eu não estaria presente naquele dia, preocupada com Emma, mas, sendo sensível, não tinha me forçado.

— Tudo bem com você, querida? — perguntou. Era o meio da tarde, e, depois da mensagem de Emma, eu não tivera vontade de fazer nada até que conseguisse falar com ela, assim Dan fora até a cidade para comprar um pouco de comida e vinho. Ele estava me servindo uma taça e esfregando minhas costas, enquanto eu, sentada na varanda, verificava o sinal.

— Estou bem, obrigada. Tenho que lembrar que vocês, crianças, vivem tragédias de proporções gregas, que partem o seu coração e quase os mata, e, então, após vinte e quatro horas, está tudo acabado e é de novo: "Mãe, pare de encher".

Ele sorriu.

— Você é uma mulher muito sensível. É por isso que a amo.

Duas horas mais tarde, eu finalmente consegui falar com Emma. Foi um alívio ouvir a voz dela; apesar da conversa difícil, eu não poderia estar feliz se ela não estivesse, e era minha função agora fazê-la se sentir melhor. Só queria poder abraçá-la e fazer para ela chocolate quente com malva e deixá-la falar e falar... Do jeito que estava, só poderia acalmá-la com as minhas palavras.

— Mãe, não quero que você se preocupe — ela começou.

— Por que será que isso me faz ficar preocupada? — perguntei, tentando ser leve. Ela não respondeu. — Emma, o que aconteceu?

— Ele só disse que não me amava... Ele pensou que sim, mas descobriu que não.

— Oh, querida. — Eu estava olhando para o mar ali da varanda, sentindo-me impotente, apenas pensando no quanto ela estava longe.

— Phil me disse que sou uma ótima pessoa... E ele está lá para me ajudar, mas não quer ficar amarrado. — Emma começou a chorar e meu coração se partiu com o dela.

— Ora, querida... Eu sei que você deve estar se sentindo horrível agora e não quero apenas descarregar um monte de clichês, mas as coisas vão melhorar; confie em mim.

— Ele disse que íamos nos casar... Então, o que aconteceu? O que eu fiz para fazer tudo dar errado?

— Não é você, Emma. Ele só mudou de ideia... Não sabia o que queria. Por favor, não pense que é algo que fez ou o jeito que você é... Não é...

— É tarde demais, mãe...

— Não é tarde demais, Emma. Sim, sei que o amava, mas você é jovem, tem a sua vida pela frente, e nessa mesma época do próximo ano vai ter seu diploma, outro namorado, e prometo que mal vai se lembrar dele...

— Não vou esquecê-lo. Mãe, você não entende...

— Entendo, querida. Parece muito intenso agora, como se você nunca fosse esquecer isso... ele... Mas com o tempo...

— Estou grávida.

21

Um vestido vermelho, um pôr do sol e nenhum adeus

Nós duas choramos ao telefone. Eu ia dizer a Emma que ela era uma idiota por ter cometido os mesmos erros que eu e jogado sua vida fora, assegurando-lhe que tudo ficaria bem.

— Tudo vai ficar bem, Em. Nós podemos cuidar disso. Só preciso de algum tempo para pensar e quero que durma um pouco também. Vou ligar para você de manhã. Estou voltando para casa. — Desliguei o telefone. Sentada na varanda, olhei o pôr do sol, e Dan se juntou a mim, olhando-me.

— O que foi? — perguntou, parecendo preocupado.

Entre lágrimas, disse tudo a ele, que se ajoelhou, colocando sua cabeça no meu colo e os braços em volta da minha cintura. Conversamos por um longo tempo naquela noite, assistindo ao sol se pôr e raiar novamente.

— Eu não posso ir a Sydney com você agora, Dan.

Ele me olhou.

— Poderíamos... Não poderíamos passar o nosso tempo entre a sua casa e a minha? — propôs hesitante, sabendo que seria financeira e praticamente impossível.

— Eu sou uma mãe... Não posso ligar e desligar esse fato e pular ao redor do mundo entre uma coisa e outra, mesmo que pudesse pagar por isso. Ela precisa de mim lá.

No dia seguinte, Emma e eu conversamos ao telefone por um longo tempo e eu disse que, se ela quisesse, devia acabar o curso, talvez se transferindo para outro mais perto de casa. Não podia acreditar que ela tinha feito o mesmo que eu, engravidando no meio do curso universitário, mas, no que me dizia respeito, era nesse ponto que as semelhanças acabavam.

Não podia deixá-la fazer o que eu mesma fizera, desistindo de tudo só por causa de um momento de loucura, um momento de prazer. Queria que Emma tivesse tudo e, como o pai do bebê tinha claramente saído de cena, a única pessoa que poderia ajudá-la a conseguir tudo o que ela queria e do que precisava era eu.

Eu estava quase desistindo da liberdade e das possibilidades de minha nova vida, aquela pela qual tanto lutara, mas, apesar de adorar isso, e de amar Dan, minha filha vinha em primeiro lugar.

Precisava voltar para casa e, de repente, mal podia esperar para ver Emma, para me certificar de que ela estava bem e para cuidar dela. Apesar das minhas dúvidas e dos meus medos relativos ao futuro dela, eu me sentia animada com o bebê e com todas as possibilidades que essa nova vida traria. Eu não voltaria para minha antiga vida; isso seria impossível. Eu era uma mulher diferente agora, e esse meu novo tempo de vida seria em meus termos.

* * *

No nosso último dia em Santorini, enquanto o resto da ilha fazia a *siesta*, Dan me mostrou como fazer um *mezze*[41] grego com *hummus, tsatziki, taramasalata* e folhas de videira recheadas. Então fizemos cordeiro *kleftiko* enchendo uma perna de cordeiro com *feta*, orégano fresco, cebola e alho. Vivenciávamos uma última ceia, ambos desejando que a nossa última noite juntos fosse perfeita. Típico de Dan; ele não ia mesmo deixar qualquer sombra em nossa despedida, e nós rimos tanto no último dia juntos, como tínhamos rido no primeiro.

— *Kleftiko* significa "roubado" em grego — ele explicou, cortando cebolas. — As pessoas costumavam roubar cordeiros para fazer esse prato, o que deu origem ao nome. — Vamos cozinhá-lo lentamente nesta panela grande; ficará suculento e macio e doce de verdade... E a fragrância de cordeiro e ervas do Mediterrâneo vai impregnar o ar, enquanto o sol se põe.

— Você é tão habilidoso — falei, refletindo sobre o quanto eu aprendera com ele. — Isso me lembra de quando nos conhecemos e você me contou a história do presunto Serrano.

— Sim, você ama quando eu falo sobre a *delicatessen*. — Ele parou de cortar e olhou para mim. — Faz tão pouco tempo que nos conhecemos... e meio que me deixou louco; eu me sinto como se conhecesse você desde sempre. Uau... Como alguém pode entrar em sua vida e simplesmente... mudá-la...?

— Sim, sou uma mulher diferente da que você conheceu na *delicatessen* em fevereiro — falei, suspirando. — Você teve um grande efeito em mim.

---

[41] Prato grego composto por vários pequenos pratos com uma variedade de petiscos servidos para acompanhar bebidas alcoólicas, como coquetel ou como entrada. (N.T.)

— Você também me mudou. Eu me sinto mais equilibrado. Não mais como se estivesse fugindo das coisas que não posso mudar. Você me ajudou a lidar com a culpa que eu carregava pela morte da minha mãe. Agora posso enfrentar tudo isso com o meu irmão; preciso fazer isso por ele... e por mim também. Ainda assim, não posso imaginar como vou viver sem você. Nada tem qualquer cor quando você não está lá. — Dan limpou as mãos em uma toalha de chá e colocou ambos os braços em volta de mim. — Vai partir meu coração dizer "adeus".

— E o meu também — eu disse, levando-o para o quarto, deixando o cordeiro para cozinhar lentamente e tornar-se macio, suculento e perfumado.

* * *

Mais tarde, arrumei minha mala e, redescobrindo o vestido de seda vermelha naquela velha mochila, eu o vesti em nosso último jantar juntos.

Sentamo-nos na varanda naquela noite para assistir ao nosso último pôr do sol.

— Você está linda — ele disse. — Sempre vou me lembrar de você aqui, desse jeito, em seu lindo vestido vermelho.

Durante a noite, acordei e estiquei meu braço para tocá-lo. Ele não estava lá, e meu coração sacudiu ao perceber que nunca estaria com ele novamente. Abri meus olhos para vê-lo na janela ao luar azul frio, e pensei no quanto ele havia me dado. Eu não era mais a mulher inibida e infeliz com um chapéu de panda, muito medrosa para fazer mal a uma mosca ou embarcar em um avião. Eu era uma mulher que usava um vestido vermelho; uma mulher com controle sobre a vida e a confiança para seguir seu coração, confiar em seus instintos e desfrutar tudo o que a vida tinha a oferecer. Mesmo a decisão de voltar para casa nasceu de meu próprio desejo; era algo que eu queria fazer. Sentia-me animada com o futuro, com uma nova vida e a oportunidade de apoiar Emma e mostrar-lhe que ter um bebê é o começo, não o fim. Ela não cometeria os mesmos erros que eu porque eu estaria lá para guiá-la e mostrar-lhe que é possível ser uma boa mãe, sem perder de vista a si mesma ao longo do caminho.

Eu tinha me perdido por um tempo, enterrada pelo trabalho, pela preocupação e pela culpa, mas, com a ajuda de Dan, havia descoberto a Faye Dobson que estava procurando durante todos esses anos. Ele me forçou, com firmeza, mas gentilmente, a sair da minha zona de conforto, obrigando-me a enfrentar meus medos e perceber que era possível ser mais forte, melhor e mais feliz. No mundo de Dan, a vida tinha de ser agarrada com firmeza, e nunca era tarde demais para fazer ou alcançar alguma coisa.

Sou Faye Dobson. Tenho 43 anos e uma tatuagem. Fiz sexo sob as estrelas, andei na garupa de uma moto em passeios velozes pela montanha e mergulhei de um penhasco no mar. Mas agora estou pronta para ir para casa, para a minha filha que precisa de mim.

Levantei-me e caminhei até ele na janela. Deslizando meus braços suavemente em volta de sua cintura, descansei meu rosto em suas costas nuas, quentes e úmidas.

Sua cabeça se inclinou ligeiramente, e ele se virou para me abraçar. Agarrei-me a ele com força, minha cabeça em seu peito enquanto ele se agachava e gentilmente me pegava no colo, colocando-me de volta na cama, e eu percebi que isso representava tudo naquele momento. Não podia me permitir pensar no futuro, ou mesmo me preocupar com ele. Eu amava Dan agora, enquanto estávamos juntos, e isso era tudo o que importava. E, quando olhei nos olhos dele, ele estava chorando.

Deitamos juntos pela última vez, ambos acordados, ambos em silêncio, ambos sabendo que era assim.

— Eu gostaria que as coisas tivessem sido diferentes, Dan... Gostaria que estivéssemos indo embora, voando juntos, mas você me alertou sobre a bola curva, e ela atingiu a nós dois. Só sei que o amo e sempre haverá um pedaço do tamanho de um cupcake de limão do meu coração com você, não importa onde eu esteja.

— Nós ainda nos veremos...?

— Talvez, mas ambos temos nossas vidas reais para viver, e talvez, quando você tiver voltado para casa, conheça uma garota australiana bronzeada, com uma barriga esticada e coxas firmes, e...

— Não.

— Eu acho que, se tivéssemos ficado juntos, sempre ia me perguntar se não estaria negando a você a chance de ser pai.

— Você não estaria... Eu lhe disse... não quero crianças.

— Não agora, mas as crianças são a coisa mais maravilhosa na vida e, se você ficasse comigo, não seria possível. Agora pode decidir o que realmente quer.

— Eu sei o que quero.

Baguncei seu cabelo.

— Tudo bem; até que possamos viver no mesmo continente, por que você não começa aquele café de que falou? Quem sabe, um dia, uma senhora e um bebê possam tão somente voar do Reino Unido e se juntar àquela longa fila para um cupcake de limão?

Dan apertou minha mão e ficamos em silêncio por um tempo. Eu não conseguia dormir, e nem ele podia.

— Dan, deixe-me partir de manhã. Não acorde; vamos apenas lembrar os bons tempos aqui juntos, não o adeus. — Não podia ver seu rosto, mas estendi minha mão para sentir a cabeça dele assentindo lentamente.

De manhã, acordei, beijei-o na boca, enquanto ele dormia, e silenciosamente me afastei. Talvez Sue estivesse certa: está tudo nas estrelas, não temos nenhuma palavra no que, em última análise, acontece em nossas vidas, e Dan e eu não fomos feitos para ficar juntos para sempre. Meu coração se partiu quando entrei no táxi que esperava sob um céu azul luminoso, mas eu não tinha arrependimentos quando parti. Olhei pela janela, pela última vez para Santorini, sabendo que guardaria para sempre lembranças maravilhosas. E nunca esqueceria como um australiano lindo me ajudou a mudar minha vida durante um longo e quente verão de amor, histórias e cupcakes.

Epílogo

Estrelas estão emergindo lentamente na noite escura. Sons da cidade errantes pelo ar da noite, e eu sentada em uma mesa para dois, champanhe no gelo, dois copos.

Verifico meu relógio e chamo Emma.

— Mãe... é tudo o que você pensou que seria?

— Sim, é maravilhoso. Não posso acreditar que estou finalmente aqui, Em! Posso ver o Empire State. Gostaria que você e Rosie estivessem comigo.

— Sim, eu também, mas ela é muito nova para o voo, e está meio adoentada hoje; acho que está com saudades da vovó.

— Não tanto quanto eu sinto falta dela. — Sorrio, pensando na minha netinha perfeita, rosada e gordinha.

— De qualquer forma, Rosie diz feliz aniversário, vovó. Ela está fazendo um bolo para quando você voltar... Bem, eu estou assando; ela vai supervisionar de sua cadeirinha. — Emma ri.

Meu coração se derrete.

— Vou aguardar ansiosa.

— Mãe... sei que queria fazer essa viagem, mas odeio a ideia de você estar sozinha em seu aniversário. Você está bem mesmo?

— Estou bem. Ryan Gosling está a caminho; ele nunca perde o meu aniversário... Mas, brincadeiras à parte, ei, isto é perfeito. Quem consegue realmente realizar um sonho? Eu tenho muita sorte, Emma.

Conversamos por alguns minutos sobre os padrões de sono de Rosie, os exames de Emma e nossa nova casa, comprada com a minha metade do dinheiro da casa antiga. Conto a Emma sobre a exposição Warhol que vi e como são deliciosos os *cupcakes* da Magnolia Bakery que comi esta tarde no Central Park, ao sol.

— Um aniversário perfeito — disse, suspirando. — E aqui estou eu, presa e fazendo revisão para meus exames finais.

— Tudo vale a pena, Em. Você vai ter um diploma, uma carreira e uma filha linda, tudo de uma vez. Qualquer coisa é possível. Ambas podemos fazer o que quisermos e, cá entre nós, Rosie vai ficar bem. Dê um beijo nela, diga-lhe que eu a amo e vou ver vocês duas dentro de três dias.

Desligo o telefone e me sirvo de uma taça de champanhe. Está um frio cortante, e eu me sento, pensando na pequena Rosie, 3 meses de idade e já em breve a destinatária de várias roupas de estilistas de Nova York, lembranças de sua complacente avó. Olho em volta para os outros hóspedes do hotel sentados sob as estrelas e me pergunto sobre suas vidas, seus amores. Gosto da minha vida; gosto do jeito como sou e gosto da maneira como me sinto; estou confiante, no controle, e, para os outros, provavelmente pareça uma sofisticada senhora em Nova York a negócios... *Meus* negócios.

Esta é uma mulher que dois anos atrás teria pensado duas vezes em pegar um trem por conta própria; nunca havia voado, nunca havia ficado sozinha em um hotel e não sonharia em pedir uma garrafa de champanhe apenas para si mesma. E, no entanto, aqui estou eu, no meu vestido de seda vermelho, bebendo champanhe *naquele* terraço.

Pego o cartão-postal. Nada mal; quase idêntico. Até mesmo o garçom, por engano, trouxe duas taças, que se encaixam na imagem melhor que uma. Duas taças, que ironia. E sorrio, finalmente satisfeita, feliz, livre.

A noite rapidamente engole o crepúsculo dourado, e olho para as estrelas.

— Este assento está ocupado? Acredito que daqui se tenha a melhor vista.

Por um segundo, acho que o garçom deve ser australiano, mas conheço essa voz, a inflexão elevando-se no final de cada frase, cheia de um brilho australiano... E meu coração quase para. Olho para cima e lá está ele, o cabelo loiro de praia, todo bronzeado, rosto curtido, uma mochila velha e surrada. Dan. Delicioso como sempre.

Dou um grito e pulo abraçando-o, perdendo-me em seus braços.

— Pensei que você estivesse em Oz! — É tudo o que consigo dizer em meio a lágrimas de felicidade.

— Eu queria fazer uma surpresa. — Ele sorri, deixando cair a mochila e sentando-se sem largar a minha mão.

— Quando você contou em seu e-mail, na semana passada, o que estava planejando, decidi que tinha que compartilhar isso com você. Enviei um e-mail para Emma, que achou uma ótima ideia e me disse onde você estaria hospedada, e aqui estou. Achamos que você gostaria disso... Você gostou, não é?

— *Adorei!* — Sorrio de satisfação.

Incapaz de tirar meus olhos dos dele, sirvo-lhe uma taça champanhe. Ele me entrega um envelope.

— Feliz aniversário, querida. — Ele sorri, erguendo o copo.

Abro o envelope e me engasgo. Olho para Dan do outro lado da mesa. — Uma passagem aérea para Roma?

— Sim... com tudo reservado para o próximo mês. Vamos nos encontrar no aeroporto de Roma e pegamos uma Vespa verde-pistache lá. Emma disse que a data se encaixa com o seu curso de graduação; você não começa até outubro, não é?

— Sim. Estou tão animada com isso e... agora você e... isto. — Estou segurando o bilhete, ainda olhando nos olhos dele, só o absorvendo.

— Está muito difícil viver sem você, Faye, e acho que, se não podemos ficar juntos o tempo todo, devemos nos encontrar uma ou duas vezes por ano em um lugar especial... Vamos adicioná-los às nossas listas de vida e riscá-los um por um — ele diz, os olhos azuis brilhando.

— Sim, sim, que ideia brilhante — concordo, com um balançar de cabeça, e, ao longe, o som de um saxofone solitário ecoa pela noite, permeando os acordes de *Parabéns a você*. Um garçom aparece do outro lado da piscina e, quando ele se aproxima, vejo que está carregando um bolo, faíscas brilhando em cima, iluminando nossos rostos quando chega à mesa. Dan está sorrindo.

— Eu sabia que esta imagem não estaria completa sem um sax. — Ele ainda sorri.

— Não estaria completa sem *você* — digo, inalando as raspas de limão do bolo de aniversário.

Apago as minhas velinhas, fazendo um desejo secreto.

— Vamos? — Ele estende a mão, eu a pego. E aqui, em meio a este sentimento mágico e luz de velas, dançamos sob as estrelas em um terraço em Nova York.

Uma nota da Sue

Um rápido "olá" para todas as "Fayes" por aí!

Muito obrigada por lerem *Amor, histórias e cupcakes*; espero que tenham gostado da jornada da Faye e que ela as inspire a iniciar sua própria lista de vida, não importa quão longa, curta ou louca ela seja.

Creio que haja um pouco daquela "garota que mergulha do penhasco" em todas nós, e, desde que escrevi este livro, sinto um desejo incontrolável de visitar cada *delicatessen* pela qual passo, apenas para o caso de Dan estar por lá. Ele estará cortando presunto com aqueles braços firmes e, assim que eu entrar, ele vai sorrir com aqueles olhos e... Preciso parar agora ou vou me excitar toda.

De qualquer forma, se você gostou do livro, eu adoraria que dedicasse um minuto ou mais (entre vigilâncias a *delicatessens* e mergulhos de penhascos) para escrever um rápido comentário e passar aos seus amigos; isso significaria muito para mim... e para Faye!

Agora, escrevendo meu próximo livro, sinto falta da Faye, do Dan e também das garotas do salão de beleza, mas, se você quiser saber quando meu próximo livro for publicado, pode se inscrever para receber atualizações por e-mail no site:

www.suewatsonbooks.com/email

Prometo que não vou compartilhar o seu endereço de e-mail com ninguém, e só lhe enviarei uma mensagem quando tiver um novo livro lançado.

Eu também adoraria que você me seguisse no Facebook e se juntasse a mim para um bate-papo no Twitter... Realmente adoraria saber o que está em sua lista de vida. E podemos comemorar com um *cyber*-bolo quando você riscá-los todos, um por um.

Enquanto isso, mais uma vez obrigada pela leitura, e... se acontecer de você topar com um lindo e loiro australiano em uma *delicatessen* em qualquer lugar, você poderia, por favor, dar o meu número para ele?

Somente para fins de pesquisa, é claro...

Sue

@suewatsonwriter

INFORMAÇÕES SOBRE NOSSAS PUBLICAÇÕES
E ÚLTIMOS LANÇAMENTOS

FACEBOOK.COM/EDITORAPANDORGA

TWITTER.COM/EDITORAPANDORGA

WWW.EDITORAPANDORGA.COM.BR

PandorgA